ZAOZHUANG KANGRI LIU NV JIE

枣庄抗日
六女杰

董业明 / 主编

时代出版传媒股份有限公司
安徽文艺出版社

图书在版编目（CIP）数据

枣庄抗日六女杰/董业明主编. —合肥：安徽文艺出版社，2024.1
　ISBN 978-7-5396-7612-8

　Ⅰ．①枣… Ⅱ．①董… Ⅲ．①革命故事－作品集－中国－当代 Ⅳ．①I247.81

中国版本图书馆 CIP 数据核字（2022）第 222130 号

出 版 人：姚　巍
责任编辑：周　丽　　　　　　　　装帧设计：徐　睿

出版发行：安徽文艺出版社　　　www.awpub.com
地　　址：合肥市翡翠路 1118 号　邮政编码：230071
营 销 部：(0551)63533889
印　　制：安徽省瑞隆印务有限公司　(0551)62673012

开本：700×1000　1/16　印张：18.5　字数：270 千字
版次：2024 年 1 月第 1 版
印次：2024 年 1 月第 1 次印刷
定价：69.80 元

（如发现印装质量问题，影响阅读，请与出版社联系调换）
版权所有，侵权必究

编委会

主　　任：田传洋　马维纲
副 主 任：陈　龙　董业亮
委　　员：王雪梅　魏庆伟　宋亚丽　黄　冉
　　　　　秦　艳　徐　阳　倪亚磊　周　杨
主　　编：董业明
执行主编：王功彬
编　　著：王功彬　闵凡利　赵秀媛　田　焱
　　　　　董雨晨　宿云凤

目　　录

序 / 001

第一辑　枣庄抗日六女杰之徐德兰

一、徐德兰小传 / 003

二、英雄传奇 / 004

三、史海钩沉 / 038

四、采访札记 / 043

五、历史回声 / 047

六、长歌当哭 / 052

附：参考文献 / 056

第二辑　枣庄抗日六女杰之"芳林嫂"

一、"芳林嫂"小传 / 061

二、英雄传奇 / 063

三、史海钩沉 / 090

四、采访札记 / 094

五、历史回声 / 096

六、长歌当哭 / 100

附：参考文献 / 103

第三辑　枣庄抗日六女杰之李传美

一、李传美小传 / 107

二、英雄传奇 / 109

三、史海钩沉 / 125

四、采访札记 / 126

五、历史回声 / 130

六、长歌当哭 / 131

附：参考文献 / 137

第四辑　枣庄抗日六女杰之李汝佩

一、李汝佩小传 / 141

二、英雄传奇 / 143

三、史海钩沉 / 164

四、采访札记 / 169

五、历史回声 / 172

六、长歌当哭 / 180

附：参考文献 / 181

第五辑　枣庄抗日六女杰之王脉凤

一、王脉凤小传 / 185

二、英雄传奇 / 187

三、史海钩沉 / 216

四、采访札记 / 219

五、历史回声 / 222

六、长歌当哭 / 229

附：参考文献 / 230

第六辑　枣庄抗日六女杰之梁巾侠

一、梁巾侠小传 / 233

二、英雄传奇 / 235

三、史海钩沉 / 270

四、采访札记 / 273

五、历史回声 / 276

六、长歌当哭 / 279

附：参考文献 / 282

序

历览中国女杰,英雄不胜枚举。当大宋更迭南迁,背负亡国之恨的女词人李清照发出"生当作人杰,死亦为鬼雄"的长叹;为推翻帝制,建立共和,鉴湖女侠秋瑾慷慨写下"拼将十万头颅血,须把乾坤力挽回"的诗句;日寇西侵,东三省沦陷,抗日女英雄赵一曼受重伤陷虎穴而不屈:我的信念,就是反满抗日!

遍地哀鸿满城血,无非一念救苍生。

山东人继承"周孔遗风",坚持"孔颜人格",知礼逊、讲豁达、重义气。男人忠勇刚毅,女子隐忍刚柔。忧国忧民,是他们根植于心的品格;救国救民,当作为天降大任于斯。

枣庄地处鲁南,齐鲁文化与吴越文化在此融合,枣庄人民豪爽而不失谦和,忠勇而不失机智。尤其是枣庄女性,她们持家勤俭朴实,待人贤淑温良,抗争勇敢果决,气节不让须眉。

抗日战争全面爆发后,枣庄人民在党的领导下,掀起了轰轰烈烈的抗日高潮。风起云涌的抗日烽火,淬炼出层出不穷的抗日英雄,衍生出独具特色的枣庄女性抗日红色文化。

枣庄女性抗日群体早发而深厚,悲壮而英勇,与济南辛锐、荣成张晶麟等抗日女杰交相辉映,成为山东抗战史不可或缺的抗日女杰内容之一,形成一个完整的山东大抗战文化画卷。

枣庄女性的抗日活动可分为三个时期。一是九一八事变后至七七事变前的宣传抗战时期。这一时期,枣庄女性多受媒体、书籍、师教等因素的影响,具备了革命性和革命精神的导引。二是抗战全面爆发时期。这一时期,枣庄女性由"觉醒意识"转换为"积极参与"。在党的领导下,她们积极投身抗日战争洪流中去,或支援正面战场,或在敌后战场进行游击活动,无不付出了巨大牺牲,做出了巨大贡献。三是后抗战时期。这一时期,枣庄女性按照党的要求,组织群众,支援鲁南战役,终于取得了最后的胜利。

这些巾帼英雄,是枣庄抗日云天中的一缕硝烟,诠释了在残酷的抗日战争中,她们抛开性别之差,割舍亲情之恋,在党的领导下,同仇敌忾,共赴国难,走向抗日战场,以瘦弱之躯承载起中华民族抵御外侮之大任,展现了视死如归的英雄气概。

在抱犊崮山区,李传美视代养的革命后代如己出,面对日军毫无惧色,冒死掩护;在临城车站,"芳林嫂"们走街串巷,搜集情报,入日军牢狱坚贞不屈;在台儿庄,梁巾侠剃光头跨白马,驰骋运河两岸;在黄邱山套,王脉凤面对日军慷慨赴死,纵身跳下挖好大坑;在枣庄矿区,李汝佩发展党员,宣传抗日,不辞辛苦;在中兴煤矿,徐德兰被捕后以血止泪,威武不屈,母子二人血染刑场,悲同天地……

……

本书以文字为主,图片为辅,图文并茂,资料翔实。既有现场深度采访,又有史料追溯考证;形式设计层次丰富,艺术感染力强。所选配图,有的是家传的亲人照片,有的是档案馆里珍贵档案。此书的出版,补强了枣庄抗战史研究领域的新内容,弥补了枣庄女性抗战史的空白,增加了枣庄抗战史研究的深度和厚度,是市中区乃至枣庄市一项重要的文化工程。

本书不仅以女性抗战内容为主,还涉及军事战史、煤炭开采、民俗风情、经济社会、自然科学等领域,集枣庄抗战史、党史、煤炭开采史等于一册,外延上为山东抗战史补光,形式上为枣庄抗战史补缺,内容上为市中区抗战史补白,是研究枣庄地区女性抗战的"资料库"。

本书编著者为枣庄学院董业明教授,他带着强烈的事业心和责任感,组织六位教授和作家,以对枣庄抗战文化研究的充分自觉与自信,以摩顶放踵的精神、集腋成裘的耐心和铁杵成针的毅力,以当下的文学审美意趣和阅读习惯,多角度全面再现了枣庄女性抗战的历史,构建一种新颖的解读枣庄抗日女性的"立体语系",以最直观、快捷、准确的"旅程",直抵历史"现场"。

本书展现的枣庄六位著名抗日女英雄,活动轨迹遍布枣庄五区一市,事迹感人至深。

你我之辈,忍将夙愿,付与东流?

俱往矣,数风流人物,还看今朝。

习近平总书记指出:"中国人民在抗日战争的壮阔进程中孕育出伟大抗战精神,向世界展示了天下兴亡、匹夫有责的爱国情怀,视死如归、宁死不屈的民族气节,不畏强暴、血战到底的英雄气概,百折不挠、坚忍不拔的必胜信念。"

时下,恰逢党的二十大胜利召开,枣庄市中区文旅局出版此书的意义,就在于为认真贯彻落实二十大会议精神,继续发扬革命传统,弘扬抗战精神,牢记使命,砥砺奋进,再创辉煌。

党中央围绕实现第二个百年奋斗目标,号召全党全军全国各族人民勿忘昨天的苦难辉煌,无愧今天的使命担当,不负明天的伟大梦想,以史为鉴、勇毅前行。为实现第二个百年奋斗目标、实现中华民族伟大复兴的中国梦而不懈奋斗。

历史无言,精神不朽。

文字有声,响彻河山。

第一辑　枣庄抗日六女杰之徐德兰

一、徐德兰小传

徐德兰,女,1917年出生,峄县郭里集人,1932年参加革命,1934年加入中国共产党。1938年3月,与丈夫鹿广连一起在枣庄矿区开展地下抗日活动。1939年12月,因汉奸告密,她与两岁儿子被日军抓捕。1940年除夕,因拒不招供党的秘密,怀有身孕的徐德兰连同胎儿,遭日军杀害,年仅23岁。一年后,其夫鹿广连率队将告密汉奸抓捕处决,为妻儿报仇雪恨。1943年10月28日,鹿广连与日伪峄县警备大队遭遇,不幸壮烈牺牲,时年27岁。日军将其首割下,高挂中兴公司西南门外七天,后被我地下组织派人摘下,送往鹿广连老家埋葬。

夫妻英烈,一门英雄。徐德兰、鹿广连的英勇不屈的革命精神感天动地,为后人传颂。

二、英雄传奇

引子

沧海桑田。

峄县,这块早被日月轮回揉搓成巨木化石的鲁南大地,枝叶间只有坚硬的历史凿鉴,才能雕琢出原有的栋梁之轮廓。

东展连云,西固济兖,南控江淮,北负沂蒙,是峄县的地域关联。中兴昌隆,漕运旧渡,是峄县商业软红十丈的繁华胜景。运河硝烟,抱犊纷乱,却又是峄县"悲风笳角狼烟起,铁马寒衣大纛扬"的旧战场,一时间,星空灿烂,河山辉煌,英雄层出不穷,勋绩彪炳千秋:

——商时逼阳古国,敢与晋宋等入侵者抗衡,人民不畏强暴,举国视死如归,使弹丸之地延续千年之久;

——隋末义军领袖李子通,聚众逾万,成为反暴政一大景观;

——清咸丰年间,侯孟人刘平、枣庄石碑人刘双印,聚十万幅军,盘踞抱犊山区,旌旗蔽日,歌声遏云,出没鲁苏边区,席卷十几县城,与清军坚持斗争十多年;

——民初峄城人张文源、台儿庄人尤民,积极追随孙中山先生,参加讨袁革命活动,1912年张文源被张勋杀于兖州,尤民于1916年遭剥皮极刑……

然而,这些感天动地的壮举并没有结束,反而越发壮怀激烈,就在尤民被杀的第二年,另一位不畏强暴,敢于搏命的枣庄女英雄出世——

【资料链接】1917年发生的事

4月26日,世界知名建筑师贝聿铭诞生;

5月29日,美国第35任总统约翰·肯尼迪诞生;

7月,段祺瑞、徐世昌等讨伐张勋;

7月,定武军在徐州被北洋政府遣散,部分散兵流入峄北抱犊崮山区;

8月25日,孙中山领导护法运动。

……

1917年11月,枣庄抗日女英雄徐德兰出生。

(一) 问苍茫大地,谁主沉浮

土地老爷您别烦,新人来了这两年,闺女小子都没见,你说俺可怜不可怜?给个小,俺怪喜,给个闺女也不嫌。虾腰拾起石头蛋,起来就往家里钻。搁在铺地下一百天,保证就把小孩添。

——峄县民谣《土地老爷您别烦》

一场逆天寒流自北方滚滚而来,席卷整个峄县,像一个诅咒!

郭里集村。村后潭河像一条冻僵的鱼,挣扎着,挣扎着,最后慢慢归于死寂。此时,全世界都是白色的,白色的鹅毛大雪,肿了的树木枝条摇成白色的颤抖,甚至凛冽的北风也是白色的,大风领着寒流,寒流裹挟雪花,聚众成势,呼号着,直扑村中一户院落,淹没了凄厉狗吠,闯入茅屋小门。此时,一声响亮的婴啼从屋内突然传出,把寒风推出老远,在郭里集上空回荡。

这户人家姓徐,夫人十月怀胎,今日临盆,终于顺利生产。

女孩儿。里屋的接生婆喜喜传出声来:"女孩儿,你又多了个酒葫芦！"徐父抚摸下儿子德山的头，十分欣喜地说："我儿女双全了！"继而又生发感叹，忧虑起来，"冬月生娃多命苦，这孩子的命啊……"

接生婆讨好地答道："冬月出生有什么不好呀？你看人家慈禧太后，也是11月生的，不照样权倾朝野？"

徐父两手作揖："借您吉言，愿二妮儿以后能够平平安安，长大成人。"

日月轮回，星移斗转。不知不觉中到了1921年，这一年二妮4岁。按照习俗，4岁的女孩子开始缠足了，但让爹娘万万没有想到的是，二妮竟死活不愿意。劝说不行，恐吓不行，甚至打骂也无济于事。徐家闺女不缠足，成了郭里集村民每天绕不开的话题，大家议论纷纷：十里八乡没出现这样的闺女！万般无奈，顶着巨大压力的徐家父母，只好任由二妮了。而这二妮的性格却越发外向，少有女孩子的沉静羞涩，整天嘻嘻哈哈，跟着哥哥德山，或下潭河捉鱼，或爬老槐树掏鸟，如同泼小子一般。大哥德山开始上学，二妮缠着父母也要跟着读书，拗不过，只好答应，又请先生给起个名字，先生一拈长须，道："此女落落大方，性格开朗，一脸正气，不流俗光，如兰德馨，结合'德'字辈分，就叫德兰吧。"

时民国初年，峄县大地，灾荒奇重，连年歉收，峄、滕、曲、泗、邹大雨滂沱，水深数尺，田地被淹，颗粒无收，而金乡、鱼台更是饥民遍地，十室九空，于是携儿带女，拥入峄县，或成群结队沿街乞讨，或"鬻儿卖女，到处求售。男孩10岁，仅值八元，女孩折半。情形极惨"[1]。徐海江皖饥民也流入峄地，与当地饥民合流，昼丐夜掠。"饥民百万户，到处掠食"[2]。由饥民而劫匪，西至单县、嘉祥、鱼台，东布峄滕兰山、郯城，盗匪横行，乡村被掠一空。最有甚者，前有"眉毛里挽疙瘩重开宇宙，眼睛内起补丁再整乾坤"的滕县五所楼人李福印，后有"峄县杆首于水奎与王广发合势，以黑

---

[1] 《申报》，1911年6月9日。
[2] 同上。

风口为根据地,四出劫掠,凶悍无比"①。峄地百姓苦不堪言,时时处在水深火热之中。这惶惶不可终日的动荡日月,对幼小的徐德兰产生极大的影响。

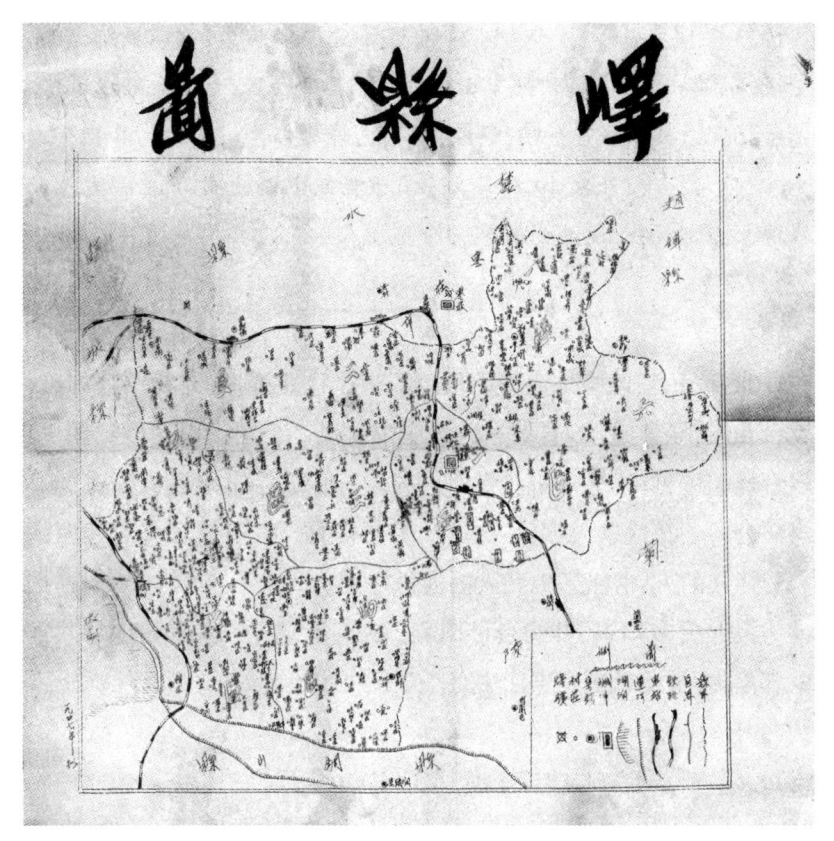

峄县图(1947年)

而此时的枣庄中兴煤矿公司正如日中天,如同一块巨大的磁铁,吸引了全中国政商两界"铁粉"的关注目光,黎元洪、徐世昌、张学良、朱启钤等民国政要纷纷投资入股,攫取利益。另一方面,中兴煤矿公司又如一块香气四溢的巨大蛋糕,也吸引着上至各方军阀财团,下至地方地主、流寇的口水。三尺垂涎,汇成暗涌,你争我夺,乱象丛生,1923年5月6日,就

① 《民国日报》,1921年8月23日。

发生了震惊中外的津浦铁路大劫案。

【资料链接】民国大劫案[①]

1923年5月6日晨,孙美瑶率部千人,进抵临城、沙沟间铁路沿线,布置警戒。晨二时,2次特快列车由南向北,呼啸而至,飞驰至姬庄道房前,则轰然脱轨。孙军一声呼哨,连放排枪,内外接应,夺门破窗,蜂拥登车而入[②]。"计劫掳中、外票49人。其中有袁世凯之婿杨岐山、徐州电业局长叶恭绰、复旦大学教授洪锡麟等。外籍洋人18名,其中美籍9人,英籍4人,墨西籍2人,意籍1人。其中尚有美国总统罗斯福之女等。

1928年6月,隆隆炮声开始从运河南岸往北推进,北伐军势如破竹,连克台儿庄、峄县城,26日要进驻枣庄中兴煤矿公司。消息传到郭里集,很多百姓拥进枣庄,想一睹北伐军的风采。徐德兰也跟着大人来到了中兴煤矿公司。在这里,她第一次见到了高楼、火车,看见了身着绫罗绸缎和衣衫褴褛的人,懵懂感觉到人的身份之别。

为汲取更多知识,开阔自己眼界,1931年,年仅14岁的徐德兰离开老家郭里集,被父母送到枣庄中兴小学读书。

(二)唤起工农千百万

枣庄窑,真好看。一面光,驴屎蛋,矿工拼命把活干,白天黑夜掏煤炭,一天挣不了二斤饭,这样的日子怎么办?
——枣庄矿工民谣《这样的日子怎么办?》

[①] 王作贤、贺荣第、常文涵主编:《民国第一案》,山东人民出版社,1990年7月,第70页。

[②] 李近仁:《微山湖区史缀》,济宁新闻出版局,1998年5月,第107—108页。

枣庄中兴煤矿公司办公楼（1923年）

枣庄中兴煤矿公司像一位拖着长辫板着脸的老人，虽然始建于1878年，但因有强力的德国技术和人才引进，整个公司犹如一个正在开幕的德国工业专题展：总矿师是德籍的高夫曼，德国人设计的办公楼、矿师楼、电务处大楼，德国制造的电务处航车、西门子发电机，甚至鞠仁医院使用的X光机，也是来自德国维尔茨堡大学。还有德产二层罐笼电绞车正在北大井（二号大井）上上下下，德国克虏伯公司生产的火车头拖着长长车厢在中兴煤矿公司进进出出……

财富改变世界，工业促进文明。中兴煤矿公司的高度工业文明，把20世纪二三十年代的枣庄打造成了中国最亮丽的小城。这里，琅琅的读书声从中兴小学宽敞明亮的教室里传出；啪啪的台球击打声从俱乐部的台球室中响起；性感的旗袍挽着高贵的西装在办公大楼前走走停停；食堂的美味飘香，溢满整个中兴煤矿公司大院，侵袭每个路人的鼻孔……

然而，矿工们却这样唱道：

"鱼一盆，肉一碗，姑娘一串。闲着没事打麻将，闷展愁肠抽大烟。"

中兴煤矿公司表面的荣光和繁华，背后掩盖的是无数贫穷矿工的悲惨：大街上或拄着拐杖或空条裤管的乞丐，大多是因工伤致残而被抛弃的"外工"。大洼街东的河边，连片的"窑户铺"更足以见证矿工的苦难生活。

【资料链接】"窑户铺"①

"窑户铺"的房子低矮、破烂、污秽、潮湿，除在地上铺几张当床的破席，剩下的就是四周快要倒塌的非常低矮的墙壁，里面的苍蝇、臭虫、虱子和跳蚤成群打团……不少矿工连一件破棉袄都没有，不得不成年披着破麻袋片，有的甚至一丝不挂，出门、下井，只好临时租一条裤子，有时甚至几个人合伙租一条……至于那些有家室拖累的矿工则更加贫困，即使在平常的年月，也不能吃上高粱煎饼，只能靠坯豆饼、芋头叶、树叶、野菜之类的东西度日。据鞠仁医院统计，工人患病率达百分之七十以上。

哪里有剥削，哪里就有反抗。中国共产党早就关注了枣庄中兴煤矿公司，从1923年7月起，就派人来枣庄地区开展工作，罗章龙、纪子瑞、郭子化等一批共产党员先后来枣，开始发动、组织

枣庄中兴煤矿矿工"窑户铺"

矿工，成立地下工会，与资本家及煤矿把头进行公开的斗争。

---

① 李修杰、苏任山：《枣庄煤矿工运史》，枣庄出版管理办公室，1986年12月，第37—39页。

这期间,少年徐德兰虽在学校读书,但每天耳闻目睹的都是诸如此类的景象,再加之学校老师的革命启蒙,出于对贫穷矿工的同情和对资方剥削者的厌恶,拯救弱者与反抗压迫的种子开始在她心中生根发芽。

1931年9月18日,日本制造柳条湖事件开始入侵中国东北地区,九一八事变爆发。消息传来,枣庄人民的爱国热情被迅速点燃。早在1931年3月成立的中共枣庄特委决定利用这个机会,举行枣庄反侵略大会,会场设在中兴公司办公楼前的广场。第二天一早,中兴煤矿公司广场人头攒动,主席台上高挂会标上写"枣庄各界人士反侵略大会"几个大字,三四千工人群众挤得人山人海。大会开始后,一个年轻人走上台来,大声疾呼:"各位矿工兄弟,各位枣庄同胞,日本关东军制造事端,悍然炸毁沈阳南满铁路,炮轰沈阳北大营,杀我同胞,占我沈阳城,东北人民在哭泣,白山黑水在哭泣!快看看我们的祖国吧,已从一个泱泱大国,变成了一只任人宰割的牛羊了。怎么办?我们能袖手旁观吗?不能,绝对不能!我们会攥紧拳头,团结起来,拿起枪支去抗日,把日本侵略者赶出去!"

另一位青年又走上台,举起右拳,振臂高呼:"打倒日本侵略者,把侵略者赶出去!"一呼百应,台下黑压压的群众热血沸腾,也随之发出震耳欲聋的喊声:"打倒日本侵略者,把侵略者赶出中国!"徐德兰虽然被人流挤到最后,弱小的身子也看不到台上人的样子,甚至听不清台上人说的什么,但仍被这排山倒海的气势所感染,也跟着攥紧了拳头。大会结束后,群众队伍开始游行示威。有个小伙子问一穿破衣的中年矿工:"三叔,刚才台上讲话的是谁啊?"

"演讲的叫田秀川,带头喊口号的叫陈明道。"穿破衣的中年矿工答道,"他们都是好样的,是咱贫苦人的知心人啊!"

小伙子由衷地点点头,竖起大拇指。

"天上星星颗颗明,地上穷人数不清;要想过上好日子,就得扛枪闹革命!"三叔对侄儿会心一笑。

这一切,都被挤在人流中的徐德兰看得清楚听得明白,她被田秀川和陈明道的爱国精神所感动,也第一次听到"抗日""革命"这两个词汇,从小伙子坚毅的眼神中,隐约感受到抗日就是一种责任,革命就是一种力量。

穿破衣的中年矿工叫鹿传本,小伙子是他的侄儿鹿广连,就读曲阜第二师范学校,这次是学校放假回家,就跟着三叔参加了游行示威。

转眼到了第二年7月12日,火辣辣的太阳几乎把中兴公司烤化,热气蒸腾下,四千多名矿工再次在中兴公司办公楼前集会,台上进行慷慨激昂演讲的还是田秀川。这次徐德兰趴在台下南侧,看清了田秀川的样子。田秀川身穿长袍,戴着眼镜,长得非常斯文,像个大学生。他说:"工友同胞们,我们一天下井多长时间?"下面有矿工答:"12小时。"

"是的,我们一天下12小时的井,可我们一天能挣多少钱呢?"

下面答:"两毛钱!"

"是的,两毛钱,再看看他们里工,他们一天上8小时班,挣多少钱呢?"

下面答:"三块钱。"

"一个是三块钱,一个是两毛钱!矿工兄弟们,他们干8小时,我们干12小时,可他们一天的工资是我们半个月的呀!"

台下矿工开始叽叽喳喳议论起来:"是呀,是呀,我们干得多挣得少!"

"里工是人,难道我们外工不是人吗?他们吃香的喝辣的,可我们吃的是窝头橡子面,连井下拉炭的骡马都不如,骡马每天还有十几斤高粱豆饼呢,为什么?为什么我们连牲畜都不如?!"

台下的矿工开始骚动起来:"不把我们当人看,这是丧尽天良啊!"

这时,坐在一旁的陈明道走上台,他大声说道:"今天我们在这里开会,就是要公开成立罢工委员会。我们要求里工外工一样待遇,我们要求每天上班8小时,我们要求马上给增加工资,如不答应,绝不复工!"

"如不答应,绝不复工!"坐在南侧前排的一个中年矿工猛地站起来,转过身向后面的工友挥挥拳头大声喊道。徐德兰看了一下,似乎在哪里见过,定神一看,才突然想起是上次见到的那个给他侄儿说话的穿破衣的中年矿工。

突然,一阵警哨声从不远处传来,大楼东面一群着黑衣的矿警手拿短棍冲了过来。"矿警队来了,快走!"鹿传本大喊一声。矿警队冲进人群,挥舞短棍,一阵乱打,人群惊呼不止,会场大乱。

"抓住台上那个带头的!"矿警队长指向台上。矿警们蜂拥而上,开始从北面向台上冲去。鹿传本急切地向台上的田秀川和陈明道喊道:"快下来!"

田秀川和陈明道一个箭步跳下台子,落在鹿传本身旁。最先冲上台子的一个矿警也随着跳下台子,一把抓住田秀川,大声喊道:"看你往哪里跑!"

中兴煤矿公司矿警队

鹿传本见状,一只大手像把铁钳一样,紧紧抓住矿警的手臂,顺势往怀里一带,矿警疼得大叫一声,马上松开了手。说话间,他们几个快步跑到会场南面,想从中兴公司南大门出去。矿警松开手以后,仍紧随其后,当矿警再次要抓住田秀川的胳膊时,正好来到徐德兰身边,徐德兰往后一收身子,伸腿把矿警绊倒在地。田秀川、陈明道、鹿传本三人借机快步,迅速跑远。鹿传本跑出几步后,向着徐德兰会意地点下头,然后跑出中兴公司大门。

矿警的疯狂打压并没有停止矿工们的罢工活动,徐德兰后来听说罢工大会又先后在窑神庙和十里泉举行。而最让徐德兰难过的是曾让自己佩服的那两位罢工组织者田秀川和陈明道,他们被矿警抓捕后押往济南,最后惨遭杀害。

【资料链接】田位东、郑乃序传略①

田位东,1907年出生,原名田秩,字位东,化名田雷、田雨田、田秀川,山东菏泽城关镇人,1922年考入菏泽中学。1927年夏,田位东加入中国共产党。1929年被分配到山东大学搞学生运动。1931年春任中共枣庄特支书记,和郑乃序一起深入井下,发动工人罢工,开展革命活动,举行游行示威。到1932年夏,在枣庄煤矿发展了十几名党员,培养积极分子百多人,发动和领导了震惊敌特的枣庄煤矿工人七月大罢工。由于叛徒出卖,于7月12日被捕,8月初牺牲在济南千佛山下,时年25岁。

郑乃序,化名陈明道,1907年出生,湖北阳新人,早年就读于武汉大学,1925年加入中国共产党。1931年春任中共枣庄特支副书记。1932年7月,在领导枣庄煤矿工人大罢工中被捕,同年8月初在济南千佛山下英勇就义。

田位东　　　郑乃序

一时间,枣庄暗无日月,革命星火瞬间熄灭,但给徐德兰留下的是极大的反思和心灵震动,疑问也越发强烈:资本家的日子为什么那样光鲜?老百姓的日子为什么这样悲惨?为争取应有的公平和利益,难道都得搭上生命吗?资本家与贫苦人的尊卑贵贱,让徐德兰看在眼里,记在心里,

---

① 李修杰、苏任山:《枣庄煤矿工运史》,枣庄出版管理办公室,1986年12月,第102—105页。

感觉路上每个衣着光鲜的人都在用鄙视的目光斜视她,她知道自己以后的路该怎么走。

1932年1月28日,日本在上海挑起战端,一·二八事变爆发。消息传到枣庄矿区以后,中兴矿工的抗日热情瞬间被点燃,枣庄街头的抗日宣传活动随处可见,徐德兰更是被这浓郁的抗日氛围所感动,她和枣庄中兴煤矿公司的学生和矿工在一起,组织募捐,把枣庄人民的温暖送到了上海抗战前线。

步如磐石。1932年10月,中共徐州特委派郭子化(化名庞佩霖)挑着药箱来到枣庄,肩负起恢复枣庄党组织和开展工人运动的艰巨任务。不到半年时间,枣庄矿区工委成立,枣庄的革命之火再次燃起。徐德兰心中的抗争赤焰也随之被点燃起来,她跑前跑后,参加了枣庄矿工在中陈郝村举行的罢工大会,目睹了二十七位矿工在罢工中被矿警抓捕,心中愤怒到了极点。

日犹关注。徐德兰的积极表现终于引起了枣庄矿区工委的关注。

灯像红豆。徐德兰被吸收进了党组织,在几双坚毅眼神的注目下,她终于庄严地举起右手,坚定地宣誓道:"我志愿加入中国共产党……"

灯捻啪的一声炸个灯花,像一个响亮的掌声,橘红的灯光映红了所有人的脸庞。而徐德兰的面孔更像火烧一样,一双大眼像寒风中挂在枣庄中兴煤矿公司大门上的灯笼,明亮而温暖。这一年是1934年,徐德兰17岁。

郭子化

(三)中华儿女多奇志,不爱红装爱武装

> 大姐今年才十七,一心一意抗战去。爹娘说嘛不愿意,大姐越想越生气。老娘听说害了怕,不如把她送婆家。爹娘送到大街上,大姐回头说仔细:"叫声爹娘回去吧,俺打不垮鬼子不回家!"
>
> ——枣庄民谣《大姐去抗战》

心里装着党,眼前就时时有种力量在引领,徐德兰变得更"野"了。十七八岁大姑娘,足不出户是那个年代衡量一个女孩子的重要标准之一。邻居们"不守传统"的嘲笑,亲戚们"快嫁出去"的忠告,每天都在徐德兰耳畔响起。也有许多富家子弟前来提亲,徐德兰却铁定了心:非意中人不嫁,非革命者不嫁!因为,她所有的心思都放在"革命"二字里面。然而,革命不是一时的心血来潮,也不是罗曼蒂克,而是时刻身处充满旋涡的凶险之中。在险象环生的革命斗争环境中,能与志向远大的爱人同生死,将是对美好爱情最完美的释解。这一年冬天,19岁的徐德兰与大自己一岁的心上人鹿广连结婚。

鹿家住在枣庄西南的小李庄。鹿传本弟兄五人,他行三。大哥鹿传杰,生有两个儿子,长子鹿广连,生于1916年,次子鹿广智,小鹿广连三岁。1919年,对鹿广连来讲是天降灾祸的一年。这一年,父亲鹿传杰突患重病而亡,前来劫掠的抱犊崮土匪见鹿家拿不出钱财,一把大火又把幼小的弟弟鹿广智活活烧死。短短时间内连失两位亲人,痛不欲生的母亲悲伤难抑,无法在鹿家生活,只好回了娘家,后嫁他门。此后,孤苦伶仃的鹿广连像一片落叶,随处飘荡游走。三叔鹿传本见后万分痛心,便带着鹿广连离开小李庄,来到枣庄谋生,他发誓要把侄儿鹿广连培养成人。于是,鹿传本不让侄儿挣钱养家,便到中兴公司下井,又省吃俭用,送鹿广连从小学读到初中。争气的鹿广连没让三叔失望,经过几年的努力学习,后

以优异的成绩考取了曲阜师范学校。

曲阜师范学校校门旧址

【资料链接】曲阜第二师范学校

曲阜第二师范学校,创办于1905年。1914年春,学校与岱南道属省立兖州、沂州、曹州、济宁师范合并,定名为"山东省立第二师范学校"(今曲阜师范校区)。

1925年至1926年夏,已是共产党员的学生杨荫鸿、张观成、辛成智与马守愚、王伯阳等人开始在校内进行革命活动,发展党员20多人,中共曲阜二师支部由此诞生,成为中共在鲁南、鲁中、鲁西地区开展革命活动的中心,也因此有"红二师"之称。著名人士李达、楚图南等曾先后在此任教,万里、张承先等曾在此就学。

经过曲阜第二师范学校革命氛围的影响，鹿广连毕业后就直接选择返回峄县，在枣庄南马道小学任教，其目的一是为了照顾年事渐高的三叔鹿传本，二是能够近距离地与枣庄地方党组织取得联系，尽快融入枣庄革命队伍，参加革命活动。鹿广连于1935年光荣地加入了中国共产党。

对于徐德兰、鹿广连二人的婚事，三叔鹿传本真是没少操心。为了把婚礼办得更体面，家人就商量着用什么样的花轿去迎娶，结果遭到徐德兰的反对："坐什么花轿？新郎能骑大马，我为什么不能骑马？"这一反传统的做法让鹿传本竖起了大拇指："一身英雄气，当代花木兰，不愧是我们鹿家的好媳妇！"最后，鹿传本跑到西边的夏庄村，找到当年慈禧太后的御前侍卫，已赋闲在家的王永祥，说明缘由，王侍卫听罢，赞不绝口，便亲自挑了两匹高头大马，一赤一白，借给鹿家迎亲。于是，一个别开生面的迎亲场景出现在枣庄通往郭里集的大道上：大雪纷飞，马蹄声疾，由远而近，城东大路上驶来两匹高头大马，马上两位披红的新人，任凭寒风拂面，哪怕飞雪漫卷，白马王子，赤马新娘，两团火红交融在雪白的世界里燃烧，从模糊飞驰而至，放大成红焰，溅起雪涛飞崩，转瞬间又消逝成一簇红点。

然而，徐德兰、鹿广连新婚的幸福并非那么平静安然，已融入革命队伍中的这对党员夫妻，每天在为党的工作而忙碌。这也是极不平凡的一年，枣庄党的工作刚刚打开局面，被几次罢工失败而灰心丧气的矿工亟待重新振作，地下网络工作的布局也急需恢复重建。

早在鹿广连、徐德兰结婚前的1936年6月17日，一个叫朱大同的叛徒从徐州蹿到枣庄，在枣庄老街西门外鸡市口的同春堂药店，一眼认出了已化名庞佩霖的郭子化，随后将郭子化抓住带回徐州，交给国民党徐州特务头子。一时间，枣庄党组织再次遭到被破坏的危险。好在作为枣庄医药公会会长的李韶九，第二天就急忙赶往徐州，以个人身份作保，使郭子化得以获释。鉴于这一突发事件，郭子化回到枣庄后便立即决定，将中共苏鲁边区特委转移至鲁南山区腹地的高桥镇，以免让刚刚建立一年多的特委机关再遭不测。而后,特委又相继建立抱犊崮徐庄支部、津浦路沙沟区委。近在咫尺的枣庄中兴公司中学也成立了读书会,汪国璋、沈春光、许在廉、李继祥等一大批进步学生和鹿广连、徐德兰成了好友。他们每天都可以相互交流阅读心得,探讨时局变化,在不知不觉中觉悟得到了提高。

枣庄党组织得到充分发展和壮大的消息不断传到鹿广连、徐德兰耳中,让这对热恋中的青年男女兴奋不已。一天,三叔兴冲冲地告诉鹿广连他们一个好消息:"为更好地开展枣庄驻地党的工作,特委决定在枣庄老街成立党支部,李微冬任书记。"继而,鹿传本脸一沉,道,"越是危险的地方越是安全;越是安全的地方越危险。要想老街支部最安全,就得有最安全的地方做掩护,可惜掩护点太少啊!"鹿传本看了一眼鹿广连他们,若有所思,却没再说话。徐德兰看出了三叔的心思,对鹿广连莞尔一笑,说:"广连哥,我们结婚成家吧,我们的家不就多了一个活动点吗?"鹿传本听后哈哈大笑:"真是个聪明的孩子,俺家广连真是找对了人!"于是,这才有了前面鹿广连白马迎亲的场景。

1936年12月,西安事变发生后,枣庄矿区的抗日热情空前高涨,中兴公司、中兴中学、中兴职业中学的进步青年,利用"读书会"成立了"各界人士抗敌后援会",并组织宣传队走上街头,演出抗日文艺节目,宣传中国共产党的抗日主张。宣传队还经常到矿工居住的"窑户铺"和郊区,大搞宣传活动,贴标语、散传单、搞募捐等,发动群众,轰轰烈烈的抗日救亡活动迅速开展起来。这些活动,鹿广连、徐德兰夫妇都积极参与其中。

不幸的消息传来了:1937年7月7日,日军发动卢沟桥事变,开始全面侵略中国。然而,日军一路向南推进,更加不幸的消息也不断传来,日军枪炮声愈来愈近:

7月30日,天津沦陷;

12月27日,济南沦陷;

1938年3月17日,滕县城失陷……

近在咫尺的枣庄城却没有慌乱,1938年3月18日下午,枣庄中兴煤矿公司办公楼门前,抗日宣传募捐活动依然在有序进行着。此时,徐德兰已经有了一岁多的儿子,虽然她不能像原来那样风风火火地参加各种活动,但每天在家仍关注着时局变化,听三叔鹿传本和丈夫鹿广连传来各种消息,或悲或忧,焦虑不已。下午两点,三叔鹿传本突然急匆匆走进家门,大声喊道:"快,快走!鬼子已经过了邹坞,很快到枣庄,再不走就来不及了。"徐德兰闻听后也非常着急:"广连呢,他在哪儿?"

中兴学校半月刊

"广连去中兴公司了,通知那里的学生抓紧转移。"

于是徐德兰简单收拾下包裹,抱起儿子,然后又轻轻放下:"三叔,我不走了,我要在家等着广连回来,等着我们的部队打回来,把这些日本鬼子全部赶出枣庄,赶出峄县,赶出中国!"徐德兰又对三叔说,"我一个妇女,鬼子能把我怎么着,我不怕!"

"好,咱爷几个在家等着,等着广连他们从山里打回来!"鹿传本期盼地说。

【资料链接】枣庄沦陷①

1938年3月18日下午四点,我正在我们学校里面搞募捐活动,为滕县的国民党军队募捐鞋子、面粉等东西,准备募捐完以后再派人去滕县慰问。就在这时候,突然有消息说,日本鬼子已经到西火车站了,他们走的时候也没跟我们讲。于是,我们就开始跑,顺着北马道往东跑。我记得非常清楚,当时我们募捐了不少面粉,跑的时候每人都背了一袋子面粉,一气跑到郭里集,情景非常狼狈。随后,台儿庄大战就开始了,国民党军队和日本鬼子在这一带进行了来来回回的拉锯战。我们和国民党军队的关系很好,也去他们的部队宣传抗日。之后的形势不行了,我们就进入了抱犊崮山区大北庄一带。

1938年3月18日,枣庄沦陷后的中兴公司办公楼

1938年3月18日,鹿广连也随鲁南中心县委撤出枣庄,进入抱犊崮山区。从此,枣庄矿区深陷日军铁蹄之下,枣庄人民也开始了长达近八年的苦难生活。但枣庄人民没有屈服,不甘心去当亡国奴,他们在中国共产

---

① 据笔者2016年8月22日对原鲁南抗日义勇总队队员李继祥的访谈记录。

党的领导下,开展了机智灵活的游击战争。

1938年9月,中共鲁南中心县委决定派遣一批干部,深入枣庄开展地下抗日斗争。

经中心县委研究,认为鹿广连有强烈的民族责任感和爱国热情,又是枣庄本地人,对枣庄矿区的地理情况尤为熟悉,在群众中威望很高,口碑甚好,其党员身份也一直没有暴露。中心县委书记宋子成亲自找鹿广连谈话,交代任务:第一要积极慎重地联络和组织抗日积极分子,发展党员,壮大党的队伍,建立党的地下组织,形成核心,开展对敌斗争;第二要组织和发动工人怠工,破坏敌人的煤炭生产,使敌人掠夺煤炭的计划不能得逞;第三要利用各种形式宣传抗日,激发广大人民群众的抗日热情,要在枣庄搅他个天翻地覆,使鬼子不得安宁,牵制日军兵力,使其不能进山"扫荡";第四要搜集日军情报,以便我们及时掌握敌人动态,配合山区人民反"扫荡"、反"清乡";第五要搞一些根据地紧缺的物资,支援山区的抗日战争;第六要做敌占区的统一战线工作,团结一切愿意抗日的力量,共同抗日。鹿广连愉快地接受了任务。六项任务如同六个重担,压在身上是那么繁重,但一想到很快就能见到日思夜想的妻儿,马上信心满满,回家的步伐也更坚定了,便迈开大步,向阴云密布、险象环生的无硝烟战场——枣庄城进发。

(四)男女并驾,如日方东

奴在房中缝衣裳哪呀哈嗨,忽听情郎来到奴绣房,急忙坐在床沿上。我去哟当兵打鬼子哟呀哈嗨,不知何时回家乡,得跟你商量。你去哟当兵打鬼子哟呀哈嗨,奴不能扛枪在后方,组织些大姑娘支援前方。打倒日本鬼再回家乡哟呀哈嗨!咱夫妻二人同抗战,齐心合力杀敌多荣光!

——枣庄民谣《夫妻去抗日》

枣庄城早失去了昔日的繁华景象,南马道上的街市门可罗雀,大、小洋街,行人稀少。商铺字号,关门闭户,没了各种腔调的叫卖声,少了南北小吃的烟火气,街道上一片冷清和凄凉。尤其到了晚上,大街上几盏幽黄路灯发出惨淡昏光,伴随饿犬的悲叫声、野猫的窜动声,日军巡逻兵的皮靴声,更增加几分阴森和恐怖。只有中兴煤矿公司办公楼上的探照灯,明晃晃地来回照射,把大门前日本兵的脸庞映照得如水洗一样惨白,更增加了几分恐惧感,整个枣庄城犹如一座人间地狱。

日军占领枣庄中兴煤矿以后,马上建立一套完整的矿务机构和特务组织。矿务要职均由日本人担任:大桥任矿长,板口、松尾、内田、板滕任矿师,酒井任东大井井长,龙泽任矿警队队长。为镇压枣庄人民的反抗,日本在中兴煤矿建立了庞大的特务组织,网络体系健全,人员配备齐整,武器装备精良。宪兵队是控制枣庄地区的中枢机构,队长由日军1415部队长村上派来的高级特务守岛担任,住址设在仅距中兴煤矿大门数百米处。宪兵队设三个分队:第一中队驻韩庄,由日本人田中任队长,负责与韩庄汉奸张来余、张来勋勾结联手,进行"剿共"和情报搜集;第二中队驻临城,由日本人长崎任中队长,负责临枣铁路安全及情报;第三中队驻枣庄镇,也就是宪兵"分遣队",由日本人松本任中队长,名为保卫煤矿,其活动范围却涉及枣庄临沂一带地区[1]。为秘密活动,松本以开设洋行、货栈为名,发展中国人为特务,组织便衣队、汉奸队,撒布"眼线",跟踪中共地下党员,暗杀抗日军民,控制交通线路,企图切断抱犊崮山区与枣庄的联系。尽管如此,日本还是对中国人不放心,又成立了二百多人的日本警队,由日本人中林(外号"辣汤")担任队长[2]。因此,要想在这错综复杂的环境下开展抗日活动,其难度可想而知。

月黑风高夜,一个矫健的身影敏捷地翻墙进入鹿传本院内。

---

[1] 李文周:《警旅钩沉》,中国文史出版社,2015年9月,第36页。
[2] 马平:《在枣庄时期的回忆》(1973年11月26日采访马平记录)。

"谁？"鹿传本警觉醒来，厉声问道。

"三叔，我是广连。"

打开门，鹿传本一把抓住侄儿，关切地问："你这孩子，怎么这个时候来了？"又连忙到西厢房敲下小窗，轻声说，"德兰，广连回来了！"

鹿广连回来了，半年没见的一家人紧紧围坐在一起。

"现在的二鬼子像窝狗子一样，到处乱窜，随处打听，在这个节骨眼你回来，多危险啊！"鹿传本说，"趁天不明，你赶快出城！"

"回来我就不走了。"鹿广连把回来的目的简单说了下，"要怕，我就不回来了。"

"就是就是，回来了就不怕。"徐德兰兴奋地看着丈夫，"我在家正憋屈呢，憋了一身劲没处使，你回来正好我们一起去打鬼子，不，去算计鬼子！"

鹿广连又问："咱一家人都还好吧？"

"唉！"鹿传本叹了一口气，"自从鬼子占了枣庄，你二叔、四叔都参加了抗日队伍，你五叔去了江西，至今没有音信，其他家里人也都躲到了亲戚家。我也刚刚在矿上找了份活干，这日子难熬啊！"

徐德兰接过话说："三叔，不要怕，不用愁，广连回来就好了，咱就能和鬼子好好干了！"

"对，有了山里党的领导，我什么都不怕，就敢和小鬼子比试一下了！"鹿传本坚定地说。

徐德兰听三叔一说非常高兴："虽然不能到前线去杀鬼子，但能进行地下活动，我也是八路的一个兵，一个不穿军装的女八路了！"

鹿广连听后哈哈一笑："对，连我们的儿子也是小八路了，咱一家人就是八路的一支抗日队伍！"

徐德兰收回笑声，镇静地问道："广连，你回来得找个工作当掩护吧？"

鹿传本说："至少得想个办法先站住脚。"

鹿广连问:"干什么差事好呢?"

"去教学!"徐德兰兴奋地说道,"去教学,这是广连的老本行,不容易被怀疑。"

"对,想办法去教学!"鹿传本一拍大腿,"明天我去请保长好好喝一场,问题不大,就这么办了。"

第二天上午,鹿传本给老车站五十六保保长彭世修下了个请帖,在万福楼摆了桌酒席,把彭保长喝个大醉,再加上鹿广连原来就在南马道小学教过书,身份也没引起怀疑,就给鹿广连办了个"良民证",鹿广连又找到原来的同事,再次回到学校。从此,鹿广连可以自由自在地出外活动了。为了更好地开展活动,鹿广连又把家搬到学校附近,这里紧邻中兴公司鞠仁医院,徐德兰可以随时抱着孩子与受伤的矿工聊天,了解中兴公司里发生的一些事情。

为配合鹿广连的工作,中共鲁南特委社会部又很快派来马平、李康来到枣庄,配合鹿广连的工作。马平通过关系,在六号包工柜当了司账,李康到榨油厂也谋到一份小工差事。他们是来帮助鹿广连开展地下活动的。家里有妻子徐德兰的鼎力支持甚至出谋划策,现

日伪峄县公署发放的"良民证"

在又来了两位战友相助,鹿广连顿时有了如虎添翼的感觉,活动也开展得非常顺利。白天他们深入工人中间,和他们交朋友;晚上,鹿广连把这些工友叫到自己家中谈心,徐德兰就忙前忙后,烧茶倒水,招呼伺候,然后再抱着孩子坐在门口放风,一旦发现有异常情况,就马上进家告知。经过一

段时间的工作,那些苦大仇深、有爱国心的矿工通过启发教育,经受住了考验,最后被吸收为中国共产党党员。

鉴于鹿广连、徐德兰夫妇的出色表现,根据枣庄矿区形势发展需要,1939年6月,经中共鲁南特委批准,正式成立枣庄矿区支部,鹿广连任支部书记,李康、马平为委员,而徐德兰这位编外成员,则成了这个支部不是委员的"常驻委员"。通过枣庄矿区支部的工作,到1939年底,共发展党员20名。这20名党员当中,不仅有市民张鸿浩,还有王文彬、颜西思、王新德三个矿工,鹿广连他们还在戒备森严的枣庄矿警队里面发展了赵德全、马振林、姚全珂、张延彬、徐玉庆、宋××、朱长胜七名党员,甚至还发展了李汝佩、金刚、张凯等女老师和同学为中共党员。发展每名新党员,都有徐德兰在幕后付出的巨大心血。

贴标语,散传单,是鹿广连他们的工作内容之一,也是党支部分配给徐德兰的重要任务。

在残酷的枣庄敌后战场,每名党员都是一名战士,每名战士都是无名英雄。

一天早晨,天刚发亮,枣庄街头上突然响起急促的哨声,一队队日本宪兵快速控制了枣庄各个路口,大街上行人一片惊呼,踩踏着路上散落的传单四散而去。有人小声说:"可了不得了,山里八路进城来了,把告示贴到了鬼子宪兵队大门口!"另一个人说:"八路真厉害,小鬼子没好日子过了!"

距中兴公司大门口不远的日军宪兵队大门附近,被一队宪兵围了起来,里面有几个过路行人。地上还有一张《八路军一一五师告日本士兵书》,不太规整的楷书大致写了"八路军宽待俘虏,日本士兵快倒转枪口,富士山在等你们回家"等语句。

一个鬼子宪兵小队长走过来,紧盯一个商人模样的男人:"你的,什么的干活?"

"太君,我是良民啊,做生意的干活。"商人战战兢兢地答道。

"做什么生意?"宪兵小队长问,"在哪里做生意?"

"太君,我做的是竹器生意,就是大白蒸馒头的那个笼屉。"商人比画一下笼屉形状,然后又向南指了下,"鸽子楼,我在鸽子楼的干活。"

宪兵小队长又仔细审视了一番生意人,然后挥挥手:"开路的干活。"

宪兵小队长又走到一个抱孩子的妇女跟前:"你的,什么的干活?"

妇女怀里的孩子不断啼哭,吓得不敢抬头,低声应道:"俺孩子病了,来看病的。"

"你的,家住哪里?"宪兵小队长恶狠狠地问道。

"俺家住在西边南马道小学那儿。"

"到哪里看病?"

"到医院。"

"到哪个医院?"

"鞠仁医院。"

"鞠仁医院在你家附近,你怎么来到这里?"宪兵小队长的一对鹰眼直逼妇女。

"孩子被吓着了,哭了一夜,俺抱他到大洼街找神老嬷嬷给叫叫。"妇女把头埋得更深了,怯生生答道。

"神老嬷嬷,叫叫,什么意思?"宪兵小队长转脸问身边的汉奸。汉奸赶紧凑上前,叽叽咕咕地比画了一阵子。半晌,宪兵小队长"哦"了一声。

突然,宪兵小队长对着妇女怀中的孩子大吼一声:"你的,打开!"孩子突然哇哇大哭不止。

妇女赶紧一层层解开孩子的包褥,摸了一把孩子的屁股,下面有一堆黏糊糊的臭粑粑,浓浓的臭味也瞬间散发出来。妇女扬起手,甩甩沾满的臭粑粑,骂了声:"这孩子,又拉了。"宪兵小队长被熏了个趔趄,赶紧一捂鼻子:"开路的干活。"

抱孩子的妇女正是徐德兰。昨天,矿区支部接到中共鲁南特委的任务,要求把《八路军一一五师告日本士兵书》连夜贴到枣庄街头,以达到瓦解日本兵斗志、提升抗日军民信心的目的。于是，鹿广连他们连夜在家进行书写，然后进行分工：鹿广连不用化装，就是南马道小学的老师，把宣传单缝在裤子里，进到矿里，负责中兴公司办公大楼周围及宪兵队张贴；马平扮成上夜班的矿工，把宣传单卷进袖筒里，到鞠仁医院附近，负责中兴小学、惠工村一带张贴；李康扮成等活的洋车夫，到马宅子日军大兵营附近张贴。任务分工完毕，天黑后大家正准备分头行动，徐德兰却一下拦住丈夫，主动提出自己也要参加。马平、李康不同意，觉得一个女同志，家里还有个孩子，怎么能离得开呢？鹿广连听罢略一沉思，说，这是个好主意，女同志带着孩子或许是最好的掩护，就安排徐德兰去宪兵队张贴标语，一旦有什么意外发生，自己离得较近，也好有个照应。马、李二人听后一笑，开玩笑说："鹿书记太自私了，抗日也不把老婆落下！"

中兴煤矿公司鞠仁医院（1923年）

于是，徐德兰把宣传单和糨糊包好，塞进孩子包褥里面，然后抱起熟睡的孩子，向鬼子宪兵队方向走去。当徐德兰把最后一张宣传单贴上墙，刚刚离开鬼子宪兵队大墙的时候，突然听到北边中兴公司大门口处一片嘈杂，隐约听到有人高喊"八路来了"的声音，紧接着传来一阵急促的哨声，宪兵队大门出来一队宪兵，把路上所有行人团团围住，逐一检查。徐德兰心里一惊，剩下的糨糊还没来得及扔掉，这可怎么办？当鬼子宪兵小队长正盘问那个生意人时,徐德兰把糨糊顺手抹在孩子屁股下面,但孩子干干净净,没有屎尿掩护,这时候鬼子也开始盘问自己,情急之下,徐德兰狠下心,连续使劲扭了孩子几把孩子大腿根,连惊加吓,惊恐万分的孩子被吓得拉出了屎,徐德兰感觉手上有热乎乎的东西出来,心里顿时松了一口气,便在包褥里面顺势一抹,把糨糊和臭屎搅在一起,这才逃过了宪兵小队长的严格检查。

在魔与道的较量中,虽然枣庄日伪表面上处于上风,但时刻被枣庄矿区八路的频繁活动搅得不得安宁:抗日标语不仅贴遍枣庄城的大街小巷,还通过徐德兰他们的启发教育和动员,利用给鬼子当保姆的妇女,甚至把标语贴到鬼子警备司令部和鬼子军官宿舍、厕所里,着实把鬼子吓得心惊肉跳;鬼子想扩大煤炭产量,电机却被矿工塞进了沙子,造成设备损坏,不得不停产抢修,产量不断在下降,鬼子疑神疑鬼,非常困惑。他们还为抱犊崮山区搜集情报、转运物资。徐德兰还利用女性优势,有时和丈夫鹿广连扮成新婚夫妻,骑着毛驴给山里运送药品,有时把情报藏在鱼肚子或豆腐里,拐着篮子出城"回娘家";有时把笔墨夹在棉袄里去"赶大集",有时把纸张缝在儿子尿布里,出城去请老中医"开偏方"。

三叔鹿传本为搜集情报,还把汉奸和保长请到家中,让徐德兰过来帮忙做上一桌好菜,然后把他们喝得酩酊大醉,套出了鬼子"扫荡"的时间、线路、地点等消息,并及时让徐德兰送信到山里,然后部队在路上设伏,一仗打死鬼子十几个,截获十几支三八大盖枪……

一时间,枣庄大街小巷盛传山里的八路神通广大,被说成"飞毛腿""土行孙",老百姓交口称赞,讥笑鬼子"山里的八路早被消灭"是吹牛皮,这让鬼子、汉奸如坐针毡、惶惶不安,便开始加大力度对矿区实行更严格的控制。同时,加派日特田中长崎、济南警察局的翻译郭西中,并随带秘密特务冯树魁(朝鲜人)来枣庄辅佐守岛,力图扭转被动局面,扑灭枣庄军民的抗日之火。

阴云密布,一场血雨腥风即将到来。

中兴公司门前的南北大街

（五）遍地哀鸿满城血，无非一念救苍生

一更里月亮照窗台，鬼子打进中国来。奸妇女，害百姓，村村房屋都烧净。

二更里月亮照正东，可恨东洋鬼子兵，罪不该占咱枣庄城，老百姓处在水深火热中。

三更里月亮照正南，抗日队伍干劲添，扛大枪，背子弹，手里拎着大刀片。

四更里月亮照正西，枣庄人抗日命不惜。没了爹还有儿，杀了夫还有妻。

五更里天大明，日本鬼子要裂熊①。男女老少齐上阵，活剥鬼子不解恨，俺百姓重新做回人。

——枣庄民谣《活剥鬼子不解恨》

由于枣庄矿区不断出现标语、传单，汉奸、特务也经常收到警告信，并

---

① 裂熊：枣庄方言，失败、完蛋的意思。

下工人消极怠工,煤炭产量直线下降,使鬼子非常恼火,再加上洪振海、王志胜等人夜袭洋行,杀死大掌柜、二掌柜,外出"扫荡"的鬼子也不断遭到伏击,驻枣日军特务头目守岛马上调整布局,在增加人员的同时,也把注意力集中在以中兴煤矿为中心及周围地区,并派遣特务四处活动,严密监视,多方搜集枣庄矿区地下抗日组织的活动情况,至1939年底,多名地下抗日群众遭到杀害。

1939年11月,矿区支部矿警队小组借成立"戒烟委员会"之名进行活动,但被"特务班"察觉,受到严密监视,并报告给宪兵队,于11月28日将赵德全、徐玉庆、齐殿英、姚全珂、张延彬、孔祥珍、潘砚田、朱长胜、张传樵、宋××10名矿警队的地下党员全部抓捕,好在没抓住什么证据,再加上所有被捕人员在酷刑下没一个人招供,除赵德全、徐玉庆二人被押往济南后惨遭杀害,其他八人几天后被释放。1940年1月16日,日特又将侦察到的情况向守岛做了汇报,并亲自带领"剿共班"和日本宪兵队,将矿区支部委员李康和地下党员郑玉林抓捕,杀害后抛尸郊外[①]。然后,又将往山里送文具用品的地下交通员李继荣逮捕,装进麻袋拉到济南,连同其他三位党员一起在千佛山下杀害[②]。

多名同志被逮捕、杀害,让鹿广连、徐德兰夫妇心急如焚,多次在家中召开矿区支部紧急会议,决定以后不再进行大的行动,减少聚会机会,以

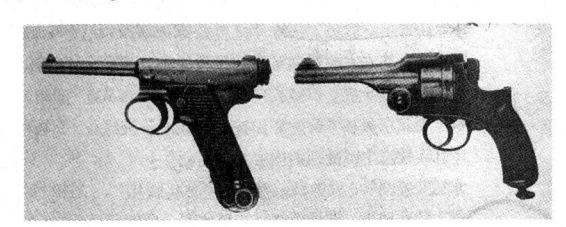

日本守岛特务队使用的手枪

---

① 周景宏、邓晋武:《枣庄煤炭发展史》,枣庄市政协文史委、枣庄矿务局、枣庄煤矿编,1982年5月,第72页。

② 据笔者2016年8月22日对原鲁南抗日义勇总队队员李继荣三弟李继祥的访谈记录。

避开日军的疯狂搜捕。然而,这一切却引起了徐德兰后院邻居、伪警察警长袁海庭的注意,他见鹿家来往人员较多,行色匆匆,便报告了日本宪兵队,并继续监视徐德兰一家的情况。1940年1月16日(农历十二月八日),枣庄全城戒严,日本出动全部军警、宪兵、汉奸和特务,实行全城大抓捕,重点派重兵层层包围徐德兰家。

此时,地下锄奸队的李队员得知这个紧急情况后,马上跑到中兴煤矿通知了刚刚上井的鹿传本。鹿传本心急如焚,急匆匆往侄儿南马道小学方向奔去,刚到鞠仁医院,远远看见一队队鬼子宪兵已把鹿家围住,心里大惊,不由得悲从心来,泪水瞬间流下:"广连、德兰,我的孩子!"转脸抹掉泪水,咬碎牙根,紧握拳头,疾步离开这是非之地。

其实,此时鹿广连没在家中,从山里汇报完工作正返回枣庄,在城北门外的殷村正好遇见急匆匆走来的李队员,他一把抓住鹿广连的手,急切地说:"枣庄全城戒严,情况万分危急,你和马平可能已经暴露,鬼子现在已经包围了你们的家,我已告诉了你三叔,他说去你家看看,不知情况怎么样。你现在绝对不能回去,必须马上离开枣庄!"

"还有德兰和孩子啊!"鹿广连往家的方向急切望去。

"顾不上了,赶快进山。"李队员恨恨地说,"来日方长,这笔账先给日本鬼子记着!"

鹿广连眼含热泪,悲愤至极,无奈转身,向抱犊崮山区跑去。

大街上嘈杂的脚步和不停的犬吠声,已引起徐德兰的高度警觉,凭经验,她感觉要有大事发生。一阵狂乱的砸门声,徐德兰知道自己将面临一场严峻的生死考验,她赶紧把家中值得怀疑的纸张碎片收拾起来,打开炉门,化为灰烬,然后静坐床沿。大门被踹开了,一群鬼子兵齐刷刷地把屋门围得水泄不通。只见徐德兰一边冷静地捋下头发,一边抱着儿子,直面群狼,横眉立目,泰然自若,无言静对。伪警长袁海庭从宪兵后面的人缝中挤了出来,嬉皮笑脸道:"老邻居,知道'皇军'为什么专门来你家了吧?"

徐德兰轻蔑一笑:"知道,托你这老邻居的福!"

"那就跟'皇军'走吧!"袁海庭阴笑一声。

宪兵小队长咬牙切齿:"带走!"

阴风四起。南马道大街上犬吠不止,一队饿虎群狼押着怀抱幼儿的徐德兰走向宪兵队驻地。寒风刺骨,一幅冰冷至心的画面在枣庄街头展开,此时的徐德兰是画面中唯一一棵不变颜色的松柏,昂首挺立,傲对严冬。

枣庄宪兵队驻地像一个硕大的兽笼,阴森恐怖,里面又分隔出若干小笼,有的住了兽兵,有的养了狼狗。

徐德兰被带了出来,没有怯弱,没有恐惧,更没有哀伤。

"你男人鹿广连去了哪里?"

"他教书上课,天天不在家,我哪儿知道?"

"你知道,你知道他是什么人。"

"我知道他是俺男人,是枣庄一个教书先生。"

"他是山里的地下党,是专门跟'皇军'作对的八路!"

无语。

"说吧,说出来你就可以抱着孩子回家了。"

无语。

稍后,一桌香气袭人的饭菜端了上来。

"万福楼的冰糖肘子,老味居的清氽丸子,还有顺河街的王家烧鸡,啧啧,这可是一般人做梦都梦不到的好吃好喝呀!"袁海庭又冒了出来,咂咂嘴,亲热地劝道,"快趁热吃吧,不为别的,想一想孩子的以后,还有什么想不开的?"

"还真谢谢你这位老邻居。孩子自有孩子的福,生个没骨头的儿子还真不如不生!"徐德兰毫不客气,撕下一只鸡腿,大口嚼下,然后对嘴喂了儿子。

袁海庭被骂了个无趣,灰溜溜离开了。

连续几天的美味佳肴，徐德兰都吃得满嘴流油，却始终没吐一个字。

连续几天的饥饿难忍，徐德兰始终没皱一下眉头，一个字也没吐。

连续几天的酷刑拷打，满身污血的徐德兰眼神没一点儿变化，还是不吐一个字。

"你这个女人是我来到中国见过的第一个铁人！"宪兵队长不由得竖起大拇指，"今天是中国的除夕，好好想一想，你可以去死，难道不想让儿子活下来过个新年吗？"

"你们日本离我们中国千万里，为什么跑来杀我们的兄弟姐妹，抢我们枣庄的煤炭？你们家里也有孩子，也有兄弟姐妹，换成我们这样去杀你全家，抢你东西，你会怎么样？"徐德兰脸上写满仇恨，一口血污吐向宪兵队长，"等着吧，等我的儿子长大成人，把你们这些东洋强盗一个个扒皮抽筋，全不得好死！"

"八嘎！"宪兵队长被徐德兰骂得恼羞成怒，一把从徐德兰怀中夺过孩子，下令把徐德兰捆在院内木桩上面，然后双手倒提孩子，活生生撕成两半，两只凶猛的狼狗扑了上来……

大雪纷飞，寒风呜咽。整个世界只有鬼子宪兵队院内那片殷红把徐德兰的双眼也染得与红血一样鲜艳，撕心、灼痛，像火一样燃烧。

昏厥后醒来的徐德兰突然一声大笑，笑得整个枣庄城乱颤，吓得整个宪兵队发抖，震得呼啸寒风为她的笑声避让……

双手沾满中国人民鲜血的刽子手，再次抽出屠刀，将徐德兰剖腹杀害，腹中孕育数月的孩子砰然滑出，溅起一道红光，瞬间被鹅毛大雪掩埋，形成一个令人心碎的隆起，在母亲徐德兰圆睁的怒目下，用一注血流，与未曾谋面的哥哥，一家三口团聚在一起……

这一年，母亲徐德兰23岁，儿子两岁，另一孩子刚出生，母子三人共25岁。

这一天，是1940年2月7日，大年除夕。

这一时，大雪纷飞，飞雪漫卷，天地怒吼。

这一刻,血兰花开,逆天寒流席卷整个峄县,像一个诅咒!

(六)尾声

徐德兰被日本鬼子杀害的消息传来,抱犊崮抗日根据地弥漫着一片悲伤,虽然鹿广连痛不欲生,但他没有倒下,先后被派往延安抗大和山东分局党校学习,后任鲁南区党委城工部副部长。这一年,出卖他一家的汉奸袁海庭被处决,他为英勇牺牲的妻子徐德兰报了仇。而后,鹿广连被派往枣庄,先后任枣临一带点线负责人兼运北工委书记、峄县二区区长和鲁南二地委委员。

1943年10月29日,鹿广连在途中与前来"扫荡"的日伪峄县警备第三大队大队长杨桂岭部遭遇,不幸在聂庄牺牲,时年27岁。敌人认出鹿广连后,先抄了鹿广连的家,翻出48张盖有峄县警备大队的空白介绍信[1],又将他的头颅割下,挂在中兴公司西南门外铁道旁杆上示众。七天后,党组织派人(鹿传本)趁夜将鹿广连的头颅摘下,送其老家埋葬。

抱犊巍巍,运河泱泱。垂范后昆,悲壮慨慷。

血兰花开,花开血溅。日月旋转,铭镌河山。

【资料链接】鹿广连传略[2]

鹿广连(1916—1943),又名鹿子泉,曾化名黄牧平、洪岱、黄伯平、吕子全等,原峄县二区李庄(现山东枣庄市中区永安镇)人。

其父弟兄五人,其父鹿传杰居长,二叔鹿传友,三叔鹿传本,四叔鹿传位,五叔鹿传启。鹿传杰婚后生儿子两个:长子鹿广连,次子鹿广智。鹿

---

[1] 聂桂田:《我从事地下工作的情况》,中国矿业大学出版社,《隐形战线》,1993年12月,第152页。

[2] 张守德、张远辉主编:《枣庄人物》,济南出版社,1996年3月,第137—138页。

广连3岁时父亲病故，母亲再嫁，弟弟鹿广智被土匪纵火烧死，其后由叔父抚养长大。19岁时在曲阜师范学校讲习所学习，后被分配在枣庄南马道小学当教员。时值全国掀起抗日救国高潮，他激于民族义愤，积极投身抗日救国洪流，于1937年加入中国共产党。

1938年3月，枣庄沦陷。8月，鹿广连奉中共鲁南中心县委书记宋子成之命在枣庄敌占区进行地下秘密工作。鹿广连以教师身份进行抗日救国，白天教书，晚上到民众中宣传抗日救国，先后在矿工、市民及日伪警察中发展了20多名党员。

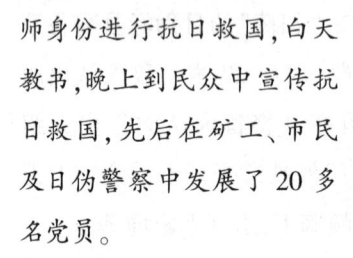

1939年6月，经中共鲁南中心县委批准，组建了中共枣庄矿区支部，鹿广连担任支部书记，于极端艰难险恶中发展壮大组织，开展抗日宣传、发展党员、破坏生产、传递情报、运送物资等抗日活动。其妻徐德兰及

鹿广连（画像）

鹿广连、徐德兰烈士纪念碑

不满两岁的儿子于1940年2月7日被日军杀害后，鹿广连先后进入延安抗大和山东分局党校学习。1943年6月任峄县运北工委书记。

1943年10月29日，在与伪峄县警备第三大队队长杨桂岭部遭遇战中牺牲。其头颅被悬挂于中兴公司西南门示众，数日后被其叔父鹿传本

036 | 枣庄抗日六女杰

摘下与尸体合葬在一起。

1945年8月15日,日本帝国主义宣布投降。1945年12月,峄滕境内再无倭寇横行,枣庄大地充满笑语欢声,鲁南上空一片祥和清明。

三、史海钩沉

（一）

徐德兰是鹿广连烈士之妻。1917年生于枣庄市郭里集村的一个贫苦农民家庭，从小勤劳勇敢，聪明伶俐。1932年参加革命活动，1934年加入中国共产党。1936年婚后配合鹿广连同志做党的地下通讯联络工作。广连对妻子经常进行教育，传播革命道理。由于徐德兰思想基础进步，一经教育，她便热情而细心地支持广连的工作，她不怕吃苦受累，既做好广连交给的任务，又做好家务。徐德兰胆大心细，能出色地应付一切，促使广连的工作顺利开展……

——于化琪、鹿传本:《忆满门英烈鹿广连一家》(节选，手写稿)

（二）

徐德兰和孩子被押在日本宪兵队里，敌人残酷地折磨她，拷问她，但她面对敌人的暴行，始终大义凛然，毫无惧色，没有吐露一点真情。敌人无计可施，腊月三十(1940年2月7日)这一天，狂风呼啸，大雪纷飞，凶残的敌人向徐德兰母子俩下了毒手。我们英雄的共产党员徐德兰同志，被野兽般的日本鬼子用麻袋包着头，连同孩子用黄包车押赴刑场。一路上，她拼力争搏，大骂日本鬼子禽兽不如，极力高呼"打倒日本帝国主义"。到了刑场，日本鬼子禽兽般剥去了她的衣服，把她绑在木桩上，徐德兰仍大骂不止，仇恨的目光怒视着敌人。敌人妄图用死来威吓她，但她没有怕。这时,穷凶极恶的日本鬼子将她的孩子抓起来,提着双腿,活活劈死。面对惨无人道的敌人,徐德兰同志没有哭,没有叫,两眼瞪着敌人,只恨得咬牙切齿,像一座铁塔一样站立着。徐德兰同志的这一举动,敌人惊呆了,他们万万没有想到杀了她的孩子也没吓倒她。徐德兰同志仍高呼口号,怒骂日本鬼子,在顽强的共产党员身上,敌人什么也没得到。最后,双手沾满人民鲜血的日本鬼子举起来屠刀,将徐德兰同志剖腹杀害。

——傅永顺、王景洲:《腥风血雨战煤城》(节选)

(三)

鹿广连同志出生在一个城市贫民的家庭,从23岁就参加了革命,任过小学教员。他的身份暴露后,日军没有抓住他,就把他怀孕在家的妻子抓去,用刺刀挑开肚子,挖出胎儿,用刺刀挑着,又将两岁的孩子扯着两条小腿劈成两半……

1943年农历九月三十日,鹿广连、王俊卿同志派交通员刘占鹏约我来横山口接头。下午我到了横山口,鹿、王两同志不在,等到夜里两点钟,忽然周围村庄狗咬声四起,接着附近有些村子传来妇女、儿童的哭叫声,是鬼子"清乡"来了。我听到聂庄枪声非常激烈,趁天不亮,我随着炭贩子的牲口队返回枣庄。上午九点钟,我慢步回到离我家门口有六七十米的地方,一棵树的周围围站了一群人,正围观树上挂着的一个血肉模糊的人头。周围的气氛十分紧张,我走近一看,啊,原来是鹿广连同志牺牲了!夜间两点多的枪声,竟是他与"清乡"的日伪军殊死搏斗。

——张协:《烽火岁月话当年》(节选)

(四)

1939年9月,中共鲁南特委社会部派鹿广连同志返回枣庄,发动地下斗争。马平、李康等随同鹿广连回到枣庄,马平在六号柜当司账,李康到榨油厂做工,鹿广连到田庄小学任教员。

一次,矿警队的党员同志利用替鬼子看孩子的中国保姆,把标语贴到敌人警备司令部的大门口和鬼子军官的宿舍、厕所里,搞得鬼子很紧张。还有一次比较大的行动,鹿广连、李康等同志白天写好标语、传单,到晚上夜深人静,中共地下党的同志分头张贴,一夜之间,大街上、广场上到处可见标语、传单。次日一早,工人、市民和赶集的农民纷纷跑去围观。这些标语给人们带来了信心和力量,有的说:"到底是八路军有办法,有胆量!"还有的议论说:"日本鬼子不是说八路军死没了吗?哪里来的这么多标语!"对日本鬼子来说,这些标语却成了一颗颗炸弹。

——李修杰:《抗日战争时期的枣庄煤矿》(节选)

(五)

1940年春节前夕,因坏人向日军告密,支部被破坏,一部分同志被捕,幸鹿广连等几名同志闻讯撤出,但鹿广连同志的爱人徐德兰和孩子遭日军杀害。后来,鹿广连同志在对日作战中也英勇牺牲。鹿广连同志全家的革命英雄事迹是值得我们永远学习的。

——宋子成:《中共鲁南中心县委的组建及其工作的回忆》(节选,1985年10月28日油印稿)

(六)

枣庄沦陷,党组织转移山区,在枣庄地区的一直坚持对敌除了留下党员以外,在山区也不断地派员深入枣庄市区进行工作。当时做敌区工作被捕牺牲的有李继荣同志和鹿广连同志的家属,鹿广连同志的家属死得比较惨壮,鹿广连也在抗日战争中光荣牺牲了。

——刘清如:《在枣庄地区革命工作回忆录》(节选,油印稿)

(七)

徐德兰被日寇关在阴暗潮湿冰冷的牢房里。年仅22岁的徐德兰像一个久经考验的老同志一样,面对敌人毫无惧色。当时敌人还没弄清她的党员身份。徐德兰始终咬紧牙关,严守党的秘密,多次酷刑使她遍体鳞伤,但她始终保持着共产党员的气节,使敌人的阴谋一次次遭到挫败。

日寇魔爪般的双手残忍地先把孩子劈死了,然后又将徐德兰剖腹杀害……

——吴保祥:《徐德兰》

(八)

1939年12月4日,鹿广连、马平因得信而幸免于难,敌人搜索无着,兽性大发,遂将鹿广连爱人及孩子杀害,弃尸街头,剖腹示众。其情其景,令人惨不忍睹。

——周景宏、邓晋武:《日本铁蹄下的中兴公司》

(九)

1940年2月7日,正是大年三十。这天朔风怒号,乌云低垂,鬼子把群众驱赶到中兴公司西南门外的场地上,把遍体鳞伤却叫骂不止的徐德兰拉到那儿,剥掉衣服,捆绑在一根木柱子上。日本宪兵队长兽性大发,倒提着她不满两岁的孩子,狞笑着吼道:"只要你说出你丈夫鹿广连在哪儿,就当场释放你和孩子!"

"我丈夫是个教师,他上哪儿我不知道!"

"你要是不说,就劈了你的孩子,把你剖腹示众!"

孩子撕心裂肺的哭喊,使当时有身孕的徐德兰肝肠寸断。她怒斥敌人:"强盗,你们连无辜的孩子都不放过,简直是畜生!"

鬼子恼羞成怒,疯狂抡起战刀,活活把年幼无知的孩子劈成了两半,殷红的鲜血染红了大地,人们都悲痛地闭上双眼。

徐德兰怒不可遏,拼力高呼:"打倒日本帝国主义!""日本强盗滚出去!"……

嗜血成性的鬼子没等她喊完,就挥刀剖开了她怀有身孕的腹部……

已经成形的胎儿在血泊中蠕动……

——秦绪颜、华光:《深切怀念鹿广连和徐德兰烈士》

四、采访札记

(一)邵明玉、徐成刚访谈记录①

访谈时间:2020年11月20日

访谈地点:市中区郭里集民主村

访谈人物:邵明玉、徐成刚

邵明玉:据说徐德兰和鹿广连一块参加革命,熟悉以后是自谈的婚事。当时她能和鹿广连结婚,肯定是有文化的。徐德兰牺牲得很壮烈,她的一个孩子被日本人扯着腿当面劈的,她肚子里还怀着孕,又把她两个胳膊给吊起来,用刺刀剜开肚子,把里面的小孩儿也给剜死了。后来,连鹿广连也牺牲了,一家人没活一个。

徐成刚:我父亲兄妹四个,老大是我大爷,叫徐德山,徐德兰是老二,我父亲是老三,叫徐德海,属猪的,1923年出生,下面还有一个小姑。我大姑徐德兰牺牲以后,我小姑后来用了大姑的名字,也叫徐德兰。日本人进枣庄以后,我爷爷是被日本人吓死的。听我父亲讲,他曾被我大姑安排挎着篮子到枣庄窑去送东西,后来一想,才知道是去送情报的。

当时我大姑是从郭里集老家回到枣庄以后被鬼子逮走的。她被鬼子逮走以后,就有人来到我家里。那时候我爷爷去世了,家里有我奶奶、父亲、二姑,来人的意思就是让我家人赶紧到外边躲躲。我奶奶就带着我父

---

① 据笔者2020年11月20日对邵明玉、徐成刚的访谈记录。邵明玉,郭里集民主村党支部书记。徐成刚,1965年出生,郭里集村人,是徐德兰二弟徐德海之子。

亲和我小姑到亲戚家躲了。因为有叛徒出卖,日本人也确实来堵了,说来找徐德兰的老家。真是要被堵住了,这三口人也剩不下。我父亲在山亭区食堂干的时候,有人说:"老徐,听说郭里集有个女烈士,也姓徐。"我父亲说:"巧了,那是我大姐。"我父亲一直不愿意说这些,因为大姑死得太惨。那时候干地下工作,根本没有照片。

(二)鹿广成访谈记录[①]

访谈时间:2021 年 1 月 26 日
访谈地点:市中区小李庄村
访谈人物:鹿广成

我家原来住在枣庄老车站,我爷爷原来在枣庄老车站教学,是我爷爷和我父亲供着俺哥鹿广连在曲阜上的学。

在枣庄西南门西边白骨塔往北有个东西路,在东西路西边有个小学,俺哥在那儿住。夏庄有个清朝的王侍卫,在他家借的两匹马,给俺哥结的婚。后来他有个小孩儿,比我小点,我有时候去他家。夜里他在家里写宣传单,然后出去贴得到处都是的,日本鬼子也吓得不轻。到了末了,连给日本鬼子看小孩的保姆和矿警队员都被发展成党员了。

他是书记,有人经常到他家里去,邻居出卖了他,后来俺嫂子和孩子都让日本鬼子给杀了。鬼子杀小孩的时候让俺嫂子看着,杀死以后喂了狼狗,接着又把她也杀死了,都喂了狼狗,上哪里埋去?

俺嫂子牺牲以后,俺哥到山里培训,培训了一年。

鬼子把俺哥逮住了[②],把头割下来,在白骨塔那里挂了有七八天,末了让俺父亲给偷回来了。身子原来被埋在永安的西南角,头偷回来怎么

---

① 鹿广成,1934 年出生,市中区小李庄村人,是鹿广连的叔兄弟,其父鹿传本。
② 有误,应为身负重伤后牺牲。

办呢？父亲就弄了个大罐子，把上边砸去，底下剩半个，把头搁里面，在坟头前面扒个小窝埋的。到后来，俺家又起了坟，把罐子砸烂，把头取出来，才和身子埋在一起的。

我父亲是地下党，我怎么知道的？俺姑在横山口，父亲得从枣庄跑着去，我跟着跑，就上游击队那边了，去汇报情况。俺父亲拉着车子，到这里到那里，了解情况，从枣庄跑根据地去汇报，到了夜里还得回去。我跟父亲去过，接触过地下党。

张协

崔庄有个鹿传斌，见俺四叔给八路筹了不少钱，就借来枪把俺四叔、俺四婶子都打死了。后来，俺哥派人找他，见他在地里干活，就把他抓来了，拉到南山根打死了。

新中国没成立的时候张协①在俺家里住了好几年，他下井。张协刚来枣庄的时候跟着我父亲，我父亲当时拉洋车，他就跟着。我父亲说："咱爷儿俩这样一天能混几个钱？"我父亲跟老车站的伪保长关系怪好，就找他，说："我来个朋友，看你能给他找个工作吗？"于是就找了工作，安排他下井。下井也了解情况，在井下也能联系工人。这是俺哥牺牲以后的事。

（三）李金池访谈录②

访谈时间：2018年4月19日

---

① 张协（1922—1994），平邑县仲村人，1938年参加革命，曾受鲁南军区城工部派遣，来枣庄矿区进行地下抗日活动，配合鲁南铁道队、运河支队等队伍战斗多次。1949年后，先后任淮南煤矿基建局党委书记、淮南钢铁总厂党委书记、化工部三建公司党委书记等职。

② 李金池，1951年出生，薛城区邹坞镇中陈郝村人，其父李凤仪，早年行医，与苏鲁支队刘景镇、朱玉相为仁兄弟，其大姐李秀清，系张协之妻。

访谈地点:枣庄市工人文化宫

访谈人物:李金池

鹿广连的人头挂西南门的歪脖枣树上,夜里,是大姐夫张协带两个人把头给弄下来的,不是史料上写的那样。那时候大姐夫来枣庄写了不少东西,一来都待一个多星期。

(四)陈桂茂访谈录[①]

访谈时间:2021年1月27日

访谈地点:市中区

访谈人物:陈桂茂

张书记(张协)一到横山口,有汉奸告密,鬼子就把横山口给围了起来,张书记跑不出去了,就到姓孙的一家,正赶上他儿刚刚结完婚,于是孙大爷就对张书记说"你赶紧把衣裳脱了,换俺儿的衣裳",就把他儿的结婚衣服换上,把枪藏在石头堆里,赶紧备驴,让新媳妇骑在驴上,张书记牵着,当作新媳妇回门。孙大爷在前面给翻译官塞点儿钱,说:"娘家酒席都准备好了,俺不能老等着,俺是良民。"翻译官就给鬼子叽里呱啦地说了一阵子,才一挥手让走的,混出了鬼子的包围圈。到了1986年,孙家当年的媳妇娶儿媳妇,张书记又去了孙家,秀清大姐(张协夫人)给张书记开玩笑,说:"这也是你娶儿媳妇。"孙家儿媳妇说:"不是你?就没有俺的今天了!"这家的孙大娘,就是鹿广连的姑。

[①] 陈桂茂,1931年出生,市中区小陈庄人,鲁南铁道队地下交通员,枣庄工人支队队员,曾任张协警卫员。

五、历史回声

(一) 铁血女杰徐德兰

抗战时期,在枣庄这块英雄的土地上,涌现出一位刘胡兰式的铁血女杰,她严守党的秘密,在日寇屠刀面前不屈服,最后她和她未满两周岁的儿子惨遭杀害。这位女英雄就是枣庄人引以为傲的徐德兰烈士。

徐德兰,1917年出生于山东峄县郭里集村(今西王庄乡民主村)的一个贫苦农民家庭,苦难的日子磨砺了她的意志,增进了她对贫苦人民的感情。受革命思想的影响,年仅15岁的她便开始参加革命活动,1934年不满18岁时光荣加入中国共产党,后在丈夫鹿广连的影响和帮助下,逐渐成为一名坚定的革命者。1938年2月,日本侵略者占领枣庄,党组织委派鹿广连到枣庄矿区开展地下工作,徐德兰积极配合丈夫做交通联络工作。她不顾危险传送情报,散发抗日传单,有时一夜之间标语、传单散布整个矿区,甚至日本宪兵队长冈村的办公地点也发现了传单。抗日宣传激发了矿区人民的抗战热情,同时也引起了日寇的恐慌。日本宪兵司令部派出大批日伪军四处搜捕我党地下党员。1939年12月,由于叛徒告密,鹿广连等革命同志的身份暴露,日伪特务随即扑向我党秘密联络点,一批优秀的同志被捕或惨遭杀害。当日伪特务包围鹿广连在南马道的家时,因他在外工作,使日伪抓捕落空,气急败坏的日本鬼子便抓走了徐德兰和她未满两周岁的儿子。

日寇将她关进一个阴冷潮湿的牢房里,当时他们还不清楚徐德兰的党员身份,以为一个弱女子好对付,于是对她轮番审讯拷打,可任敌人如何拷打折磨,徐德兰坚贞不屈,严守党的秘密,使敌人的阴谋一次次遭到挫败。

强攻不成,敌人于是变换伎俩,开始对徐德兰进行利诱。一天上午,冈村走进牢房,皮笑肉不笑地对徐德兰说:"你的大大的,山野司令官的有请。"徐德兰从容地抱起孩子,被敌人押上了一辆黄包车。来到日本宪兵司令部,冈村将她带到一间宽敞华丽的房间,两个日本少女正忙着往圆桌上端点心、水果。冈村凑上来,殷勤地为徐德兰让座,然后向日本少女咕嘟几句转身离开。

过了一会儿,一个肥头大脸的日本军官慢慢地走进来,徐德兰坐在椅子上一动不动,那位军官停了片刻,走到徐德兰对面坐下说:"我是这里的司令官山野太一郎,很钦佩徐小姐的为人。"山野是个中国通,他不用翻译,直接和徐德兰交谈。他继续说:"你们爱国,我也爱国,可你们政府太无能,人民贫穷落后,我们大日本帝国同情你们,特地从老远地方过来帮助你们,你的明白?"

"胡说!"徐德兰按捺不住胸中的怒火,厉声呵斥道,"我与你没有什么好谈的,我爱我的祖国,爱我们中华民族,可你们这些侵略者践踏我国土,杀害我百姓,掠夺我财富,还恬不知耻地说什么帮助我们,现在我们已经觉醒,一定要把你们赶出中国去!"

这气吞山河的话语,惊呆了山野,望着面前的徐德兰,他真不敢相信此话语会从一个弱女子口里说出。好一会儿,他才回过神狂笑着站起来:"好,说得好!不愧是一位优秀的共产党员。"这些天来,山野兴师动众,到处搜捕共产党,可收获甚微,他本打算能从徐德兰身上打开缺口,可审讯拷打二十多天,没有半点进展,今天还挨了当头一棒,不过这也使他明白了些什么。

对于山野的话,徐德兰也有了一些怀疑,她感觉自己并没有暴露身份,于是反问:"谁说我是共产党员?"

"这还用明说吗?"山野狡黠地眨巴着眼说,"徐小姐,你刚才的话就足以证明你就是共产党员了。"

"笑话!"徐德兰轻蔑地一笑,回敬道,"那些话每一个有良知的中国人都应该说,如果因此说我是共产党员,那我们四亿五千万同胞,除了投降者外,就全是了。"

山野像挨了一巴掌,但仍不死心,他奸笑着说:"徐小姐,你太自信了,如果你们中国人都有这种思想,我们就不用来了。"

"等着瞧吧,你们的末日不远了,明天一定是我们的!"

"明天?你若不识时务,还有明天吗?"山野凶狠地威胁,接着又放轻语气劝道,"徐小姐,你还年轻,俗话说识时务者为俊杰,只要你好好地与我们合作,看到了吗,这里的房子、侍女都是你的,你会有享不尽的幸福。"

"合作?与你们这些强盗合作,真是白日做梦!"

"你不爱惜自己的生命,可你的孩子怎么办?"

徐德兰坦然一笑:"谁不爱惜自己的生命和孩子?可国破家亡之时,谁又能顾及得了呢?你听过我们的《义勇军进行曲》吗?把我们的血肉,筑成我们新的长城……"

"住口!"山野气得暴跳起来,狰狞的嘴脸不断抽动着,"你知道这是什么地方?我是在审讯罪犯。"

徐德兰猛地一拍桌子,大声呵斥:"谁是罪犯?!你们侵略我国,烧杀抢掠,无恶不作,欠下了我们中国人多少血债,你们才是真正的罪犯,应该接受审判的是你们这些刽子手。"

"拉下去,死了死了的!"山野疯狂地叫喊着,冈村和几个鬼子恶狼般扑向徐德兰,将她拉回牢房。

日本强盗用尽手段一无所得,彻底放弃了争取徐德兰的幻想。1940年2月7日,狂风呼啸,大雪纷飞,刑场上除了风吹枯枝发出的尖声外,一片死寂。徐德兰被恶魔般的日本野兽剥光衣服绑在木柱上,冈村倒提着她不满两岁的孩子来到她面前,孩子撕心裂肺的哭喊声,刀扎般撕扯着这位伟大母亲的心,她紧咬牙关,鲜血从她的口中不断涌出。冈村狂叫着:

"说不说？不说，我先劈死你的儿子，再将你剖腹示众！"

"强盗！畜生！既然你们如此野蛮，不通人性，那就杀吧！"

冈村用魔爪残忍地劈死孩子，接着又将徐德兰剖腹杀害。四周的狂风怒吼着，那是对日寇罪行的控诉；纷飞的雪花乱舞着，为一代英魂和她的幼子覆盖了玉洁的白纱。

徐德兰英勇就义的噩耗传来，激起了家乡广大军民的义愤，他们发誓要为英雄报仇。一年后，峄县武工队在二区区长鹿广连的带领下，在徐德兰牺牲的地方，枪决了告密的伪警察局巡警、汉奸袁海庭，为英烈报了仇，替人民雪了恨。

（二）煤城双英：鹿广连、徐德兰夫妇的英雄事迹

在台儿庄烈士陵园内的东侧，矗立着一座六米多高的英烈纪念亭。亭子庄重典雅，四周是大理石雕砌的围栏，亭中有一块由原国防部部长迟浩田将军亲笔题写的"鹿广连徐德兰烈士纪念碑"，后面的金色碑文记载着这对英雄夫妇可歌可泣的动人事迹：

鹿广连又名鹿子泉，曾化名黄牧平，台儿庄区泥沟镇吉庄村人，后迁居到枣庄市市中区永安乡李庄村，1916年7月出生，他中学毕业前在峄县参加了张捷三举办的师范讲习所，学到了许多爱国道理，三个月后毕业当了一名教师。1935年参加了中国共产党，并在枣庄矿区从事党的地下工作。1938年3月18日，枣庄沦陷。当年的8月初，鲁南中心县委书记宋子成找到鹿广连让他以教师的身份进行抗日救国工作，白天他教书，晚上到民众中宣传抗日救国，先后在矿工中发展了20多名党员，同时在日伪警察中发展了6人入党。1939年6月，经鲁南中心县委批准，组建了中共枣庄矿区支部，鹿广连担任支部书记，于极端艰难险恶中发展壮大组织，开展抗日宣传，购买运送军用物资，支援抗日前线。

其妻徐德兰是枣庄市市中区郭里集村人，15岁参加妇联工作，17岁

参加共产党,19岁两人结婚,她是鹿广连得力的地下交通员。1940年1月16日,敌人出动大批日军包围了鹿广连的家。由于鹿广连在外工作没有被抓住,但妻子徐德兰和年仅两岁的儿子不幸被捕。鬼子先是利用钱物等诱降徐德兰,后是严刑拷打,让她说出鹿广连和其他共产党员的下落,但徐德兰面对穷凶极恶的日寇,毫不屈服。1940年2月7日,徐德兰被日军押赴刑场,剥掉衣服,绑在木柱上,但她仍高声叫骂不止。残忍的日本兵将她的儿子在她面前活活劈死,然后再将她剖腹刺死。徐德兰壮烈殉国,年仅23岁。

1943年10月29日夜晚,鹿广连夜宿聂庄,被日本特务发现,日军调集人马包围了聂庄。在激烈的突围战斗中,鹿广连身受重伤,在敌人围上来的时候,他拉响了身上仅有的一颗手榴弹,和敌人同归于尽。日军为了领赏,残忍将鹿广连的头颅割下悬挂于枣庄城西门示众。鹿广连时年27岁,丹心昭天地,忠贞垂千古。鹿广连、徐德兰为抗日满门英烈,感天动地,可歌可泣。值中国共产党成立九十周年之际,台儿庄人民政府决定为烈士竖碑、建亭,以告慰先烈,感召后人,浩气永延,继往开来。台儿庄区人民政府于2011年7月18日竖碑。

今天的枣庄宁静而勃发,经济发展日新月异,城乡面貌气象万千,一幢幢高楼林立、一条条鲜花绿树环绕的城市大道笔直而宽广、一辆辆汽车快速穿行、一个个景区人头攒动……枣庄人民的幸福生活越来越美好,但发生在枣庄地区的抗战历史和英烈事迹,我们会永远铭记!

据悉,鹿广连、徐德兰夫妇的英雄故事目前正在进行电影剧本创作之中,力争早一天搬上荧屏。

六、长歌当哭

枣庄,心中默念(组诗)

枣庄

地下的石头灌满了油
欲动的辫子如鞭,一根根
在枣庄街,
甩出大清油浆,条条闪亮
长袍马褂,游来游去,像鱼
熠熠生光的燃石,
映出枣庄的面子
1878年,掉了牙的峄县躲进线装本,
开始大隐

我心中默念
枣庄呱呱落地,峄县慢慢终老
一个生,一个死

矸石山

走进中兴
抚摸一把飞机楼,抬头看一眼高天

云天也是一幅画啊
里面有张连芬的肖像,张汉卿的肖像
有鞠仁医院、中兴学校的房子、临枣火车、新浦轮船的影子
有山样的煤堆,也有山样的矸石

我心中默念
煤堆是金,矸石山是坟
一声赞,一声叹

倒春寒

一座中兴矿就是一锅酱色红烧肉
香气飘向东瀛。
引来 1938 年 3 月,倒春寒
一群黄色的东瀛人,涎舟西渡
瘟疫般散开
膏药旗张扬在北沙河,舞动在郭里集
刺刀挑翻了老和尚寺,挑翻了邹坞爬桥……

枣庄人,怒了。
于是一伙人开始蘸洋行东瀛人的血
书写红色的"恨"……

我心中默念
洋行不洋,枣庄人不土
一声恨,一声爱

卷纸成兵

天黑下来。
一列列火车被三八大盖训成狗,
衔着枣庄人的心痛东驰而去
天会亮的,天怎么不会亮呢?
徐德兰闪出家门。
卷纸附声告知即将天明的消息。
以及枣庄人的无畏。
于是万福楼门板上骂出了声,
中兴矿西南门的怨载了道。
矿警队拐角屋上的恨爬满了墙。
连宪兵队大门柱上,
也发出一声高亢的叱喝:滚回去!
霎时,黄衣服白了脸。
矮个子愁比枪高

我心中默念
日本人有枪,徐德兰有胆
一声笑,一声险

雪天血地

说好的不下雪,
学爆竹的样子碎红满地。
让1940年的除夕更具喜气。
却为一个女人枪口下的凛然又改变主意
为那个生在雪天的徐德兰,
能够纯洁而去

那天,天地愤怒
牵着抱犊崮的野风,
和着运河水汽氤氲
为一场蓬勃的悲壮铺好肃穆。
迎接一簇红花绽放

中兴井架用坚硬的嘴
掀开鲁南抗战史的睫毛
看见了一朵血兰花,
在中兴矿神一般盛开。
绚烂,慷慨;不屈,明白
让滴血的军刀惊呆

我心中默念
徐德兰如兰,花落如开
一声歌,一声哀

附：参考文献

1.《中共党史大事记(1921—1949)》,中共枣庄市委党史办公室编,中共党史出版社,1991年;

2.《枣庄煤矿工运史》,李修杰、苏任山著,枣庄出版管理办公室,1986年12月;

3.《枣庄煤炭志资料选》,枣庄矿务局史志办公室,1984年7月;

4.《枣庄市中区文史·人物专辑》,市中区政协文史委,2004年11月;

5.《枣庄煤矿发展史》,周景宏、邓晋武著,枣庄市政协文史委、枣庄矿务局、枣庄煤矿,1982年5月;

6.《警旅钩沉》,李文周著,中国文史出版社,2015年9月;

7.《申报》;

8.《民国日报》;

9.《民国第一案》,王作贤、贺荣第、常文涵主编,山东人民出版社,1990年7月;

10.《微山湖区史缀》,李近仁著,济宁新闻出版局,1998年5月;

11.《枣庄人物》,张守德、张远辉主编,济南出版社,1996年3月;

12.《隐形战线》,中共枣庄市委党史办公室编,中国矿业大学出版社,1993年11月;

13.《古稀老人话今昔》,枣庄文史资料第12辑,枣庄政协文史委,1991年9月;

14.《鲁南民间歌谣精选》,沙朝佩编著,山东文艺出版社,2001年12月;

15.《烽火岁月·枣庄抗战老兵口述录》,枣庄档案馆编,九州出版社,2019年12月;

16.《百年中兴史略》,秦绪颜、胡乐宝主编,中华书局,2017年3月;

17.《枣庄市中教育史略》,郭兴龙主编,枣庄市中区教育志编委会,2012年12月;

18.《画说枣庄工运》,王功彬著,中国工人出版社,2021年1月。

第二辑　枣庄抗日六女杰之"芳林嫂"

一、"芳林嫂"小传

"芳林嫂"是抗战时期鲁南铁道游击队多位女英雄的统称,她们机智勇敢,大义凛然,宁死不屈。女交通员刘桂清、黄学英,情报女杰郝贞就是这个群体的代表。

"芳林嫂"部分影视形象

刘桂清(1898—1984)是江苏沛县大屯乡徐楼村人,1939年在山东湖西区参加革命,1940年任铁道游击队地下交通员。她卖田地换粮食送给部队,站岗放哨,传递情报,掩护革命力量,抚养烈士子女。她两次被敌人逮捕,在酷刑面前,大义凛然,宁死不屈。解放战争时期,她又先后将自己的一儿一女都送上了战场。她机智勇敢,心怀革命理想,是铁道队同志们心中的"刘二嫂"。

黄学英(1906—1977)是枣庄市薛城区临城镇古井村人,因婆家姓殷，人们都叫她"大老殷"。日本鬼子进入临城那年，她30多岁，以卖油条、烟卷为生——也是她地下情报员身份的掩护，后因叛徒的出卖被捕。酷刑拷打、逼供、扒光衣服、跪煤焦堆、灌17壶凉水、灌辣椒水，日军手段残忍，无所不用其极！她的坚贞不屈让日军恼羞成怒，日军把她关在牢房里十三天不给吃喝。为了活下去，她硬是把自己破棉袄里的棉花全部吃光了，靠着喝渗进牢房的一点雨水，坚强地撑着。日军用烙铁、皮鞭等酷刑审问她，也没有撬开她的口，最后把她拉到临城东门外，绑在一棵槐树上，企图放狼狗将她活活咬死。黄学英被敌人折磨得不像人样，身上发出令人窒息的恶臭，狼狗扑了几次，都被熏得没法下口，最后，她被丢到了城外的乱坟岗。当时她咬紧牙关，心中只有一个信念："游击队的兄弟在等着我，他们需要我，我不能死，我一定要活着出去，我一定要看到鬼子给我们跪下的那一天！"正是靠着这坚定的信念，她竟奇迹般地活了下来。

郝贞(1916—1981)是枣庄市薛城区常庄镇六炉店人。她出身渔民家庭，排行老二，自幼勤劳能干，常和姐妹一起去湖里捕鱼，在船上长大，因而练就一双大脚。因丈夫姓时，人唤她"时大脚"。1940年9月，丈夫时福友被日本鬼子杀害，国恨家仇令她悲痛异常。同年10月，郝贞在洪振海影响下走上抗日道路，成为出色的交通员。她勇敢机警，胆大心细，以卖煎饼为掩护，一边张贴抗日传单鼓舞临城百姓士气，一边搜集敌人的情报，使铁道队和其他抗日武装多次转危为安。她曾因叛徒出卖，两次被捕，经受严刑拷打，依然守口如瓶。被成功营救后，她带领家乡妇女积极参加支前工作，多次受到上级表扬。

二、英雄传奇

引子

薛城,旧称临城,地处南北交通要道,明洪武年间设"临城驿",清康熙年间设衙门。1912年5月、11月,临枣支线、津浦铁路相继修成通车。在两条铁路交会处南部的"南岗子",修建了临城火车站。

1937年7月7日卢沟桥事变,抗日战争全面爆发。在山东,国民党山东省政府主席兼第三路军总指挥韩复榘率十万大军不战而逃。日军遂于12月27日侵占济南,31日侵占泰安,并沿津浦铁路继续南下,于1938年1月4日侵占兖州、曲阜,鲁南成为战区。3月17日,滕县失守,日军侵占临城,在临城火车站东南设兵营,驻宪兵队,俗称"大墙里",是日伪军的盘踞点,鲁南沦入日军魔掌中。日本帝国主义为掠夺枣庄优质煤炭,进驻的兵力在一个连队以上,还收罗了大批的矿警、伪军及便衣特务。他们对矿井、发电厂、火车站、邮局等要害部门和交通枢纽派重兵把守。在敌人侵占的交通线重要城市附近和广大平原地区,国民党地方政权崩溃,土匪、流氓、地主武装蜂起,一派混乱,险象环生。

在中国共产党全面抗战路线的指引下,在山东省委和苏鲁豫皖边区特委的直接领导下,鲁南地区的党组织坚决贯彻执行中央的抗战路线、方针和政策,努力恢复发展党的组织,广泛发动群众,发展抗日民族统一战线,大力组建抗日团体和抗日武装,积极配合正面战场作战,机动灵活地开展敌后游击战争。

1939年冬,在枣庄抗日情报站的基础上,成立了一支小型的人民抗

临城火车站旧貌

日武装,活动于津浦铁路鲁南段和临枣支线上,这就是举世闻名的鲁南铁道队。抗日战争十四年中,这支人民抗日武装先后在人民抗日义勇总队、苏鲁支队和鲁南军区的直接领导下,在广大人民群众的

刘知侠工作照

支持下,机智勇敢地同敌人做斗争,创造出了许多的故事,为抗日战争的最后胜利建立了卓著功勋。

　　1943年夏天,山东军区召开全省战斗英雄、模范大会,时任山东文协主办的《山东文化》杂志副主编的刘知侠参加了这次大会,在采访英雄的过程中结识了鲁南铁道队的甲级战斗英雄徐广田,被鲁南铁道队的事迹震撼,后深入铁道队体验生活并以文字形式记录下来。在采访过程中,他被帮助铁道队的刘桂清、黄学英、郝贞3位妇女感动,她们智慧勇敢、坚强不屈。于是在后来构思小说作品时,他将3个人的个性特点进行融合,创造了"芳林嫂"这个斗争形象。

"芳林嫂"是敌后抗日武装队伍里涌现的女英雄,她不是一个人,而是鲁南敌后抗日武装中千百个农村妇女的代表,她们既是人民武装的"怀中利剑,袖中匕首",也是滚滚硝烟中盛开的带刺玫瑰!

(一)巾帼英雄——刘桂清

刘桂清10岁的时候就已经心灵手巧、勤劳能干了,洒扫庭除,操持家务,里里外外都是一把好手,很受十里八乡的人们称赞,大爷婶子的,都羡慕老刘家有个好闺女。当了一辈子贫苦农民的父母也常常觉得她是个命大的孩子,总说她出生那年,义和团正闹得起劲,到处都乱哄哄的,又赶上庄稼遭了蝗灾,整个峄县陷入大饥荒,很多人都病死饿死了,她一个瘦弱的奶娃子却出人意料地活了下来。

日子一天天过,庄稼不收还是年年种,国家也没有一天消停,老百姓过着食不果腹、衣不蔽体、流离失所的日子。农事闲下来,村子

"芳林嫂"原型之一刘桂清老年像

里的矮墙下总会聚集起一堆堆的人,他们垂眉耷眼的,在太阳下捉着衣服里的虱子,有一搭没一搭地说着话,一边和妇女们开着下流的玩笑,一边闲聊着国家大事,苦中作乐。他们也搞不懂那些变动,一会儿是中华民国了,一会儿袁世凯称帝了,一会儿又是张勋复辟了……在老百姓眼里,天下是皇帝的,谁做皇帝他们都是种地的,他们也管不了帝王家的事情。对

老刘家来说,眼前的事儿却不能不操心,转眼刘桂清就到了出嫁的年龄。

刘桂清18岁那年与乔庙村青年刘应奎结为夫妻。结了婚,离开了娘家,她真正成了大人。刘应奎兄弟四人,他排行老二,乡亲四邻青年人都称刘桂清"刘二嫂"。那些年,各个派系的军阀虽然也是打来打去,又有土匪出没,但他们夫妻勤劳能干,日出而作、日落而息,日子倒也过得去,有了钱,买了地,生了孩子,一心一意想把日子过得更好一些。

然而,他们无论如何没有想到,这个闹来闹去的国家突然闯进来了日本人。1937年,卢沟桥事变爆发,日本帝国主义开始全面侵略中国,他们一路向南推进,天津失守,济南沦陷,滕县失守……

1938年3月14日凌晨,远处的两声巨响把刘桂清夫妻俩从噩梦中惊醒。白天的担心怕是成了现实。孩子们也快速地穿好衣服来到了院子里。只见东面远处火光照亮了半边天,烟雾腾空而起,像极了暴雨来临之前的样子。

"孩儿娘,让孩子们去躲躲吧,怕是日本鬼子来了。"丈夫刘应奎担心地说。

刘桂清看着天边的火光,眼里蓄满了泪水,低声地说:"唉,这么大的中国,如今还能躲到哪儿去呢?咱们不能就这样等死。日本鬼子跑到咱们家门口不想让咱活命,咱还非得使劲儿活!"

第二天,忙完一家人的吃喝,又喂了喂鸡鸭,刘桂清用锅灰抹了抹脸,穿上破衣衫,戴上破头巾,挎上篮子,拿个树枝拐棍,扮成老乞丐的样子就进城打探消息去了。一路走来才知道,昨夜里,日本鬼子往临城北扔了两颗炸弹,又往老和尚寺村扔了很多炸弹和燃烧弹。临城街上不见了往日络绎不绝的行人,商旅、小贩也都躲起来不见踪影,路上都是哭喊着逃命的人。临城北被炸得面目全非,墙倒屋塌,断壁残垣,一片狼藉。她沿着墙边慢慢走,墙上挂着被炸崩的衣服碎片,还在流着血的残肢……她一边走一边默默地流泪,想起昨夜看到的火光,脑海里不断地浮现出乡亲们在炮火中痛苦的呼喊声。她不敢想象,当日本鬼子的炸弹朝着上万的百姓扔下来的时候,有多少乡亲丧命,多少乡亲家破人亡,多少乡亲尸骨难存,那是怎样血肉横飞的人间地狱!日本鬼子的几十辆战车、重炮、铁甲车还在轰隆隆地往城里开,大老远就能听见他们的狂笑和听不懂的喊话。刘桂清看着他们耀武扬威的样子,又恨又怒。

她早就知道彭楼村的秦明道和铁路工人孙茂生正领着工人、农民抗日救国,成立了临城铁道队,他们和山里的部队一样都是帮老百姓的。回家的路上,刘桂清暗暗立下志愿:"既然抗争也是死,不抗争也是死,那老娘就是拼了命也要和铁道队的兄弟们一起打鬼子,拿不了枪炮,就是用拐棍,我也得打。"一回到家,她来不及休息就向家里人说了自己的想法。没想到,丈夫和孩子都表示支持,尤其是孩子们也积极地表了态,要跟娘一起打鬼子。

铁道游击队短枪中队长孙茂生和指导员刘依勤

谁承想,日本鬼子一进临城就安营扎寨,无恶不作。到了3月17日,老和尚寺村的600多具尸体还没有清理完,临城的百姓又惨遭杀戮。那些来不及逃跑的乡亲多数遇难,其中王相连兄弟二人先后遭难,年老的曹修大、曹化庭跑不动,藏在地窖里,被日军发现后当场砍死。3名妇女也同时被发现,日本鬼子把她们拖出来,扒光衣服,施暴后用刺刀刺死。即使是七八十岁的老太太也难逃被奸杀的厄运,有位80多岁的老太太竟被扒光衣服游行……在临城郊区古井村,日军要奸污一位妇女,她的丈夫上前阻拦,却被刺刀刺死。在三街大坑边,齐文昌等37人被刺死后,全被推入坑中。于德水一家三口被日军用铁丝穿在一起,推入坑中淹死。孔繁桂全家被杀绝,他的儿子竟被狗活活咬死,肠子流了一地。日军在郊区张桥将村民张莲诸等7人当场打死。秦献美死在狼狗口中;乔继刚被大开膛后,日军又残忍地割掉他大腿上的两块肉喂了狼狗;东丁桥村的丁运喜正在地里干活,被日本鬼子当活靶子打死;丁信喜被狼狗咬死……日军占领临城的当天,残杀我同胞,烧毁房屋,掠夺财物无以计数,罪恶累累,罄竹难书。

那一天,刘桂清滴水未进,哭肿了眼睛。她对鬼子的愤怒像火一样熊熊燃烧起来,她觉得自己已经哭干了眼泪,剩下的都是难言的痛苦和愤怒了。她那时还不知道什么是民族大义,只是觉得当国难来临的时候,女人越发显得脆弱,别说保护自己的孩儿,就连自己怕也是保护不了。她眼看着国家一个灾难接着一个灾难,女人生在这样的时代是多么不幸,日本鬼子来了,难道除了被玷污、被杀害就没有别的选择了吗?她不信命运,她要与命运争一争!

3月份的临城农村正是春寒料峭的时候,北方的倒春寒异常地冷,燕子还没有归来,地里的冰冻也没有融化,还不是春耕的时候。刘桂清等不及了,她主动靠近当时经常活动在她家乡的沛滕边县组建的抗日武装宣传队,向他们学习。他们个个疾恶如仇,神出鬼没,刘桂清在他们身上看到了希望。在中共地方党组织的启发和教育下,她的政治觉悟也不断地提高。她觉得自己既然不能上阵杀敌,也打不了游击,就在村里带头给部队做军鞋、送军粮、掩护伤病员。渐渐地,她成了抗日妇女们的主心骨。

1939年秋季的一天,玉米、高粱都进了仓,她正式与中共沛滕边县委领导的临城铁道队建立了联系,他们一家人异常兴奋,一种前所未有的激动和自豪在整个家庭弥漫。刘桂清积极从事地下情报工作,扮作老乞丐,挎着篮子到临城为铁道队侦察敌情,向沿湖游击队递送情报。

1940年7月,洪振海、杜季伟领导的鲁南铁道队从枣庄矿区转移到临城南北的津浦铁路两侧活动。这时,经孙茂生介绍,刘桂清与鲁南铁道队的杜季伟政委、洪振海大队长取得了联系,并积极为铁道队办事儿,队员们都亲切地称她"刘二嫂"。刘桂清的家便成了鲁南铁道队地下联络站,她成了一名出色的女交通员。刘桂清时常冒着生命危险,奔波于铁道队的各部之间传递信息,送交情报。后来她看到队伍不断扩充,新的队员不断增加,而武器装备和后勤补给不足,便主动地通过各种关系为铁道队筹集钱款,购买枪支、弹药和药品等。她不仅自己积极从事抗日活动,还时常发动儿女们为铁道队传递情报,一家八口人,人人都是情报员。他们一家人为在自己家落脚的铁道队队员站岗放哨、安排食宿,照顾得无微不至。

津浦铁路是敌人的重要运输线,切断了津浦铁路,就等于切断了敌人的一根主动脉。鲁南铁道队在津浦铁路和临枣铁路交叉线上神出鬼没,让敌人防不胜防。火车头突然出轨了,车厢不翼而飞了,押车的日本兵不知不觉就被打死了,仓库莫名其妙就着火了,就连枣庄车站附近的正泰洋行有300多名精锐的"皇军"保护,再加上六道电网围墙,也发生了人命案子。扒火车、掀物资、搞机枪、杀鬼子……临枣支线上的抗日活动不断地取得胜利,有力地牵制了日军部分兵力,这让日军很是头疼。

日本特务又惶恐又愤怒,加大了对临城的搜查力度,紧接着就在枣庄车站大肆搜捕"嫌疑犯",滥杀无辜,一时间临城又笼罩在恐怖之中。

1941年至1942年,抗日战争进入严重困难时期,日伪军不断到沿湖地区"扫荡",抱犊崮山区通往湖西的秘密交通线被日伪顽军多次封锁、切断。敌人在临枣支线和津浦线交叉处几十里铁路两侧挖了很深的封锁沟,不仅挖沟的地方都筑起了封锁墙,到处碉堡林立、沟渠纵横,而且各村还建起高架瞭望台,挂起警钟,备有干柴,能够及时传递各种信号。那些原来保持中间态度的伪乡、保长也纷纷右转,还成立了"湖边剿共司令部",特务活动十分猖獗。在这个严重困难时期,刘桂清舍生忘死,到临城侦察敌情,掩护抗日干部穿越敌人的封锁线,敌人对她恨得要死。

1942年春天,铁道队第三中队长田广瑞阴谋叛变,常常带枪压火,准备杀大队干部赵宝凯后投敌。刘桂清从言谈中识透了田广瑞的阴谋,她大声斥责说:"你们不能因为在认识上有分歧就动枪动刀的。赵宝凯也跟咱们一样是穷苦兄弟,你怎么能卖亲求荣!"见田广瑞不为所动,她又厉声说道,"你要打就打死我吧!"田广瑞灰溜溜地走了。然而,刘桂清万万没有想到,田广瑞杀赵宝凯不成,仍然无耻地做了叛徒,为了邀功,他又转头杀了秦明道。

那时候,日伪军疯狂地搜索铁道队的游击队员,他们只好白天躲在微山湖上密不透风的芦苇丛里,晚上睡在湖中央的小船上。当刘桂清得知田广瑞杀害了秦明道的时候,她气得一把扯断了好几根芦苇,手掌被芦苇划破,鲜血直流。女儿心疼她,忍不住哭了起来。刘桂清对女儿说:"哭什么?干革命就是要流血不流泪,不要怕,头掉了也不过是碗大个疤。往后咱们小心一点,绝对不能让这些叛徒知道行踪!"

刘桂清觉得自己要立刻向孙茂生汇报田广瑞杀害秦明道和疯狂抓捕抗日民众的情况。在夜色的掩护下,她进湖寻找孙茂生。湖上春寒,去岁的芦苇无力而颓丧地站在水中,水汽氤氲,模糊了她的视线。想起秦明道那佝偻的身躯,想起他蹒跚着往返于秘密交通线的不易,想起他的睿智和抗日热情,刘桂清又一次忍不住悲从中来。

孙茂生告诉她:"大队干部已经撤进山里,二中队全部撤到铁路以东,大家暂时是安全的,你暂时不要再出湖活动。"她说:"你就放心吧,我会小心的。我一把年纪,日本鬼子不会注意我。我放心不下被捕的兄弟和老百姓。"就这样,她仍然不断地出湖侦察。

田广瑞已经丧心病狂,他把刘桂清的行踪报告给了敌人。

敌人把她绑在老虎凳上,用皮鞭狠狠地抽打她瘦弱的身躯。

"快说,你们铁道队的毛猴子藏在哪里?你们的秘密交通线有几条?岛上有多少人?"

她轻轻地吐出一口鲜血,怒目而视:"这临城人都是铁道队的飞虎侠,除了你们这群叛徒!所有的路都是我们的交通线,你们有本事就自己去一条条蹚!呸!"

"你这个臭娘们!不说是吧?"敌人转脸招呼一个矮矬的伪军二鬼子,"去,端辣椒水!"

两个男人恶狠狠地走过来,一个人用手捏住刘桂清的下巴,使劲儿掰开她的嘴,另一个人把辣椒水强行灌进了她的嘴里,一瞬间,辛辣像无数走投无路的飞虫钻进她所有的呼吸通道,她头晕眼花,涕泪横流,忍不住猛烈地咳嗽起来,每咳嗽一下,她的身体都跟着剧烈地抖动,而脚底不断增加的砖头似乎都长了牙齿一样,啃啮她的双脚、小腿和膝盖。剧烈的疼痛袭来,她感觉自己所有的关节都要断裂了,视线开始模糊,嘴巴发不出任何声音,甚至连呻吟都不能,耳朵也渐渐地听不见任何动静……当她再一次在剧烈的疼痛中醒来的时候,后背像架在火上一样灼痛,空气里散发着皮肉烤焦的气味,她模糊地看见烙铁在火炉上被烧得通红……

"感觉怎么样?怪恣儿吧?不行再加点玩意儿?你到底说不说?"敌人阴狠地看着刘桂清,一手端着酒杯,一手攥着鸡腿,冷笑着,低声而凶狠地问。

刘桂清努力睁了睁眼睛,声音很低却很坚定地说:"我不知道,你杀了我,我也不知道。"

这样的生死考验,刘桂清早已经不再惧怕。她的脑海里反复浮现出那些屈辱的婶子大娘的样子,中国女人一辈子看重名节,可是老了却被日本鬼子糟蹋,眼前的这些坏人,竟是自己乡里乡亲的同胞!她越想越恨,酷刑没有让她退缩,反而让她更加坚定了抗日的决心,宁可因为杀敌而死,也绝不做一个胆小鬼!她抬起头对站在一边的日伪军说:"日本鬼子不让中国老百姓活命,我们不打他们,难道还指望他们有人性,自动撤回去?总得有人为了反抗去死,那就算我一个吧。你们这些汉奸!胆小鬼!"她的话让汉奸们又恨又脸红,她被折磨得更狠了。眼看着刘桂清被折磨得死去活来,奄奄一息,鲜血混着辣椒水,已经分不清楚哪里是伤。敌人看她已然没有逼供的价值,就派人把这个将死之人扔了出去。她被秘密救回了微山湖根据地,在那里养伤半年多才好起来。

到了1942年的夏天,特务们的活动更加猖獗了,铁道队每到一处,日伪特务便很快扑了上来,搞得他们东跑西奔,有时一夜要转移好几个地方,有时干脆睡在野外湖畔、豆子地、高粱地,铺地盖天,风餐露宿,有时候一天一顿饭也保证不了。铁道队员们饿得面黄肌瘦,还得夜间执行战斗任务,在铁路沿线奔波打游击。刘桂清看在眼里,疼在心中,狠狠心,把仅有的几亩好地卖掉,买了粮食供给战士们吃,供给伤病员吃。在这时局特别恶劣,生活又特别困难的岁月里,刘桂清全家老幼不管

山东省档案馆藏"鲁南铁道队曾护送刘少奇、陈毅过微山湖"相关文件

刮风下雨,还是天寒地冻,白天黑夜轮流在村口、路旁站岗放哨,而她的家人甘愿吃糠咽菜,也要节省粮食供给部队和烈士家属吃。

1942年到1943年是山东、华中各级领导干部路过微山湖秘密交通

线,去延安学习、开会人数最多的时期。那两年,日伪军在微山湖一带设了许多据点,铁路沿线更是戒备森严,几乎每一公里就有一座炮楼,但日伪军在铁道队的打击与政治攻势下产生了畏惧心理,称他们是"飞虎队",对他们恨得要死也怕得要命。刘桂清的家乡乔庙村是交通线上的基点村之一,她的全家人为保卫过路干部安全,准备饭菜、端茶倒水、夜间站岗放哨,做出了重要贡献。

铁道游击队创始人之一王志胜

解放战争中,刘桂清在解放区不仅自己积极参加支前,还把自己仅有的一个儿子和一个女儿送进部队,为全国解放事业贡献了力量。

"文革"期间,原鲁南铁道队副大队长王志胜和铁道队荣誉队员、著名作家刘知侠等人因受迫害,先后来到定居济南的刘桂清家,避难达半年之久。刘桂清冒着风险,处处关怀体贴,表现了一位革命老人爱憎分明的高尚品德。

党的十一届三中全会后,年过古稀的刘桂清依然关心国家大事,坚持每天收听广播,并经常叫子女们读报、念文件给她听。

1984年5月,她被选为济南市槐荫区政协委员。

1984年12月,刘桂清不幸患脑溢血,病逝于济南,终年86岁。

(二) 坚贞英勇——黄学英

1906年,黄学英出生在原滕县八区临城镇古井村,成年后,嫁到古井村西南五里的店子村,丈夫姓殷,乡亲们根据当地风俗称她"大老殷"。

战乱时期,贫苦人家的日子大致是差不多的。因为娘家和婆家都很穷，她不得不挎着油条篮子，到临城沿街叫卖，换钱养家。

1938年3月17日，日军侵占临城，两颗炸弹惊醒了临城的百姓，一时间，民愤汹涌，大家同仇敌忾。黄学英积极抗日，成了临城抗日情报站的一员。那时候她已经30多岁，中等身材，嘴唇微薄，眉不浓，眼也不大，是一个极普通的农家妇女。因为她貌不出众，又故意邋里邋遢，因此来往于日寇、汉奸的眼皮底下，也引不起别人的注意。她性格内里深沉，外在泼辣，平时不动声色就把一切看在眼里，记在心上，一旦遇到危险，哈哈一笑就挡过去了。

"芳林嫂"原型之二"大老殷"黄学英老年像

古井村有个邻居叫宋芳亭，当时是伪军小队长。人人都骂宋芳亭是汉奸，从他家门前过都会向他家大门吐口水，咒骂他将来要断子绝孙。大老殷看宋芳亭听到这些话也很难过，就有事没事地去找他，跟他聊天。

"老宋，你真打算一辈子跟日本人混？他们要是被打跑了，你也能跟着去日本？"大老殷问宋芳亭。

他叹了口气，回答说："殷嫂子，我还能不知道日本人终归有走的那天？他们在咱们国家作恶，我也不是看不见，可是眼前的日子得过啊，这个年头不好，不跟他们干，我这一大家子吃啥呢？"

"还知道你是一大家子人？乡里乡亲的，低头不见抬头见，你给日本人当汉奸，你家老的能抬起脸做人？你家小的能抬头挺胸走路？你百年以后还不得被掘尸挖坟？"大老殷严厉地责问他。

她的话让宋芳亭一愣，他嗫嚅了半天也说不出话来。大老殷见时机差不多了,就接着说:"其实,我也知道你帮鬼子干活不是心甘情愿的,都是生活所迫,你也不是没有办法将功补过。"

宋芳亭赶紧道:"嫂子,你说。"

大老殷说:"你也不用离开伪军,就还在那里干着,你可以把你从鬼子那里知道的消息告诉给铁道队,你不也就是跟着铁道队抗日了吗?这样一来,你也算是给自己留了条出路。"

一番话让宋芳亭茅塞顿开,毕竟都是中国人,大老殷相信宋芳亭内心还是爱国的。她果然没有看错宋芳亭,后来,他越来越倾向抗日,也为抗日做了自己的贡献。

一天,宋芳亭得知铁道队中的李士安、张开胜叛变投敌的消息,便急匆匆地赶到彭楼村,将此事告诉了老交通员秦明道。此时,秦明道也正想进城摸情况,以便配合铁道队的锄奸活动,把李、张二人诱出来杀掉。宋芳亭说:"不行,这几天两个特务正在城里到处抓铁道队员,以便向日本特务队长松尾一郎邀功请赏呢,他们知道你是铁道队的交通员,会放过你吗?"他们商量后决定,把这个任务交给尚未暴露身份的大老殷。

第二天一大早,大老殷挎着满满一篮子油条、麻花急速朝临城走去,在临城车站南头检查口碰上鬼子的岗哨。两个鬼子一看她像个老妈子,又浑身是汗臭、油味,便厌烦地摆手放行。大老殷在车站附近转了几趟,突然发现四个便衣特务从日华客栈抓出两个人来,后面跟着的正是叛徒李士安。大老殷心里不由得暗骂叛徒无耻下流。正在这时,身边有人小声议论:"秦老头被抓起来了。"大老殷心里一惊,抬头一看,发现被抓的不是秦明道,便放了心。众人说话的工夫,叛徒张开胜不知从哪里钻了出来,迎上李士安说:"嗐!闹了半天,你还认不清他姓秦的呀!你抓的根本不是秦明道!"李士安脸一红,说:"这个龟孙子,不是也得带走。"

李士安走后,张开胜朝大老殷走来:"哟,大老殷,今天带的什么货呀?"

她心里正恨叛徒,一听他话里有话,便指着张开胜鼻梁上的墨色眼镜骂道:"哦,张大官人呀,几天不见你怎么还成瞎子了?"

张开胜往鼻梁上推了推眼镜,一双贼眼滴溜溜地转了转,又戴好眼镜,恬不知耻地笑笑,也没生气,朝周围看了看,压低声音说:"帮我逮着洪振海和秦明道,那你就不要卖油条也能吃香喝辣了。"

"真的?是'皇军'的意思吗?"

"是呀!"

"那好啊!哎,洪振海不是在城里吗?我刚才还看见他穿着破棉袄、戴着破毡帽在街上走呢。"说着,她朝张开胜伸出手,"消息给你了,钱拿来!"

张开胜推开她的手,鄙夷地哼了一声,接着问:"你看准了?在哪条街上?"

"看准了,那还有错?就在东边那条街上。"说着,大老殷用手随便往东指了指。

张开胜一听乐开了花,心说:"果然娘们儿就是头发长见识短,许个空头支票都能骗来情报,哈哈……"但转念一想,洪振海可是临城百姓心中的"飞虎侠",神出鬼没的,还是得再问问,千万不能搞错了情报。于是,他接着说:"大老殷你可不能瞎说啊,要是你骗我,我可不饶你!谁不知道洪振海他们都进山了?"

大老殷压低声音,神秘兮兮地靠近张开胜的耳朵说:"你没听街上人都在传,说精明强干的都留下了,不能扒火车的才进山了,就像秦老头那样弯腰的、驼背的、腿瘸的都跟着进山了。"张开胜一听有道理,就忙着向日本鬼子报告去了。大老殷跟在后面大声地骂道:"你个龟孙子张开胜,你说好的钱呢!"张开胜一听,跑得更快了。大老殷应付完这个汉奸,赶紧去向铁道队汇报,不露痕迹地完成了任务。

农历三月二十八日,古井逢会,虽然正处于日寇肆虐的时期,但一年一度的庙会还是热闹的,老百姓也会趁这个机会出来买卖一些东西,秦明道就把到临城散发传单的任务交给了大老殷。

第二天一早,大老殷把两卷传单在油条篮子底下放好,把油条、麻花装满篮子,便动身去临城。她来到车站南头检查口一看,坏了!今天的检查和以往不同,鬼子对每个行人不但搜身,而且把行人带的物件也彻底检查一遍,这怎么办呢?传单若被查出来,不光她的身份会暴露,革命工作也会受损失。她抬手理了理头发,告诉自己要冷静,千万不能紧张,心里就有了主意。篮子是专门编成两层的,传单放在夹层里了,怕什么?一会儿检查到她了,两个鬼子叫她把油条、麻花全部拾出来,她慢腾腾地在地上铺好盖油条的布,又慢腾腾地向外拾油条,一边拾,一边念念有词:"哎呀,今儿这油条炸得是真好啊。"两个鬼子看她动作实在太慢,气得上去一脚把篮子踢出十几米远。大老殷一看篮子被踢飞了,两手快速卷起盛油条的布就去追篮子。她捡起篮子,赶紧抱在怀里,趁鬼子不注意,把油条、麻花又放了进去。就这样,她大模大样地挎着篮子走街串巷,一边卖油条,一边发传单,从潘家大楼、老盐店、和济堂、石门外、水楼子等又回到车站下,两大卷传单已经全部散完了。

大老殷经常出入临城,往来于微山和枣庄一带,给铁道队送情报,散传单,渐渐引起了特务的注意。有一天她突然被捕了,但因为敌人没有抓住证据,不久她就被放了出来。自那以后,她做事更加谨慎了,但也在特务那里挂上了名,成为特务紧密监视的人。

1942年3月,日军小林部队接管了日本临城铁路警务段的护路权之后,为了尽快查清铁路沿线和沿湖地区八路军游击队的活动情况,付出高价收买八路军、游击队的叛变分子当特务,于是汉奸、特务更加嚣张。上级只好命令铁道队暂时离开临城,回山里整训。这时八区区长殷华平和铁道队第三中队长田广瑞都已经叛变,投靠了临城日寇宪兵队。他们大肆网罗地痞流氓,活动在微山湖边的郗山一带,直接威胁着湖上交通安全。山里派人来找秦明道,要他密切注意殷华平的活动,并坚持做好交通工作,跟上级保持联系。秦明道接受任务之后,便派大老殷进临城了解敌人的活动情况,然后向山里汇报。

大老殷挎上篮子来到临城,很快就卖完了油条,正准备到敌人驻地附近打听情况,刚走到车站下,便碰上了宋芳亭。宋芳亭朝周围看了看,低声对她说:"情况不好,赶快离开这里,敌人正在到处抓你。另外,张开胜明天亲自带人去抓秦明道,你赶紧想办法联系上老秦,赶快撤走。"大老殷一听,立刻掉头返回。

她离开车站,刚走到大街口,迎面碰上张开胜带着四五个人,气势汹汹地围上来。大老殷知道情况不好,仍然镇定地笑着说:"哟,张大官人,今儿又碰见了。慌里慌张的,这是要干吗去呀?"

张开胜牙一咬,恶狠狠地说:"殷大脚,你这个臭娘们儿竟然敢耍咱老爷们儿!你今天哪儿也别想去了,来人,把她带走!"

大老殷被带到鬼子特务队长松尾一郎那里。松尾一郎假惺惺地把张开胜大骂了一顿,又用生硬的中国话对大老殷说:"你的,不要害怕,我们不会伤害良民。八路完蛋了,叫我们赶到山里去了,只要你说出交通站的人来,功劳大大的有。"大老殷盯着松尾一郎,心想,只要秦明道别出事,交通站就存在,铁道队就完不了。她装傻充愣地说:"什么蛋?哪里?"松尾一郎把刚才的话一连说了几遍,大老殷只当没听懂。松尾火了,大声吼道:"把这个愚蠢的女人关起来!八格牙鲁!"大老殷被关进一间又黑又潮的屋子里,一连三天,没有一个人来审问她。

第四天,她被带进了审讯室。松尾一郎凶神恶煞似的坐在那里,面前放着各种刑具,威逼她说出交通站的人员名单、联络点和联络方法,她头也不抬,理也不理。松尾一郎意识到这个女人不简单,看样子,不用酷刑她是不会说的。打手们搬进来一筐煤焦,让她挽起裤腿,跪在上面。一个小时过去了,汗水哗哗地往下淌;又一个小时过去了,膝盖已经开始往外渗血。敌人换了班,全都吃了饭又打着饱嗝回来了。整整八个小时,她被迫跪在煤焦上……敌人看她脸色难看,却依然问不出有用的信息,就又捏住她的嘴,灌进了辣椒水……疼痛和强烈的辛辣让她的眼泪、鼻涕一股脑儿往外流,汗水下雨一样地湿了头脸,可她依然紧闭着嘴唇,一个字也不说。松尾一郎气坏了,腾地一下站起来,号叫着指了指大老殷:"把她的衣服全部扒下来!"立刻有几个打手一拥而上,把她踢倒在地,恶狗一样地撕光了她的衣服。面对敌人的兽行,大老殷挣扎不得,满眼都是屈辱和悲愤的怒火,她嘶哑着喉咙大骂:"畜生!你们这些千刀万剐的畜生!你们这样对待一个中国妇女,丧尽天良!你们把老娘杀了吧,砍了吧!你们要问的我什么都不知道。"打手们听见她这样骂,又一次一拥而上,鞭子、木棍、烙铁、穿着军靴的脚,雨点一样落到她的身上……打手们累得喘着粗气。松尾红着眼睛,恶狠狠地盯着大老殷,他不相信这个女人是铁打的!三月的北方,寒冷沁骨。敌人穿着军大衣尚且瑟瑟发抖,而此刻,大老殷已经身无片布,伤痕累累,奄奄一息。松尾不死心,狂笑起来,他看着晕过去的大老殷,命令手下给她猛灌凉水,冰冷的水,整整灌了十七壶!看她依然不说话,松尾一郎命令打手们用木棍紧紧地压在大老殷的肚子上,然后来回地撵起来。一瞬间,她的身体就像炸了很多口子的水管,四处往外迸溅……她已经呻吟不得,只听见鬼子和汉奸们恐怖的笑声。

当她醒来的时候,身边已经没有了松尾一郎,也没有了打手,四周漆黑、冰冷,只有呜呜的北风透过牢房的破窗吹进来,那风吹到身上,像刀子扎进肉里一样,又冷又疼。她的眼睛睁不开,浑身都在疼痛,而疼痛让她突然觉得自己的生命有了很大的价值,她还活着,还可以继续挎着篮子去送情报,还可以为打鬼子做贡献。这样想着,她的嘴角露出了笑意,眼里也流下了泪水。慢慢地,饥饿袭来,神志也开始恍惚。

整整十三天,这位瘦弱而坚强的女性没有吃到一粒粮食。她没有力气呼喊,她知道敌人也不会给她任何活下去的希望。可饥饿的感觉是那么真实,那么痛苦,她只能一点一点地撕扯自己破棉袄里的棉花塞进嘴里。她要活着,必须活着,唯有活着才能亲眼看见日本鬼子被打跑。

终于,牢房的门被打开了。

"哟!这个娘们儿居然还活着!"松尾一郎的手下发出惊讶的声音。紧接着他又退了出去,屋里实在太臭了,他捂着鼻子跑到庭院里,大声地喊叫:"快来人,这个毛猴子娘们儿还没死!"接着,院子里响起纷乱的脚步声。

几个凶神恶煞般的男人将她拖了出去。松尾一郎听说大老殷还没死,就又开始审问起来。只是,她什么也不想说,连骂他们也不想了。她紧紧地闭着眼睛,任凭耳边的怒骂声一遍遍响起,任凭鞭子一次次抽打在身上。她微弱的意识里只剩下了一个信念:活下去,游击队的兄弟在等着我,他们需要我,我不能死,我一定要活着出去,我一定要看到鬼子给我们跪下的那一天!

敌人用尽各种酷刑也问不出口供,最后下了毒手,把她拉到临城东门外,捆到一棵槐树上。他们放开日本狼狗,企图把她活活咬死。狼狗张着大嘴疯狂地朝她扑来,可到她身旁闻一闻又回去了,这样扑了五次竟都没有下口。围观的人都说大老殷命大,狗都不吃她。其实,她在日本人的牢房里关了这么长时间,没放过一次风,身上的各种气味搅在一起十分难闻,就连狼狗都嫌她臭,不愿下口。围观的群众看着这个只剩下一把骨头的人,都忍不住偷偷落泪。鬼子见她奄奄一息、命不久矣的样子,心想她死活也不会再开口了,便丢下她,牵着狼狗走了。

乡亲们把昏迷不醒的大老殷从树上解下来,送回了古井村她的娘家。娘家人心痛难当,哭了又哭,却也为家里有这么个坚强的女儿而感到又心疼又自豪。

铁道队政委杜季伟为她请来了医生,治病养伤半年,她恢复健康后又投入了战斗。

后来大老殷继续为革命事业做了许多有益的工作,新中国成立后人民政府对大老殷做了适当的安置,并给予一定的生活补贴。

她一直在家务农,1977年12月病逝,终年71岁。

(三)智勇双全——郝贞

1916年的中国,注定是不平凡的一年。

这年3月,袁世凯被迫宣布取消帝制,仍任大总统。4月,申令恢复内阁制。6月,袁世凯在全国人民的唾骂声中死去。自此,中国陷入春秋战国、五胡十六国之后最为混乱的时期,九州幅裂,天下大乱。先是北洋军阀之间的内战,接着是国民政府对北洋军阀发动的北伐战争,然后,国民党内部新军阀内战又起,中原大战连绵数月,双方死伤30余万。从城市到农村,战争让大半个中国的田地荒芜,十室九空,人们流离失所,生活雪上加霜,苦日子就像鬼影子一样紧紧地跟随着苦难的中国百姓。

鲁南峄县靠近微山湖的地方,有一个名叫六炉店的村子也没能幸免,人们的生活水深火热,穷困不堪。这一年,郝贞就出生在这里的一个渔民家庭。

自她记事儿起,她的父亲郝尚田就常常带她们姐妹五个去湖里打鱼,有时候她们帮父母捡鱼拾虾,有时候姐妹几个就在船头打打闹闹,高兴起来,也会摘湖里的荷叶、荷花戴在头上,比着赛地唱小调。这样的时候,父母总会慈爱地看着她们,笑着叹口气。因为没有儿子,郝贞的父亲总觉得日子少了很多盼头。战乱也让他焦心,生怕哪个闺女受到了伤害。烟波浩渺的微山湖连着大运河,父亲说如果沿着水道往前走,就可以到达很远很远的南方。那时候,她不知道很远有多远,极目远望,她觉得自己连微山湖的边都看不到。湖里风光优美,夏天有葳蕤十里的荷花、碧绿葱茏的芦苇,湖中小岛上还有竹子和参天的树木。树林里散养着鸡鸭,也有渔民搭起的地窝棚,他们可以在那里歇脚、吃饭,就像在湖里安了个家。如果不是战争,这里真的就像世外桃源一样美好。只是父母常常盯着远方叹息,愁眉不展。看着父母惆怅,小小年纪的她也会跟着莫名地惆怅。

日子在艰难中也一样飞速地流逝,18岁那年,她出嫁了。从六炉店娘家到临城三街时福友家,她走过去,就从姑娘变成了媳妇。因为从小在船上长大,她有一双天然的大脚,人们按照当地的风俗称她"时大脚"或者"大老时"。丈夫时福友是个残疾人,为人忠厚老实,又能吃苦肯干,在车站拾煤捡炭换取一点小钱度日。他们两个人相互扶持着,过了几年,生了一男一女两个孩子，日子虽然清苦，倒也勉强过得去。

如果日本鬼子没有侵略中国，郝贞也许会像千千万万的其他农村妇女一样，种田、捕鱼，在土地上劳碌，日出而作，日落而息，生儿育女，过着辛苦而又平凡的日子。

1937年7月7日，卢沟桥事变，抗日战争全面爆发。日军的铁蹄沿着津浦铁路一路南下，天津沦陷，济南沦陷，泰安失守，滕县失守……1937年3月17日，临城也未能幸免。鲁南沦入日军魔掌中，在敌人侵占的交通线重要城市附近和广大平原地区，国民党地方政权崩溃，土匪、流氓、地主武装也蜂起，一片混乱。

1938年3月17日，临城失陷。第二天，日军抢占枣庄中兴煤矿公司，在枣庄中兴公司挑起"膏药旗"。日军大乔小太郎当上了矿长。日军集结了一个联队的兵力在临城安营扎寨，把控临城所有的煤炭矿井、发电厂等资源，派宪兵保卫，对临枣支线路边的村庄以及陶庄、山家林等煤矿的工人进行严管，从此中兴煤矿落入魔掌。为了巩固统治，掠夺大量煤炭，日军对我国同胞实行非人的迫害，监禁、拷打是家常便饭，更残酷的是一些骇人听闻的刑罚，如烙铁烙、杠子压、烈火烤……1938年3月24日，矶团步兵第63联队千余人向郭里集进犯，在同中国军队第20集团军发生激战后，疯狂地扑向郭里集近郊6个村庄，大肆屠杀我同胞，连未满月的婴儿也被日军挑在刺刀上喂了狼狗。日军还残忍地将我同胞的心肝掏出，用火烧了吃。这次血案共有600余名村民惨死在日军屠刀之下，560余间房屋被焚烧，其他物品损失无数。

与此同时，驻扎在临城的日伪特务四处侦探，肆意抓捕，无辜百姓或被杀害，或被迫去煤矿做矿工、苦力。时福友因为残疾，做不了矿工，就被日军抓去兵营做了伙夫。日复一日，时福友和郝贞都觉得给日本人干活又憋屈又无奈，非打即骂的日子也让他们数度落泪。他们痛恨日本鬼子的恶行，却又不知道该如何做才能逃离这个牢笼。

当时，中共苏鲁豫皖边区特委直接领导的人民抗日义勇总队，由枣庄地区撤往抱犊崮东部山区之后,为及时获得枣庄敌伪情报,抽调由峄县人民抗日武装组成的第三大队的洪振海、王志胜两名排长,经过短期培训派回枣庄矿区,建立了抗日情报站。他们二人自幼生活在枣庄火车站西侧的陈庄,出身贫寒,先是捡煤拾炭,稍大点便经常结伴爬到中兴煤矿的运煤列车上扒炭,自发地同官僚资本家抗争。为了谋生,他们还相继在中兴煤矿铁路专线上当过火车司机助手和扳道工,学会了开火车,后来又下井当了矿工。日军侵占枣庄时,他们二人一起参加了中国共产党领导的峄县人民抗日武装,在革命斗争中机智勇敢,表现出了较高的抗日热情。

日军占领临城后,在枣庄火车站对面开了个公司,叫正泰国际洋行,类似中国的货物转运公司,但它的权力非常大,枣庄煤矿所有运出的煤、从外面运来的东洋货以及从乡下收买、抢来的粮食货物,都要经过这个公司转运,很多枣庄商人往外发货也要通过他们要车皮。此外,他们还经营一个门市,出售五金、布匹、日用百货等物品。由于他们经营的都是日本来的东洋货,所以群众称国际公司为"洋行"。洋行里有三个掌柜,都是在侵华战场上负伤的日本军官,他们以做买卖为名,在枣庄刺探情报,搞特务活动,从政治、军事、经济多方面镇压枣庄人民的活动,掠夺、盘剥枣庄人民的血汗钱财。

为了摸清枣庄火车站的日军装卸货情况,王志胜利用父亲的关系到火车站干了脚行,推小车运货,出苦力。由于他的父亲过去是脚行的头儿,大家就推选他当了二头儿,大头儿由日本人担任。如此,王志胜就负责晚上到三掌柜金山那里结账领钱。趁此机会,王志胜在火车站做眼线,就能够及时地掌握日军通过铁路部署调动的情况。1939年夏秋之交,他们决定给日本人一个教训。洪振海、王志胜等人配合山里抗日军民,利用青纱帐向敌人展开攻势,经过周密的计划,巧妙地袭击了枣庄正泰国际洋行。

一天晚上,王志胜结账结得晚了些,大掌柜和二掌柜都睡了,金山也打着哈欠要睡觉,他让王志胜走时帮他带上门就回屋了。王志胜看他没有起来查看的意思,就把门虚掩上走了。深夜时分,洪振海会同宋九一起在王志胜的指引下顺利进入洋行,分头行动,一举将两个日本特务头目杀死,三掌柜金山被打伤。第二天,王志胜正常来上班,顺便查看情况,结果金山没死,看到王志胜赶紧向他求救。王志胜一看金山并不知道昨夜来袭的是什么人,就赶紧给医院打电话,又喊了几个工友帮忙把金山抬上了车。从那以后,金山把王志胜视为救命恩人,对他更加信任了。王志胜搞情报也因此有了更便利的条件。

正泰国际洋行原貌

这一年的10月,他们又偷袭一次敌人的列车,从装有武器的火车上掀下两挺机枪、十二支马大盖步枪和两箱子弹,并及时运往山里八路军苏鲁支队,受到了支队首长的表扬和奖励。事后,驻扎枣庄的敌人虽经多方侦探,并抓捕了很多的无辜群众,但因为查无证据,均不了了之。但是,敌人对枣庄矿区的戒备更严了,搞敌情报更困难了。

1940年2月,八路军一一五师苏鲁支队为加强对这支人民抗日武装的领导,抽调了二大队副教导员杜季伟到铁道队任政治委员。从此,枣庄铁道队改名为鲁南铁道队。苏鲁支队正式委任洪振海为队长,赵连友、王志胜为副队长,徐广田和赵永泉分别任一、二战斗组组长。他们以开炭场为职业掩护,正副队长公开身份为炭场的正副经理,政委任管账先生。

鲁南铁道队正式创建之后,组织纪律不断增强,对敌斗争的方式方法也更加灵活巧妙,与群众的联系也更加密切了。到1940年的4月,铁道

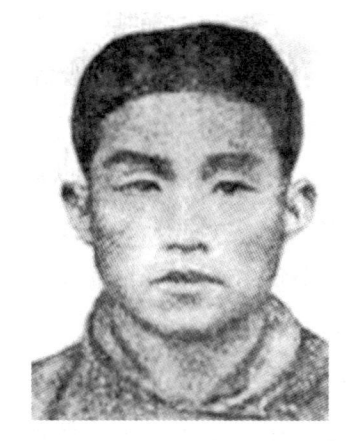

鲁南铁道队首任政委杜季伟　　鲁南铁道队首任大队长洪振海

队已经发展到 15 人。在政委杜季伟的倡议下,他们抽调 7 名队员在枣庄西南二十里的小屯村举办了一期训练班,队长、政委兼任教员,杜季伟讲授政治课,洪振海传授对敌斗争经验和爬火车技术。通过五天的集中培训,参训队员懂得了参加革命的意义和铁道队的使命,初步掌握了与敌人在铁道线上进行斗争的本领。这个时期,铁道队的活动是极其秘密的,凡获得敌人情报均及时送往山里的抗日根据地,从列车上搞到的军需品及根据地急需品也上交。正式建队三个月来,他们用从鬼子那里得来的钱买了些子弹,士气非常旺盛。

1940 年 5 月下旬的一天,鲁南铁道队由临枣铁路北侧的齐村转移到铁路南的蔡庄、小屯一带活动。他们从枣庄送来的情报中获悉,驻枣庄的日伪军将到山里"扫荡",为了打击敌人的嚣张气焰,鲁南铁道队决定再次夜袭洋行。行动前,政委杜季伟亲自到山里向支队请示汇报,同时派副队长王志胜返回枣庄侦察。王志胜巧妙地摸清敌情后,立即同洪振海等人一起制定了行动方案。他们抽调了 32 名精干队员,分成 5 个战斗小组,先抵达齐村隐蔽。晚上,他们趁夜深人静时,在洋房的南墙打洞进入院内,神不知鬼不觉地将住在洋房内的 13 名日本特务和 1 名翻译全部击毙,缴获长短枪 3 支和其他战利品 1 宗,队员们群情高昂。战斗临近结束时,枣庄火车站的日军警备队拉起警报探照灯,把洋行周围照得雪亮,参战队员处于非常危险的境地。洪振海队长急中生智,命令队员砸开洋行的门锁,在敌人到达之前安全撤出,返回驻地。

到了6月,鲁南铁道队为配合山区抗日军民反"扫荡",牵制日军兵力,破袭了临枣铁路,砍断电线杆百余根,扒掉铁轨三里多长,运走了枕木,破坏了路基,使敌人一周多不能通车,同时他们还截获敌人货车一列,将一部分货物运往山里,抗日根据地没运走的,也都分发给铁道队活动地区的抗日群众。

铁道队神出鬼没的行动让日军多次遭到袭扰,损失惨重,日军气得就要疯了。1940年9月,敌人怀疑时福友是八路军的情报员,于是,将其抓捕杀害。时福友被鬼子杀害后,郝贞怀着对日寇的满腔怒火,携带着两个年幼的子女回六炉店的娘家生活,日子凄苦惨淡。无数个深夜,她以泪洗面,每一次想到时福友被日军的刺刀穿透胸膛的样子,她都忍不住把牙齿咬得咯咯作响,愤恨像一把烈火燃烧了她。她想要替丈夫报仇雪恨,想要杀光所有的日本鬼子。可是,一个20多岁的女人能做什么呢?她无数次失望、迷惘。直到秦明道的到来,又燃起了她复仇的火焰,她毅然决然地加入了秦明道的地下情报站,成了一名情报员。

这年10月,洪振海、杜季伟领导的鲁南铁道队也由枣庄附近转移到津浦铁路西六炉店一带。洪振海非常同情郝贞的遭遇,经常用从敌人火车上搞来的物资接济她,并教育郝贞抗日不仅仅是为自己家人报仇雪恨,更是为了千千万万的同胞不再受帝国主义欺侮,是为了保卫国家,不当亡国奴。听了洪振海的话,郝贞一下子明白了抗日的意义,她热切地表达了想要多为抗日做贡献的愿望。从此,郝贞的家就成了铁道队的秘密联络站,郝贞被吸收为鲁南铁道队的交通员。她把两个孩子托付给年迈的母亲,冒着生命危险积极为铁道队站岗放哨、洗衣做饭、侦察敌情、递送情报和掩护病伤员。

1941年12月24日,鲁南铁道队党支部书记、政委杜季伟召集大队党支部委员,在六炉店郝贞家里开支委会,研究洪振海入党的问题。临城日军特务队小队长松尾一郎从叛徒黄文发那里得到了鲁南铁道队大队部和洪振海大队长的住处位置,便带着苏克辛一行4名敌特化装成乞丐,混进了六炉店,企图暗杀洪振海。支委会散会后,杜季伟、王志胜等人刚一出郝贞的家门,正碰上情报人员来报告,说有4个不三不四的家伙,向洪大队长住宿的地主王开山家奔去了,看样子不是好人。他们立即分开两个方向火速向洪大队长住处奔去,王志胜跑到洪振海住处附近的一个高坡上,朝院内一看,见日军特务松尾一郎和汉奸翻译苏克辛拿着枪刚闯进院子,门口还有两个特务把守着。王志胜立即向院子里甩出一枚手榴弹,门外的两个汉奸听到爆炸声,撒腿就跑。王志胜等人立即开始追捕,边追边射击,双方展开激烈的枪战。

松尾见事情不妙,赶紧越墙而逃,跑了几步,担心被发现,就藏在了不远处的秫秸堆里,他瑟瑟发抖,秫秸也跟着刺啦地响,郝贞看见秫秸堆在动就悄悄走过来,松尾听见外面有人,老鼠一样爬了出来,正好撞到郝贞身上。郝贞一把抓住松尾一郎,大声喊:"快来人啊!特务在这里。"松尾趁机用力一甩,挣脱了郝贞,这时洪振海在远处边跑过来边对郝贞喊:"大脚,快,扔手榴弹!"郝贞这才想起来,她腰上挂着一枚手榴弹呢!她一把扯下手榴弹,使劲儿扔了出去,正砸在松尾的后背上,松尾吓得屁滚尿流,抱着头趴倒在了地上。但是,因为她忘了拉线,手榴弹没有响,松尾一郎庆幸自己捡回一条命,连滚带爬地逃走了。郝贞追不上,气得直跺脚。

日本鬼子吃了亏很生气。第二天,临城的日伪军纠集了1000余人,包围了六炉店,想要活捉洪振海和其他铁道队的成员。这个时候鲁南铁道队已经转移到了黄埠庄。敌人没有发现洪振海的踪迹,就放火烧了很多农舍,然后赶往黄埠庄追洪振海。这一次,洪振海没能逃脱,在与日伪军战斗的过程中英勇牺牲了。大火烧了很久才被扑灭,到处都是断壁残垣。一时间,乡亲们无家可归,老人和孩子号啕大哭,哭声震天,一片凄惨景象。乡亲们无处可逃,惨被欺压的样子,丈夫被日寇用刺刀捅死的场景纷纷浮现在郝贞的眼前,她难过极了,日伪军的残暴行为更激起了她的满腔仇恨。

1942年,抗日战争进入了严重困难时期,鲁南铁道队也退到微山岛上暂时休整。日伪军对微山湖地区不断"扫荡",对沿湖地区到抱犊崮山区的秘密交通线威胁很大。郝贞按照刘金山、杜季伟等大队领导的指示,以到临城卖煎饼为掩护,把抗日宣传品夹在煎饼里,到临城各处张贴,同时积极地观察日伪军的动向,通过关系搜集敌人的情报,使铁道队和其他抗日武装多次转危为安。

后来因叛徒出卖,她曾两次被敌人抓捕,并遭严刑拷打,她始终守口如瓶,没向敌人提供铁道队的机密。经铁道队和地下党组织营救,她都逃出了敌人的魔掌。

解放战争时期,郝贞在中共临城县地方党组织的领导下积极参加支前工作,带领家乡一带的广大妇女为前线部队磨面、碾米、做军鞋、救护伤员,工作非常出色,多次受到上级的表扬。

新中国成立以后,郝贞又建立了新的家庭,与薛城区常庄乡西姚山村杨其生结婚。从此,一直在家务农。因战争年代她几次遭敌人的酷刑,身体多处受伤,并留有后遗症,枣庄市薛城区人民政府给予优抚,每月发给她20元钱的生活补贴。

郝贞在"文革"期间曾受到极"左"路线的摧残,"文革"后彻底平反昭雪,恢复了名誉和待遇。

1981年4月,她因病去世,终年65岁。

尾声

1945年8月日本宣布投降,驻扎在峄县和临城一带的日军却拒绝向铁道游击队缴械。10月的一天,驻枣庄一带的1000多名日军及其家属企图乘坐铁甲列车趁夜色开出临城车站南逃徐州,到达沙沟附近时,发现前面的铁路已经被毁,再试图退回临城,退路也被铁道队截断。但此时的

郑惕中将军装照　　　　　沙沟受降

日军还想做最后的顽抗，刘金山遵照路南军区的指示，到沙沟向日军铁甲车大队长太田义正词严地申明我军立场，并派代表到姬庄与日军代表谈判交涉，最终日军在孤立无援、忍饥挨饿三天之后只好乖乖投降。

时年23岁的铁道队政委郑惕中代表八路军受降，1000多名日军携带8挺重机枪、130多挺轻机枪、1400多支步枪、手枪数十箱、子弹百余箱和2门山炮等轻重武器，向一支不足百人的抗日游击队武装投降，在军事史上极为罕见。

1945年12月底，铁道队奉命到滕县接受整编后，除留两个连队归鲁南铁路工委领导外，其余100余人编入华东野战军鲁南军区特

铁道游击队大队长刘金山

务团，大队长刘金山调任鲁南铁路局副局长、副大队长，王志胜调任鲁南铁路局办公室主任。至此，鲁南铁道队番号撤销，完成了它的历史使命。

三、史海钩沉

（一）

鲁南铁道队是一支英雄的部队，当年它的正式番号是鲁南铁道队，归鲁南军区直接领导。这支人民抗日武装，按照上级的战略部署，截军列、打洋行、破铁路、炸桥梁、端据点、捉汉奸，搞得日伪军心惊胆战。1943年

1941年铁道游击队参加鲁南军区群英会时合影

后，这支人民抗日武装的主要任务是保护由党中央所在地延安经山东至华中（其间要穿过津浦铁路）的战略交通线，例如护送干部、传递文件、运送军用物资等。在当时要保证完成安全通过敌人严密封锁的津浦、临枣铁路这一重大任务是非常艰巨的。人们所熟知的那些传奇般的斗争事迹，多是围绕着为完成这一重大战略任务而涌现出来的。

——张广太主编：《鲁南铁道队纪实》（节选）

（二）

刘桂清出生于农村贫苦人家，幼年因兵荒马乱，又逢荒年，无法度日，为了活命，作为童养媳寄居在刘庙村一户刘姓贫农人家。

刘桂清到了刘家非常勤奋，她心灵手巧，举止大方，性情直爽，办事热情，几年后就成了街坊邻里交口赞誉的大姑娘。结婚后，刘桂清成了一家人的主妇。由于她持家有方，精明强干，待人接物通情达理，自然成了当家人。

刘桂清在青少年时期受尽了旧社会的苦，她目睹了日本侵略军杀害中国人民的惨景，更痛恨国民党反动派不抗日却掉转枪口打共产党八路军的劣行。她虽是个平民女子，却怀有远大的抱负，平时就好打抱不平，对土豪劣绅欺压人民百姓的暴行更是恨之入骨，她暗下决心，一旦有机会就拿起刀枪杀尽吃人的豺狼。

1938年3月，日军侵略军占据临城，肆无忌惮地残害临城周围的黎民百姓……

1940年前后，根据形势需要，鲁南铁道队从枣庄转移到临城铁道两侧活动。经临城铁道队队长孙茂生同志介绍，刘桂清与鲁南铁道队政委杜季伟、大队长洪振海取得了联系，成为鲁南铁道队的地下交通员，她的家也成了党的地下交通站，全家八口都成了交通站的工作人员。

——郝伟：《铁道游击队解读》（节选）

（三）

黄学英，1906年生，现枣庄市薛城区临城街道古井村人，《铁道游击队》中"芳林嫂"的原型之一，嫁到薛城区常庄镇店子村，婆家姓殷。因家穷，她不得不挎着油条篮子到临城沿街叫卖。1938年3月17日临城沦

黄学英(大老殷)墓

陷,临城抗日情报站成立,不久,她以卖油条做掩护,成为秦明道、孙茂生的情报员。秦明道牺牲后,她正式归属鲁南铁道队直接领导。她当时30多岁,中等身材,嘴唇微薄,眉不浓,眼不大,是一个极普通的农家妇女。她貌不出众,为了抗日工作需要又故意邋里邋遢的,因此往来于日寇、汉奸的眼皮底下,也引不起敌人的注意。在抗日战争期间,她连续到日军重兵驻守的临城,侦察敌情的时间最长,搜集的情报、散发的传单最多,多次被捕,受刑最重。她搜集的情报传送至夏镇、枣庄及沿湖地区,并经常在其古井的娘家掩护铁道队员到临城散发传单。曾被日军关在牢房里,十三天不给饭吃,她把一件破袄的棉花全部吃光,靠着渗进牢房的一点雨水顽强地活了下来,敌人用尽各种酷刑,都问不出口供,就把她拉到临城东门外,放狼狗咬她,狼狗扑了五次竟都没下口,鬼子便丢下她走了,在乡亲们的救助下,黄学英才活了下来。她于1977年12月病逝,享年71岁。

——铁道游击队党性教育基地:《铁道游击队》

（四）

　　郝贞是著名小说《铁道游击队》中"芳林嫂"的原型之一，小说作者刘知侠说："'芳林嫂'就是她们3个人（老时、刘二嫂、老殷）的代表""小说中所有战斗都是真实的，实有其事。"20世纪八九十年代，100多位铁道队干部、战士写了回忆材料，证明小说中的战斗故事的确是真实的。但是小说笔下"芳林嫂"的家庭背景、个人功绩，对照老同志的回忆材料，与真实生活中的3位"芳林嫂"差异很大。刘二嫂和老殷的功绩贡献超过了小说笔下的"芳林嫂"，尤其是刘二嫂，不仅"芳林嫂"的英雄事迹兼有，而且毁家纾难，全家抗日。但是小说笔下的"芳林嫂"与郝贞的家庭背景、功绩贡献完全吻

刘真骅与刘知侠塑像

合。"芳林嫂"二十五六岁，郝贞当年25岁，"芳林嫂"家住苗庄（六炉店），婆家在临城，与郝贞的家庭背景完全相同，"芳林嫂"用手榴弹与松尾一郎搏斗是郝贞战绩的真实记录。也就是说，小说笔下的"芳林嫂"主要是依据郝贞的原型塑造的。

——《鲁南铁道队画传》编委会：《鲁南铁道队画传》（节选）

四、采访札记

李洪杰访谈录

访谈时间:2021 年 7 月 10 日
访谈地点:薛城区常庄镇浙庄村李洪杰家
访谈人物:李洪杰①

李洪杰:跟着打鬼子的时候,我很小,只有 12 岁,他们都叫我"小鬼"。那时候,张政委(张鸿仪)就住在我们村,没事儿就跟他屁股后转,看铁道队队员们"搞机枪""爬火车",我也想参加。组织上瞧我年龄小,本不打算收,可架不住我软磨硬泡,还是批准了。

那时候,郝贞她们三个人年龄都比我大很多,不过当时她们也怪年轻,负责送情报。抗日战争胜利后,部队进行整编,铁道队就被整编到鲁南军区特务团。

铁道游击队第五任政委张鸿仪

---

① 李洪杰(1930—),薛城区常庄镇浙庄村人,鲁南铁道队交通员、卫生员。曾参加济南战役、淮海战役等。2015 年受邀参加纪念中国人民抗日战争胜利暨世界反法西斯战争胜利 70 周年阅兵式。

新中国成立后,很多铁道队的战友都在南方工作,郝贞她们三个人只有刘桂清一个人最后落户在济南,黄学英和郝贞都在农村老家生活,也都去世多年了。

李洪杰参加2015年纪念中国人民抗日战争胜利暨世界反法西斯战争胜利70周年阅兵式时留影

五、历史回声

（一）小说《铁道游击队》(1954 年)

1954 版小说《铁道游击队》封面

（二）连环画《铁道游击队》(1955 年)

1955 版连环画《铁道游击队》封面

1955 版连环画《铁道游击队》内页

(三)电影《铁道游击队》(1956年)

1956版电影《铁道游击队》剧照

(四)电视剧《铁道游击队》(2005年)

2005版电视剧《铁道游击队》剧照

(五)话剧《微山湖》

话剧《微山湖》现场图

(六)电视剧《铁道游击队2 战后篇》(2011年)

2011版电视剧《铁道游击队2 战后篇》剧照

(七)电视剧《飞虎队》

电视剧《飞虎队》剧照

(八)柳琴戏《芳林嫂》(2017年枣庄市艺术剧院)

柳琴戏《芳林嫂》舞台剧照

(九)铁道游击队纪念馆

铁道游击队纪念馆航拍图

六、长歌当哭

"芳林嫂":穿越时空的告白

祖国啊,我是深深爱着您的女儿
我在微山湖畔向您告白
那碧波荡漾的千里湖泊是您儿女的热血澎湃
那滔天巨浪已将敌人的头颅击碎
千百年来肆虐的狂风也不再怒吼
当您傲然站立,脊背挺拔
太阳,也刚好在高远的东方升起
听,这潋滟的波光欢笑着远去
看,这十里红荷沐浴金色的光辉

难以忘记1937年的炮声在津浦铁路响起
帝国主义的铁蹄踏破我美丽的土地
在临城,我的家乡
那刺刀上挑着的婴儿鲜血淋漓
敌人的狼狗疯狂,同胞的肉肠流了一地
白发苍苍的母亲啊,在三月死去,怒目圆睁,赤身裸体
一根根铁丝穿起无助的兄弟姊妹

没有墓穴,不许哭泣
他们被推向水坑,那里没有煤炭,只是葬身之地

太阳闭上眼睛,晴空霹雳
哀鸿遍野的临城喑哑,哭一声都是血泪
废墟生出旅谷,井上生出旅葵
将我的孩儿揽在胸前
与家园告别,去寻找光明
把生命交给微山湖上洁白的芦苇
拿起武器,与铁道游击队的兄弟一起
在烈火与血泊中谱写壮歌
炸铁路、打洋行、截布车、搞机枪
复仇之火熊熊燃烧,把整个煤城点亮

我自豪我曾是您的四万万分之一
当革命的号角吹响
我把生命交予了人民,甘愿被战火洗礼
田野间、地头上、城墙下、铁道边
到处都是杀敌的好战场
敌人的酷刑算得了什么
热血洒遍的地方才是我们的家乡
呐喊与炮声在临城盘旋而上,撕破无边的黑夜
那黑夜可以吞没我的房屋、我的牛羊、我的村庄
却永远不能,不能熄灭黎明的曙光
那曙光终将闪耀,在古老的中华大地绽放

我自豪您赋予我坚强有力的臂膀

把沉船从泥淖拖出

把敌人的战车砸成尘埃飞扬

杀松尾、除高岗、护干部、送钱粮

把无数生命举起,让旧时代变了模样

战火可以烧毁我的皮肤、我的筋肉、我的躯体

却永远不能,不能烧毁我的意志

那意志早已铸进长城,屹立在世界的东方

我自豪您赋予我柔软温厚的灵魂

抚摸您的累累伤痕

赞美您的不屈和富强

那被狂风暴雨击打过的土地啊

又是青纱帐横亘万里

那被鲜血浇灌过的战场啊

已是高楼林立

岁月可以模糊我的容颜、我的笑声、我的泪水

却永远不能,不能磨灭我的热忱

那热忱像纵横的筋脉,绵延祖国的四面八方

我是如此爱您,我的祖国!

在微山湖,在临山下,在铁道线旁

在黄河两岸,在大江南北

在九百六十万平方公里的土地上

我们永远热忱,永远为您歌唱

歌唱土地的苦难和辽阔

歌唱人民的伟大和荣光

附：参考文献

1.《铁道游击队解读》,郝伟编著,济南出版社,2005年；

2.《枣庄煤矿工运史》,李修杰、苏任山著,枣庄出版管理办公室,1986年12月；

3.《铁道游击队》(参阅资料),铁道游击队党性教育基地,2019年1月；

4.《鲁南铁道队纪实》,中共党史出版社,1992年；

5.《枣庄煤矿发展史》,周景宏、邓晋武著,枣庄市政协文史委、枣庄矿务局、枣庄煤矿,1982年5月；

6.《鲁南铁道队画传》,山东画报出版社,2015年；

7.《铁道游击队史》,崔新明、司艾华著,中国社会科学出版社,2015年；

8.《微山湖区史缀》,李近仁著,济宁新闻出版局,1998年5月；

9.《鲁南革命史》,中共枣庄市委党史研究室,山东人民出版社,1998年。

第三辑　枣庄抗日六女杰之李传美

一、李传美小传

孙李氏,大名叫李传美,出生于山亭九子峪,是贫苦人家的女儿。当时孙成海是土山村的财粮干部,前妻因产后流血死了,落下了三个孩子。李传美走进山亭区徐庄镇土山村孙成海家,就成了三个孩子的娘。

1942年6月,鲁南地区中共双山县委在山亭区的徐庄建立,第一任县委书记由原滕峄边县委书记穆林担任。穆林的夫人张恺在鲁南区党委做妇女工作。1944年初冬,张恺在双山县的杨岗村生下了一个女孩叫穆岗。因是特殊时期,夫妇商定将女儿寄养在老乡家中。在村妇女干部李杨氏的帮助下,穆岗被送到下面土山村财粮干部孙成海家喂养,当时穆岗才出生不久。

穆岗出生之前,孙成海的爱人李传美喂养着四个孩子,最小的一个是女儿,可刚出生不到一个月就夭折了。考虑到:把穆岗送到了孙成海家,一是李传美有奶水,二是李传美善良、贤惠,三就是在敌人"扫荡"时也不会引起怀疑。

李传美很疼爱几个孩子,家里好吃的全留给孩子们。冬天,宁肯自己受冻,也要让孩子们穿暖。

为了喂养穆岗,李传美可谓费尽了心血。为了让穆岗吃饱,丈夫冒着危险去集上换小米,遇到敌人最后丈夫换回了"红米";敌人来"扫荡",面对敌人的审讯,她机智从容,保护住了穆岗;孩子有病,她冒着风雪去找大夫……

抗战胜利后,穆林、张恺夫妇来接孩子,几个哥哥、姐姐都哭着不让妹妹走,李传美更不舍得这个"女儿"离开。然而,穆林、张恺夫妇始终不知道,李传美养育的孙家这几个孩子都是孙成海的前妻所生。为抚养革命的后代,照顾好三个失去母亲的孩子,李传美拂去伤痛,含辛茹苦抚养四个非亲生孩子,给他们以母爱,给他们以快乐,被誉为泉崮顶山下的"红嫂"。

二、英雄传奇

土山村的"红嫂"

(一)当家的试探

  月姥娘,圆又圆,里面坐着花木兰。花木兰,会打铁,一打打个爹;爹会扬场,一扬扬个娘;娘会簸麦,一簸簸个小黑妮;小黑妮会割草,一割割个小黑小。

——枣庄儿歌《月姥娘》

  一盏如豆的油灯在草屋里的炕头上忽闪着。

  这是1944年暮秋的一个夜晚,在沂蒙山西脉泉崮山下的鲁南双山县土山村孙成海的草屋里。此时的秋天已经走到尽头,虽然才是农历九月底,地里的庄稼刚收到家,可冬天的寒意已随着西北风的吹拂快步而至了。

  油灯下,李传美正手拿针线,缝补着孩子们的衣服,三个孩子围坐灯前,看着缝补衣服的李传美。

  李传美缝补好一件,放下了。这件是二孩子的裤子,裆破了。这个裤子是他哥哥穿过的,孩子这个年龄,正是"七岁八岁狗咬嫌"的年龄,山里的孩子,爬石上树的,就是穿铁衣,也会磨得油光锃亮的,别说这哥哥穿了弟弟又接着穿的老粗布了。

补完二孩子的裤子,李传美又拿起闺女的褂子,展开一看,褂子两个袖子被山枣针刮了两个三角,一大一小。看着袖子上的三角,她眼睛又呆呆地望着门外,喃喃地说:"宝贝,我的宝贝呢……"说着,眼里的泪就似断线的珠子。趴在床边的三个孩子相互看了一下,他们清楚,娘又想夭折不久的妹妹了。大孩子就说:"娘,你别哭,我们都是你的孩子,都是你的宝贝!"大孩子身边的弟弟和妹妹也说:"娘,我们乖,我们都是你的宝贝!"

看着油灯下三个孩子,李传美伸手抹掉眼上的泪,然后用手摸了一下三个孩子的头,点了点头,流着泪说:"娘不哭了,你们都是娘的宝贝!"

门被推开了,油灯忽闪了几下,孙成海顶着夜色走进屋子,转身把屋门关了。

孙成海是这个家的主人,进屋看到李传美在补衣服,就没说啥。他上前用手逐个抚摸了一下三个孩子的脑袋瓜,然后对孩子们说:"睡吧,都快睡吧!明天还得早起上地呢!"

三个孩子很听话,都爬上床躺好,闭上了眼睛。

孙成海在李传美身边坐下了。李传美补着衣服,问:"今天开会,组织又安排你什么活了吗?"

孙成海想了想点了点头。

李传美说:"要不是穆书记带领着咱们减租减息,咱们能有今天?还有他老婆张姐,天天在区委挺着大肚子忙东忙西,他们天天为咱们办事,图的什么?咱们做人要有良心。谁对咱好,咱就对谁好!你呀,组织上安排的事,只要你能做的,就尽量做好!"

孙成海用手拍了拍李传美的肩,点了点头。他想说些什么,可张了张嘴,看了看身边几个孩子,唉了一声。

李传美知道男人心里藏着话,就笑了:"我知道你肯定领什么任务了,是不是不好说?"

一句话打到孙成海的"七寸",他用手挠着头,嘿嘿笑了。

李传美看了孙成海一眼:"你那点小心思,我还不明白?"

孙成海低下了头,说:"自从咱的孩子夭折之后,我知道,你心里一直难受。我想起来,心里就疼。这些天,你的脸上很少有笑容。"

李传美嗯了声,就呜咽了:"她是我身上掉下的肉呢!"说着,李传美又用手捂了一下胸,说,"你看,我的奶,还没回去呢!"

"谁心里不难受啊!"孙成海长叹一声,"说起来,我心里就剜剜地疼!后来再一想,也许这孩子是跟咱们没缘分!"

李传美唉了一声。孙成海试探地问:"对了,要是现在给你再找一个这样的女儿,你要不要?"

李传美坚定地说:"要,咋能不要呢! 可是去哪里找呢?"

听李传美这么说,孙成海心里有数了,说:"你这样说,我也就放心了。"

李传美问:"你咋这么说呢? 你想跟我说什么事吧?"

孙成海说:"是这样的,咱们穆书记的夫人张恺大妹子你知道吗?"

李传美点头:"知道啊! 你忘了,今年夏天我跟着你去区里送军粮,见过她,这个妹妹人很热情,看我热,给我倒水。我记得当时她还挺着大肚子,对了,她的孩子该生了吧?"

孙成海说:"你还记得这么清。嗯,生了,是个女孩!"

李传美一愣,想起什么似的问:"你怎么这么清楚?"

孙成海说:"我今天开的这个会,就是为这个事。"

李传美更是一头雾水,她停下手中的针线,用疑惑的眼睛看着丈夫。

孙成海说:"这孩子出生不久,你也知道,他们夫妇这么忙,穆书记在咱双山县委,张恺妹子在区上,再加上现在抗战形势这么严峻,他们夫妇东奔西走的,带着这个孩子的确不方便。"

李传美点了点头:"那总不能把孩子丢了呀,孩子奔着爹娘来到世上一场,这大小是条命啊!"

孙成海说:"是啊,我也是这么想的。再说了,穆书记两口子,离家舍乡地来到咱们这儿,他们是为了咱们,是为了把日本鬼子赶出咱中国,他们两口子是躺下身子为咱们老百姓谋好日子啊!可现在是特殊时期,如果孩子带在身边,孩子一哭闹,目标太大,不利于他们夫妇工作。再说了,现在鬼子时时'扫荡',白狗子每天到处乱窜,要是被他们碰到了,可就麻烦了!"

李传美点头说:"是啊,孩子带在身边,的确是够麻烦的!要是能找个人收养着,就好了!"

孙成海听了高兴地说:"你跟我想到一块了!"

李传美说:"可找谁养呢?"

孙成海看着李传美,问:"你说找谁好呢?"

李传美沉思一会:"咱们村上,我想了,还没这样合适的人呢!"

孙成海看着李传美,肯定地说:"有!你再想想?"

李传美望着丈夫那欣喜的眼睛,猛然明白他话里的意思了,她用手指指自己的鼻尖:"你是说,我?"

孙成海点了头。

李传美指着一旁睡着的三个孩子说:"你说得有道理,我要是养,还真是最合适。可是,咱家有这三张嘴啊!"

孙成海说:"有三张嘴怕什么,只要咱们不懒惰,就凭咱们的两只手,就是再来两张嘴,也能养得起!"

李传美猛然间明白什么似的:"你是不是早就答应组织了?"

孙成海点了点头。

李传美说:"你答应了,怎么还考验我?是不是不放心我?"

孙成海叹了声:"你已经替我养三个孩子了,现在又让你收养别人家的孩子,我心里有点拿不准。"

李传美笑了:"你想得太多了,我进了你家的门,就是你的女人,就是为你收干晒湿、养儿育女的,你只要认为对的事,我都会支持你的!"

孙成海心里一热,说:"你是个好女人,我能找到你,这是我上几辈子积来的福。"

李传美羞涩地笑了："你这么一说,我就像外人似的。"

孙成海说："今天晚上开会,我考虑来考虑去,只有你最合适,所以就把这个任务接下来了。组织上也考虑了,说你有三个孩子了,真正把这个孩子接过去,担子是有点重。我就说了,我媳妇是个懂大理的人,她支持我的工作,只要我认为是对的事,她都会默默去做的。领导说,这样吧,你先回家跟你老婆商量一下,要是你老婆答应了,孩子才能放在你家。"

"所以你才试探我？"

孙成海说出了心里话："我虽然开会说了大话,其实,我真的还是有点拿不准你。"

李传美说："你呀,想得太多了,我是那样弯弯绕的人吗？既然你答应了,就让他们尽快送过来吧,孩子在外面多待一会,危险就会多一点。"

孙成海很激动："既然你这么说,我这就去给联络人说,让他们尽快地把孩子送过来！"孙成海说着拉开屋门反身又轻轻关上,走进夜色里。

听着丈夫远去的脚步声,李传美看着在一头已经熟睡的三个孩子,嘴里轻轻地念叨着："宝贝,我的宝贝……"

（二）喷香的"红"谷米

> 小毛孩,毛乖乖,快点你到俺家来。又有床,又有被,又有奶奶搂着睡,又有姐姐插花鞋,又有哥哥哄着玩。
>
> ——枣庄儿歌《小毛孩》

孩子是在午夜时来到李传美家的。当然,一直到午夜,李传美没有睡着,她翻出孩子以前的尿布,还有女儿以前穿的小衣服,她一件一件地整理好,然后又去烧好开水,擦洗了肿胀硬实的乳房,用手捏了捏左乳,有汁水滋射出来。虽然自女儿夭折后她用花椒什么的来掐奶,可没有掐住。她暗暗庆幸,多亏没掐住啊！她用手托了托自己沉甸甸的乳房,满意地笑了笑。

夜已经深了,深到狗的吠声也是尖锐嘹亮。李传美听到门口山路上凌乱纷沓的清脆脚步声由远而至,忙去打开屋门,开了院门,看到丈夫孙成海和村里的妇女干部李杨氏,趁着夜色,快步来到院门。李杨氏双手抱着孩子,孙成海身上背着包袱,走在前面。

李传美忙迎了上去,她从李杨氏手里接过孩子,孩子睡着了。李杨氏对李传美说:"妹子,这要累你了!"

李传美叫李杨氏嫂子,她说:"嫂子,你说这话就外气了,要是有一分容易,谁也不会把孩子送人。穆书记两口子既然把孩子交给我们,这就是对我们两口子相信。你告诉穆书记和张恺妹妹,让他们放心,我和成海一定会把这孩子当成我们的孩子一样。"

李杨氏说:"妹子,我代表穆书记两口子对你说声谢谢了!"

李传美看看孩子,满脸欣喜,问:"孩子现在出生多久了?"

李杨氏略一沉思说:"到今天正好三天。"

李传美又问:"给孩子起名字了吗?"

李杨氏说:"我听张恺妹子说,孩子是在杨岗村出生的,穆书记就给孩子取了个大名,叫穆岗。至于小名,你看着叫就是。"

李传美点了点头说:"好,那我就叫她岗岗。"

李杨氏说:"咱们村人不是很多,你孩子夭折的事,知道的也不多。如果要是有人问你,你要想到怎么回答!"

孙成海点了点头,看了看妻子李传美,说:"你说的这个很重要,这个在我决定接收孩子时我就考虑到了,你放心,我就说,当时孩子发热病重,我们以为孩子不行了,丢到了乱石岗子,第二天一早,去乱石岗子一看,孩子没死,就又抱回家了。"

李杨氏嗯了一声,点了点头:"这样的确能自圆其说。我这样提醒你,怕的是敌人来'扫荡',要是问起孩子,你一定要对答如流。"

李传美说:"请组织放心,我们夫妻一定会保护好孩子的!"李传美说着,侧转身子,撩开上衣,把孩子蠕动的小嘴送到乳上。孩子好饿,衔住乳头,用力吸起来。

看着孩子像花朵一样的小嘴,李传美用手轻轻地抚摸着孩子的小脸,眼里的泪在不知不觉中流了下来……

第二天一早,当兄妹三人醒来后发现家里又出现一个娃娃时,惊喜极了,异口同声地问:"娘,她是谁?"

李传美一边喂着奶,一边平静地说:"她是娘的宝贝,是你们的妹妹。"

"妹妹?"孩子满脸惊喜,问,"娘,我妹妹没死,我妹妹又回来了?"

李传美点了点头,用手抚摸着大孩子的头说:"对,你妹妹她又回来了!娘的宝贝又回来了!"

姐弟三人听了很高兴:"娘,我们的宝贝妹妹又回来了!……"

李传美虽有乳汁,可不够小岗岗吃的。一个月以内还好说,过了一个月,岗岗大了,饭量也大了,李传美的乳汁渐渐喂不饱小岗岗了,小岗岗有时吃不饱就哇哇地哭。刚开始,以为是孩子病了,可孩子不发热,也不拉稀,孙成海就问是怎么回事,李传美唉了一声说:"孩子的饭量大了,是饿的。"

土山村因为是山地,适合种的作物只有地瓜,可喂孩子最好的是小米。山上的地不适合种谷子,适合种谷子的地在西边三十里外的滕县桑村的地盘上。

孙成海就装了满满一口袋地瓜干,找了邻居家的小黑驴,驮到西面的桑村大集上卖了,然后买了一斗谷子。

谷子买回家,孙成海先用石碓窝碓了,把谷子的外壳碓掉,李传美又用簸箕把谷壳簸了,剩在簸箕里的就是金灿灿的小米了。

李传美就把小米放到黑罐子里,用时,从黑罐子里取出一把小米,用锅熬,熬烂了,就舀漂在上面的米油汤喂小岗岗。

小岗岗喝了米油汤,乖了,不哭闹了。看着熟睡的孩子,李传美脸上露出欣慰的笑容。

天越来越冷了,转眼间,风也硬了,里面也有刀子了,天上也开始飘雪花了,雪花越开越肥壮了。此时天已经到了数九,农历叫冬至。这天夜里鸡叫头遍时,孙成海担着昨晚装好的两袋地瓜干去桑村赶集。家里的谷子不多了,他怕变了天,要是雪封了山,出不了门,就会缺了岗岗的口粮。他挑着担子专挑僻静处走,唯恐遇上巡逻的鬼子。当他挑着地瓜干赶到桑村集时,天已经大亮了,集上人来人往,人已经稠了,他挑着地瓜干先去了粮市,把地瓜干卖了,之后去大王粮店买了小半袋谷子,去孙家百货铺买了斤食盐。

该买的东西都买完了,孙成海长出一口气,今天很顺利,没有遇到鬼子,不像上次,他来的时候,过山亭路口的哨所,遇到了鬼子和伪军盘查,要不是哨所的伪军中有他一个姥娘家的近门表兄,他的地瓜干早就会被鬼子截留下了。多亏那个老表给哨所里的鬼子好说歹说,才放行了他。此时孙成海感觉到了饿,从夜里起来就匆匆往这里赶了,现在已有三个多时辰了,他已经徒步挑着担子走了三十多里路。他从怀里掏出个地瓜面的窝窝头,吃了两口,因没茶水,噎得伸了伸脖子。他去旁边卖茶的摊上买了一杯开水,就着白开水吃了两个窝窝头,算作早饭。站起身,才要走,看到前边路旁有卖面蚕豆的,他抽搐一下鼻子,闻了闻远处飘来蚕豆的香味,好香。他想起家里那三个孩子,他出去走黑上店的,从没给孩子买过什么。这个花椒、大茴、盐巴等材料煮熟的面蚕豆,他小时候最爱吃了,那可是他童年的美食。

卖面蚕豆的是个40多岁的中年人,很和善,看到孙成海过来,笑着问:"买多少?"孙成海说:"一斤吧。"

中年人麻利地称好,斤两足得秤杆翘上天。他用干荷叶包好,递给孙成海。孙成海说声谢谢,接过来放进布袋里。刚放好,街上的人群炸锅似的,轰地从西边往东边跑,有人边跑边喊:"快跑,鬼子来了!"

孙成海忙把钱塞给中年人,背着布袋顺着人流往东跑。转眼间,街上人都跑空了,只留下一街筒子里被踩踏稀烂的白菜、萝卜等一些农产品。

孙成海背着半袋子谷子一直往东跑。后来才知道,这是驻守在滕县的鬼子,集结周边的鬼子和伪军两百多人去东边山里"扫荡",路过桑村。鬼子开着汽车,看到集上有卖粮食的,就停了下来抢劫。

孙成海背着谷子跑到东边的街口时,没有想到,这儿也有堵着的鬼子和伪军,共有四个,一个鬼子,三个伪军。他们守在街口堵着窜跑出来的村民,只要看到背着粮食的就上前抢。孙成海跑到街口时,三个伪军正和村民撕扯着,他看准一个空当,忙跑了过去,却被一旁指挥的鬼子发现了,鬼子跑上去抓他,他一转身,泥鳅一样从鬼子兵身边溜走了,鬼子兵忙追,但孙成海比鬼子兵跑得快,一眨眼的工夫,已跑离鬼子兵十步开外,鬼子兵气得哇哇叫,举起枪,拉开枪栓,对着孙成海,扣动了扳机。

孙成海虽然跑着,但耳朵异常灵敏,他听到身后鬼子拉枪栓的声音,心里暗暗叫一声不好,本能地一歪脑袋,就觉肩膀一震,接着麻疼,扭头一看,肩上的衣服被鬼子的子弹打穿了,正有血从打穿的地方流出。他忙躲到不远处的一棵大柳树后,拾起树下的一块石头,朝着向自己追来的鬼子扔去。鬼子光顾着追了,没有注意,被扔过来的石头一下子打在脸上,鬼子啊的一声,丢开枪,双手捂脸,趁此机会,孙成海背起谷子,拔腿就跑。

一口气孙成海跑了半袋烟的工夫,回头看时,后面已没有人,此时,他肩膀处流出的血已经把小米袋子染红了。孙成海咬着牙忍着疼把这染着血的小米背回家,刚走进家门口,就觉得眼前一黑,一头栽倒在院子里……

(三)沉着斗日寇

红眼绿鼻子,四个毛蹄子,走路呱呱响,要吃哭孩子!

——枣庄儿歌《红眼绿鼻子》

当孙成海醒过来的时候,已是第二天的早上。李传美和几个孩子一直守在床前,看他醒来,李传美被泪水泡湿的脸上露出霞光。她告诉孙成海,他晕倒后,她请了村里的大夫给他包扎了。他的伤在肩上,子弹把肩上的肉打穿了,好在没伤到骨头,休养几天就好了。"

孙成海听了,看了看身边的孩子,想起什么似的问:"我买的谷子没有撒吧?"

"没有。"李传美说,"你这次买得多,够咱岗岗吃一个冬季的!"说着李传美站起身,"你昏迷期间,李杨氏带着咱们部队上的大夫过来看你了,检查了你的伤,说是轻伤,你醒过来就没事了。"接着又说,"你买的面蚕豆,咱们这几个孩子可爱吃了!"

孙成海叹了声:"我有好长时间没给这几个孩子买零嘴了,委屈他们了!"

李传美安慰孙成海:"小孩是长材,以后大了,只要好好干,什么都会吃到的!你呀,好好歇着吧,我该给岗岗熬早饭了!"

李传美说着解开一旁孙成海背回来的袋子,从里面舀出半小碗带血的谷子,用石碓碓了,用簸箕簸去壳皮,露出黄澄澄的小米。李传美把小米下到沸水的锅里,不一会,米香就弥漫了整个院子……

转眼半个月过去了,这一天,枣庄煤矿的鬼子和伪军集合了一百余人去东边山里"扫荡"。由于叛徒的出卖,鬼子得到一个信息,说双山县委穆林书记的孩子生下来就放到这一带的村子里抚养。鬼子一大早就来到土山村,封锁了各个路口,赶鱼似的把村里所有人都赶到村子中心的一块空地上,鬼子兵和伪军铁桶似的把全村人围在中间。李传美抱着岗岗,三个孩子都围在她的身边。

一个戴着圆圈眼镜、挂着指挥刀的日本军曹站在队伍的中间,身边跟着个鬼子,牵着个小牛犊一样的狼狗,站在这个日本军曹的一旁。另一旁是乡下人都叫作二鬼子的胖翻译。看到大伙聚齐了,日本军曹拔出腰间的枪往天上放了两枪,人群瞬间静下来,掉根针都能听到,大家只听呼啸的西北风的哨声是那样尖锐刺耳。日本军曹朝二鬼子一努嘴:"你的,给他们说说!"

二鬼子翻译弯腰"嗨"了一声,以示明白日本军曹的意思。他来到村民前面:"刚才皇军说了,咱们这儿有人窝藏八路军首长的孩子,你们谁家窝藏了,赶紧把孩子交出来,皇军大大有赏!"

大伙一听,忙把孩子护在跟前,孙成海此时挡在李传美的前面。一旁的李杨氏抱着自己的孩子,担心地望了李传美一眼。

李传美也看到李杨氏的目光,她面色平静,老母鸡似的护着三个孩子,当然,还有紧紧地抱在怀里的岗岗。

鬼子们很聪明,采取排除法,先把老人、中年男人们赶到一边去,最后只剩下妇女和孩子们。由于李杨氏的孩子大,也被清除到一边去了。剩下的就是抱着孩子正在哺乳期的妇女和孩子。

哺乳期的妇女不是很多,一共有六个。李传美抱着岗岗,三个孩子都绕在她的身边。李传美站在这六个妇女前面。被撵到一旁的孙成海和李杨氏,都目不转睛地看着她,眼里满是焦急。

虽然鬼子得到八路军领导的孩子在下面村子抚养的情报,但在哪个村,是谁抚养的,这些具体的事情,是不掌握的。他们先是采取利诱,那个二鬼子胖翻译上前说:"太君说了,你们只要说出是谁收养了八路军穆书记的孩子,皇军大大有赏!"说着转脸问鬼子,"井田太君,赏多少?"

叫井田太君的日本军曹从兜里掏出一把银圆,交到二鬼子手里。二鬼子低头查了,惊喜地说:"十块大洋。十块大洋啊!你们谁只要举报,井田太君赏十块大洋!"

下面的人群寂静无声。

鬼子等了一会,没一个人吭声,胖翻译看利诱不行,看了看井田太君。井田对着二鬼子用手比画了一下脖子,嗯了一声,二鬼子明白了,转身对大家喊道:"你们这些泥腿子,真是敬酒不吃吃罚酒!刚才井田太君说了,收养穆八路孩子的,要是再不说,死了死了的!知道不说的,也死了死了!"

大家都冷眼看着井田和二鬼子,眼里露出鄙视的眼神。二鬼子来到李传美跟前,仔细看了看李传美抱的孩子,把李传美拉到井田跟前,对李传美说:"我看这个孩子,和你长得不像,这个孩子,不是你的!"

人群一下子变得鸦雀无声。站在圈外的孙成海和李杨氏的心一下子提到嗓子眼。村子里人们的心也被一把抓起来。

李传美却异常地镇静,说:"你胡说,这孩子是我身上掉下的肉,她怎么不是我的?是你知道,还是我知道!"

李传美的另三个孩子都围在她的身边,紧紧抱着李传美的大腿。

井田眼睛一转,他拉过李传美身边的最大的那个男孩子,从口袋里掏出一把花花绿绿的糖块,指着李传美问:"你的,告诉我,她是你什么人?太君这里有好吃的!"

男孩子看了看糖块,咽了咽口水:"她……她是俺娘!"

井田摇了摇头:"你的撒谎,我看,不是!"

男孩子说:"是的,就是俺娘!"

井田又问:"你娘怀里抱着的孩子,不是你娘的,是不是土八路的?"

男孩子说:"岗岗是我妹妹!我们都是我娘的宝贝!"

井田看从孩子嘴里掏不出什么,就又对李传美动起了脑子:"你的,只要是告诉太君,孩子不是你的,你会大大有赏!"

李传美说:"太君,我家很穷,我很想要那十块大洋,可我再穷,也不能拿着自己的孩子去卖钱啊!"

井田说:"我看,这个孩子,不像是你的,是土八路的!"

此时,孩子哇哇哭了,李传美知道,是孩子饿了。她解开怀,掏出奶子,把奶头送到孩子嘴里。孩子吸吮着乳汁,不哭了。

李传美想起什么似的,从岗岗嘴里拔出乳头,对着胖翻译捏了一下,白色的乳汁滋向了二鬼子,滋了二鬼子一脸。李传美对井田说:"如果这个孩子不是我的,我怎么会有奶水?我能用奶水喂这个孩子,这不就说明我是孩子的娘!"

一席话说得井田和胖翻译不知如何反驳。

这时,村子里的保长过来了,说:"太君,我们这里都是良民,她们都是奶着自己的孩子,没有听说有八路军的孩子!"怕鬼子不信,说,"要是给人养孩子,根本是不会下奶的,她们奶子里有奶水,这就说明孩子是她们自己生的!这些人都在哺乳期,不生孩子怎么会有奶水?"

井田听了,点了点头,说了声吆西。

二鬼子用手摸了一把脸上的奶水,用鼻子闻了闻,点了点头,低头对井田说:"太君,这个办法好,剩下这几个抱孩子的,我们就按这个法子检查!"

井田点了点头。

结果,另外那几个正在哺乳期的女人,乳房里或多或少都有汁水。

折腾了一早上,鬼子什么也没收到,大失所望,只好又气势汹汹到另外的村子去了。

鬼子一离开,孙成海和李杨氏马上来到李传美的身边。孙成海接过岗岗,紧紧抱在胸口。李杨氏只是重重地握了一下李传美的手。在这重重的一握中,李传美收到了来自李杨氏发自内心的感激和钦佩!

(四)因为我是孩子的娘

小巴狗,上南山;割荆条,编簸篮;筛大米,焖干饭;姥爷吃,奶奶看,急得巴狗啃锅沿。巴狗巴狗你别急,剩下锅巴是你的。

巴狗你在哪儿睡?我在锅底睡;铺什么?铺青灰;盖什么?盖锅拍;枕什么?枕棒槌。倒了砸你小狗腿。

——枣庄儿歌《小巴狗上南山》

说着拉着入了九。在鲁南,只有入了九,才是冬天最冷的时候,而"三九四九"又是最寒冷的核心。滴水成冰,就是说的这个时节。这天从早上就阴,西北风呼呼地刮着。一直到晚上,鹅毛大雪就开始飘了。开始小,小着小着就大了。孙成海吃过午饭就出去了,说是今天有行动。李传美就让他放心地去,她会在家好好照顾四个孩子。

三个大孩子很听话,可岗岗这一天不是很乖。特别到了夜晚,哭闹得更厉害了。岗岗一直很乖的,这样的哭闹从没有过。刚开始,李传美以为喂的饭凉,孩子的肚子不舒服。可孩子越来越闹,她用手试了下,孩子的头好热。再一摸身上,像一个燃烧的火炉。不好,孩子在发烧!

孙成海不在家,怎么办?李传美当机立断,在家不在家,孩子的病情不能耽搁,发热不是什么好病,因发烧而把孩子葬送的不在少数,她本家一个兄弟,就是因为发热,耽误了治疗,最后被烧成了个傻子。李传美交代大孩好好照看妹妹弟弟,把门关好顶好,她抱起岗岗,一头扎进茫茫黑夜的风雪里。

李传美把岗岗贴心口窝抱着,此时地上的雪已经没了她的鞋口。风越来越大,带着哨声,吹得李传美一个趔趄接着一个趔趄。无论再怎么趔趄,李传美心想就是把自己摔散,也不能让孩子受一点的伤。

李传美要去找的张先生住在山前。从她家到后庄上张先生家,本来也就一袋烟工夫,可这个夜晚,李传美感觉自己走了整整三袋烟的时间,到张先生家时,已是深夜了。她擂响了张大夫家的门……

张大夫看到一个雪人站在门口,吓了一跳。他忙让李传美进屋,看孩子烧得这么厉害,就先用温水湿了块布,搭在孩子的额头上,接着看了孩子的舌苔和眼睛,说:"孩子的这个发热,是风寒所致,我给你抓点祛风寒祛风毒的药,回去你煮了,喂给孩子就是。"说着去药柜里抓了几样草药,包成一包,交给李传美……

李传美顶着雪回到家,此时孙成海也回了,正在问孩子"你娘和你妹妹呢",看到李传美冒着风雪回来,忙上前接孩子。李传美就把孩子发热的事跟孙成海说了,接着就去锅屋里煮药。

岗岗喝了李传美煮的药,不一会,就沉沉睡了……

第二天,看着屋外皑皑的白雪,李传美想起张大夫说的话:孩子的病是受风寒所致。所谓风寒,不就是孩子们穿的衣服单薄感冒受凉吗?

李传美决定做一件事。

她狠了狠心,把自己出嫁时穿的一身棉衣拿出来,她想拆了,把里面的棉花掏出来添到孩子们的衣服里。

拆棉衣时,孙成海看到了,就阻拦:"你把棉衣拆了,冻着你,怎么办?"

李传美就开玩笑对孙成海说:"我是大人,皮厚实,撑冻,没事的。"

孙成海不想让李传美把这身棉衣拆了。不管如何,这是李传美的嫁衣。他就说:"现在已到最冷的时候了,咱们这儿,最冷也就半个多月,咬咬牙就撑过去了,天就暖和了。"

"咱们大人能咬咬牙,可这四个孩子呢?他们皮嫩,经不起冻的。"李传美长叹一声,"我也不想这么做,可眼前这么冷,我只有先顾孩子们啊!他们虽不是我亲生的,可他们毕竟还叫我一声娘!"

一番话说得孙成海眼里盈满泪水。他把李传美紧紧搂在怀里,说:"你是个好女人,谢谢你,太谢谢你了!"

李传美笑了:"我进了你家的门,就是你的媳妇。虽然这些孩子是前窝落下的,但他们只要是你的孩子,就是我的孩子呀!我不能做让别人戳脊梁骨的事。再说了,这些都是我该做的,谁让咱是两口子呢!"

李传美把棉衣拆了,除给岗岗做个小棉袄,把剩下的棉花都加到三个孩子原来那薄薄的棉衣里。

三个孩子的棉袄由薄变厚,1944年的冬天,虽然天寒得地都冻裂了,屋檐上的冰溜溜有一米多长,可对这三个孩子来说,这是他们兄妹长这么大过得最温暖的冬天。

说着拉着开春了。冰融了,雪化了,小草绿了,山花开了。岗岗牙牙学语了。岗岗会爬了。岗岗会站了……

一到三夏三秋,孙成海和李传美就没黑没白地干农活,岗岗就被带到地边,由姐姐哥哥们照看着,好让爹娘去收种庄稼……

岗岗是兄妹三个的小宝贝,妹妹只要想要什么,哥哥和姐姐都会争着给她做,岗岗不小心摔着了,哥哥就会上前搀扶……小岗岗在哥哥姐姐的关爱下,快乐地成长着……

1945年5月,穆林由双山县委调任鲁南二地委,任组织部长兼宣传部长、群委书记,这之间,穆林、张恺夫妇虽有把孩子接走的想法,但一想孩子还小,夫妻俩还在两地分居,当时张恺在鲁南区党委做妇女工作,那里一摊子事太多,就把这个念头放下了。

1945年8月15日,日本鬼子无条件投降,我国的抗日战争取得了全面的胜利。到了1946年9月的一天,穆林、张恺夫妇和李杨氏由孙成海领着走进了家门。

李传美正在屋里给岗岗喂饭,岗岗看到家里一下子来了这么几个人,眼光有些怯,李传美说:"岗岗不要怕,他们都和娘一样,是最疼你的人!"

穆林书记说:"妹子,太谢谢你了!"

李传美看张恺还想说什么,就摆手示意:"你不要说了,我什么都知道了!"说着眼圈就红了,她用手抹了一下眼说,"你们先坐,让我给孩子喂完这顿饭。"

李传美一边喂着饭,一边强忍着眼里的泪。大家都鸦雀无声,看着她给岗岗喂饭。饭喂完了,李传美眼里盈满了泪。

看岗岗吃饱了,李传美把张恺和穆林喊到院子里,说:"我一会带着三个孩子去地里。岗岗能穿的衣服我都包好了,放在柜子上。你们在我去地里的时候,抱岗岗走吧!不然,光这三个孩子,你们就抱不走岗岗!"

张恺说:"嫂子,你想得真周到,太谢谢你了!"

李传美淡然一笑:"妹子,咱们是一家人,不说两家话,你那么做,不也是为了我们吗?"

李传美擦了眼里的泪,进屋叫出三个孩子,让他们拿着各自的筐子和篮子,跟着自己去山岭上的地里拾地瓜干。

走在去山岭的路上,李传美一边走一边回望,她在用耳朵捕听风里是否传来岗岗的哭叫。越往山岭上走,风越大,风里只有呼呼的哨音,李传美原来忍在眼里的泪,此时哗地流下来,滋润了脚下的这片土地……

三、史海钩沉

1944年4月,穆林再任双山县委书记。12月,长女穆岗在杨岗村(今属山亭区徐庄镇)出生。因工作都在紧张进行,穆岗出生不久,穆林夫妇商定将她交由老乡喂养。夫人张恺接着回到鲁南区党委投入紧张的工作当中。

1983年,穆林再次来到抱犊崮山区,到为他养育长女的孙成海家,看望"红嫂"孙李氏。1997年,穆林在济南逝世。

虽然时光已过去了七十余年,抱犊崮山区人民对穆林当年工作和生活的地方依然耳熟能详,当年的县委机关设在哪里,夫人、长女的名字,长女穆岗在谁家喂养,喂了多长时间,等等,都说得清清楚楚。老区人民能将穆林的名字深深留在记忆里,真诚地怀念他,正是对他与人民群众休戚与共,最后取得抗战胜利最好的回报。

——节选杨军、孙明春、孔浩、沙朝佩:《战斗在抱犊山区的英雄》[①]

[①] 据2015年6月5日,《枣庄晚报》。

四、采访札记

酷暑走进土山村
——"红嫂"儿子孙茂全老人采访记

我们上了车,老人给我们摆手,看着烈日下跟我们摆手的这两个年过八旬的老人,看着这么淳朴善良而内心充满慈悲的老人在风中飘扬的白发,我们的眼里盈满了泪。

2021年7月14日,是酷暑时节一个流火的日子。为了采访泉崮山下的"红嫂"——李传美的后人,笔者与著名作家孙传侠在山亭区徐庄镇宣传科长王鹏的陪同下,顶着烈日,驾车来到了山亭区徐庄镇土山村,采访了"红嫂"李传美(孙李氏)的儿子孙茂全老人。

孙茂全老人住在村子的西南角的路边,门前很宽敞,有个篮球场,再前边就是村委会。他家的大门开着,我们一进大门就问:"这是孙茂全老人的家吗?"

一个面容和善的老人忙迎了出来说是。她是孙茂全的妻子,刚从地里回来。她说孙茂全在地里呢。我们说明了来意。老人把我们让进屋里,忙打开电扇,说:"老头子去地里了,你们在屋子里先凉快着,地很近,我给你们叫老头子去!"老人说着就急匆匆地出去了。

不一会,孙茂全老人就来了。我们迎出门去。老人个子不高,但面色红润,底气很足。看年龄,也就七十岁左右。我问老人今年多大了,孙茂全老人声音洪亮地告诉我:"我今年84了。"然后指了指老伴说,"她比我

孙茂全老人

小,今年 80 了!"

我给老人说明了我们的来意,我说:"枣庄市市中区文旅局计划出一本书叫《枣庄抗日六女杰》,就是写我们枣庄市在抗战时期的六位杰出的女性。这六位女性有徐德兰、梁巾侠、李汝佩、'芳林嫂'等,其中,你的母亲李传美作为泉崮山下的'红嫂',也进入了枣庄抗日六女杰之列。我们今天来,就是采访你母亲李传美的一些情况的。"

老人很爽快,说:"你们想知道什么,尽管说,我知道的都会告诉你们。"

孙茂全老人告诉我们:"李传美是我后妈。小时候只知道我后妈叫孙李氏,我后妈娘家的哥哥叫李传明。我后妈是'传'字辈的,后来听我舅说,叫李传美。我后妈她娘家是九子峪的,离我们这儿有 20 多里路。

"我亲妈的娘家姓高,我亲妈叫孙高氏,生下我十八天她就因产后出血症死了。我亲妈死时 42 岁,我父亲比我妈大 4 岁,当时 46 岁。我亲妈有六个孩子,我上面有三个姐、两个哥。我二哥在 5 岁的时候死了,剩下我们五个。我是最小的。

"我父亲孙成海娶我后妈时,那时我后妈 36 岁,我父亲 46 岁。我父

亲比我后妈大十岁。

"穆岗出生不久就来我家了。我后妈当时生了个小妹妹，不知怎么回事死了，我后妈当时有奶水，穆岗妹妹来到后就直接吃后妈的奶。她的父母打游击，不能照顾小孩，把小孩带在身边是累赘。

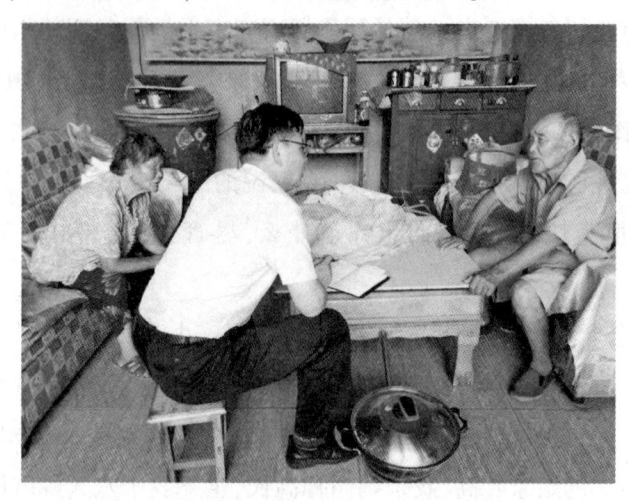

"穆岗妹妹在我们家待到三岁多。后来穆岗的爸爸妈妈来信，说鬼子投降了，滕县解放了，把孩子接到滕县。当时穆岗妹妹的爸爸穆林在滕县当领导。我后妈不舍得穆岗妹妹，眼睛都哭成了灯笼。

"穆岗在我们家什么都吃。我们兄妹吃什么她就吃什么，地里的小麦、高粱啊,还有野菜什么的……"

孙茂全老人很健谈,也很配合,我们问什么,老人就回答什么。

到了中午十二点多,我们才恋恋不舍离开孙茂全老人家,临离开时,孙茂全的老伴给我们准备了一包自己晒好的金银花。我们不要,要给钱,老人忙摆手,说不值钱,自己家种的!

穆林、张恺这对革命夫妻在抗日战争、解放战争年代为了革命事业抛头颅洒热血,直至奋斗一生。穆林、张恺共有六个孩子,在革命战争年代他们曾把三个孩子寄养在老百姓家里,大女儿穆岗寄养在山亭的徐庄,大儿子穆志强在山亭的桑村寄养,二女儿穆平出生在淄博,部队过黄河时寄养在乡下。直到新中国成立后全家人才团聚在一起。

抗日战争期间,鲁南抗日根据地涌现出无数类似李传美这样的"红嫂",她们用自己的勤劳智慧、心血,甚至冒着生命危险养育党政军干部子女,解除党政军干部的后顾之忧,事实上,她们是以独特方式支持抗战,为抗战做贡献,可亲可敬!

今天,让我们永远记住,这位一生都没有自己名字的平凡而伟大的女性——李传美;今天,让我们永远记住,这些为了抗战而默默付出的老区人民,他们才是最可爱的人!

枣庄市市中区文旅局出版《枣庄抗日六女杰》一书,把李传美做"红嫂"哺育穆岗的事迹纳入其中。想必书出版后,李传美的故事会流传得更广。

五、历史回声

1942年6月,双山县委在徐庄建立,第一任县委书记由原滕峄边县委书记穆林担任。穆林的夫人张恺在鲁南区党委做妇女工作。这对革命夫妻全身心地投入革命工作,抓减租减息、抓武装、抓打仗,因工作繁忙,二人都需要返回工作岗位,于是他们夫妇商定将女儿寄养在土山村财粮干部孙成海家喂养,当时穆岗才出生不久。孙成海的爱人孙李氏喂养着四个孩子,最小的一个女儿刚出生几个月就因营养不良夭折了。孙李氏的小儿子,今年78岁的孙茂全回忆说:"俺小妹妹夭折后,俺娘疼得整天哭。穆岗妹妹来了以后,俺娘虽说不哭了,有时看着穆岗,就说:'我的心头肉呢?我的心头肉呢?'"

——杨军、孙明春、孔浩、沙朝佩:《双山脚下"红嫂颂"》

六、长歌当哭

李传美之歌

（一）

李传美，这是你在九子峪的名字
自从嫁了孙成海
你就只有一个名字——孙李氏
作为一个女人
从进孙家门的那天
你也就是了三个孩子的母亲

你是穷人家的女子
你出生在穷山窝里
你就如这泉崮山下的石头
沐浴着风雨的侵袭

当然你的内心有更多的柔软
这柔软来自一个母性的光辉
你清纯贤良如一株朴素的山枣
有着大山的厚重和甘饴

你到土山村时
那天的阳光灿烂
当三个孩子逐个叫着你娘时
你的内心掀起了波澜

你的脸红成了蒙脸红子
可你的内心却充满了惜怜
这三个没了娘的孩子
从此成了你孩子，你的挂牵

叫你一声娘你就是他们的天
你就是他们的依靠和靠山
你不光要浇灌他们成长
还要对斜出的枝条裁剪

三个孩子在你的养育下茁壮成长
他们就如大山里的小树
在那些如晦的日子
伸展着自己的枝条扎向蓝天

（二）

因为是母亲
穆岗生下第三天就被抱到了你的家里
你忍着丧女的痛
把乳头放到了穆岗的小嘴里

你知道这个小小生命的父母
他们为你的好日子在战斗、在受苦
你把自己的疼收起
用欢笑喂养着这个女儿

奶水不够吃
你就用小米喂
因为你知道
穆岗是革命的孩子
自己吃粗食野菜
也要把好吃的喂给女儿
为了让穆岗健康成长
你的丈夫冒着生命危险去赶集换取

丈夫赶集时遇到了鬼子
他在敌人的枪口前给女儿抢食
当然，子弹打在他的肩上
他胸前背的谷袋成了"红米"

（三）

由于叛徒的出卖
鬼子"扫荡"来到了你们村里
面对敌人的凶残
你从容冷静、泰然处之

鬼子说你养的孩子是穆林的孩子
你就是八路军的"红嫂"

你慢慢地掀开衣服
用手一捏,乳房里滋出乳汁

你说妮妮(穆岗)是你的孩子
她是你十月怀胎亲生的
如果不是你生的
你怎么会有乳汁?

你的回答条理在板
鬼子被问得目瞪口呆
面对你的从容坦然
鬼子和伪军都黯然失语

(四)

养育一个孩子不光需要粮食
更需要心血和精力
丈夫在村里干事
家里的事你就扛在肩上、顶风迎雨

丈夫那天和游击队去执行任务
那是一个有着风雪的夜晚
那晚妮妮身如火炭
你抱起妮妮走进了风雪里

大夫在后面的村子
可这一段路你感觉走了一个世纪
无论多大的风雪你都不怕

你把妮妮紧紧抱在怀里

终于到了大夫的家里
你的浑身被风雪打透
可胸前的妮妮却完好如初
大夫看着像个雪人的你
眼里流出赞许和敬服

这就是母亲
让风雪不再有寒冷
这就是母亲
让艰难的险阻不再是距离

（五）

革命胜利了,妮妮三岁了
当有一天,你接到妮妮父母的信
你终于知道
你要面对的这一天就叫分离

你提心吊胆一直怕这一天的到来
可这一天还是如期而至
你把妮妮打扮得干净漂亮
默默地领着走向了那条通向山外的路……

你知道
这一别,也许是十年八载
这一别,也许是一生一世

可你却走得异常坚定
因为你知道
你抚养的是革命者的孩子

革命者的孩子就该交给革命者
只有革命者才会让你过上好日子
他们都是人间的大爱者
为了劳苦大众甘愿洒热血、抛头颅

你虽然是一个山里女人
可你深深知道这些浅显的道理
就这样,你把脚步走成了铿锵
你把背影走成了泉崮山下永远的风景
无垠岁月里的永远传奇

附：参考文献

1.杨军、孙明春、孔浩、沙朝佩:《双山脚下"红嫂颂"》,《枣庄晚报》,2015年5月21日第23版;

2.杨军、孙明春、孔浩、沙朝佩:《战斗在抱犊崮山区的英雄》,《枣庄晚报》,2015年6月5日第25版。

第四辑　枣庄抗日六女杰之李汝佩

一、李汝佩小传

李汝佩(1918—1998),1918年8月出生于枣庄老街一个开明的回族农民家庭,她从小就受到革命的启蒙熏陶:1927年6月,北伐军到达枣庄,在李汝佩家支锅做饭,"打倒列强!打倒列强,除军阀……"是她学会的第一首革命歌曲。1932年9月,还在上小学的李汝佩与同学们一起参加了反日大会,声讨日本侵略者侵占东北三省的暴行。1935年夏,李汝佩令人羡慕地考上了中兴中学农科,可终因家庭贫寒,上了一个学期后,无力缴纳学费,被迫退学。退学后,在共产党员、峄县教育界知名士绅、她的同族的哥哥——李微冬的指引下逐渐走上革命道路。

李微冬老师凭借在峄县教育界的影响,在台儿庄私立女子初小给李汝佩找了一份教师的工作,教学之余,她经常深入社会走访家长,宣传革命思想,宣传抗日救国。她请从东北流亡而来的邮政局长的太太到校代课,让其对学生进行抗日救国的教育。

1936年寒假,在李微冬的介绍下组织同意吸收李汝佩为中共党员。1937年七七事变后,学校被迫停课,李汝佩回到了枣庄。在党的领导下,她积极投入抗日救亡活动,参加了抗日宣传队,在张鸿仪的带领下深入厂矿、农村宣传抗日。为了团结更多的青年学生,她动员同班同学刘桂兰、金刚(金冠淑)等参加学生联谊会,后又动员张恺(王世荣)、白秀蓉等参加抗日救国会,带领她们走上革命道路。1937年10月,李汝佩正式宣誓加入中国共产党。不久,她和张恺、袁化坤、金刚四个人成立了枣庄的第一个妇女党支部,李汝佩担任支部书记。李汝佩带领妇女党员大力开展抗日救亡工作——宣传、募捐、救护伤员,受到县委的表扬。

李汝佩先后任鲁南区委妇救会、鲁南三地委、沭河地委妇女委员,临沭县委妇救会长、山东省委妇委会委员、青岛市委民运组干事、青岛市总工会女工部部长、上海市妇联党组成员、组织部长,北京市妇联组织部长、联络部长、党组成员、副主任等职。

二、英雄传奇

(一)回首经过处,皓月上东方

入夜,喧嚣的人群散了,五彩的霓虹也开始安眠。一弯新月的清辉,静静地洒在枣庄老街,洒在清真寺的牌坊上。充满了伊斯兰教风情的建筑,在月光下格外安详,像一位历尽沧桑的老人在给我们讲述着抗战时期这片土地上的英雄儿女的传奇故事。

枣庄市是山东成立党组织较早的地区之一,具有光荣的革命历史传统,是一个红色英雄的城市。枣庄古为峄县辖区,曾因煤炭资源丰富,被称为"煤城"。明朝初年,朝廷便允许民间在这里开矿,"乡民开山取石为磨、碾,挖井取煤作薪"。随着煤炭的开采,逐渐有移民迁徙到"峄北窑场"周围聚居。在各聚居点,人们或以姓氏或以地物村志等取名作标。比较有名的村落有金庄、三合庄、枣庄(因古时遍植枣树,村头有片枣林,遂以"枣庄"为名)。当时枣庄的煤窑开办渐多,许多山西、河南、河北、江苏、安徽来的外乡窑户广为聚集,由于煤炭产量的日增,商人纷纷前来定居,一时间,商贾云集,形成了枣庄的第一条街道——枣庄街。枣庄街也是鲁南地区比较集中的回族聚居点之一,现有回族居民近 200 户,千余人口,多为金、李、刘、米、马、石、白、法、文、郑、丁等姓,金元以后从全国各地陆续迁来。

光绪五年(1879),枣庄的名士坤金铭、李朝相、法玉昆等人上奏,经李鸿章奏准,正式成立了"官督商办"的"中兴矿局"。1908 年,公司股东会呈报清政府批准,定名为"商办山东峄县中兴煤矿股份有限公司"(简称"中兴煤矿公司"),改总办制为总理制,张莲芬任总理,成为中国第一家民族资本独资经营的煤矿企业。民国元年(1912),《中兴公司章程》正式施行,其中说明:"本公司总矿在峄县城北枣庄。"至此,枣庄地名在社会上才开始逐渐出名。20世纪30年代,中兴煤矿公司与当时的开滦、抚顺齐名为中国三大煤矿,当时的《中国矿业报告》称,"能与外煤竞争者,唯山东中兴煤矿公司"。

因为中兴煤矿公司,百年之前,老枣庄是一个繁华小镇,是周围数十里的商贸中心。南部东西大街,是西去临城、东至临沂的必经之路,来往运送煤炭、粮食、杂货的马车、独轮车、驴群、马队络绎不绝。沿街回民设有多家车马客栈,接待过往商客,每到傍晚,灯笼高挂,茶棚饭铺高朋满座,生意兴隆,热闹红火。今天,我们要讲的枣庄的一位女中共党员李汝佩,就是诞生在这条街上的回族姑娘。

(二)西峰弓月映新辉,万里晴空星尚微

1927年6月下旬,国民革命军北伐部队攻占徐州后,继续向山东挺进。李宗仁部沿津浦路攻击,连克韩庄、台儿庄、峄县(今枣庄市峄城区)、枣庄、临城(今枣庄市薛城区)、滕县,直鲁联军张宗昌部退守兖州。6月26日,北伐军来到枣庄。中兴煤矿的大楼前张灯结彩,周围墙上到处张贴着"打倒封建军阀""打倒帝国主义""欢迎北伐军""拥护孙中山的三民主义"等标语,由矿工组织起来的欢迎队伍敲锣打鼓,载歌载舞欢迎北伐军。

9岁的李汝佩和几个小伙伴虽然还不知道什么是北伐,但听说有部队来了,部队来了他们就能不受欺负过上好日子了,还是怀着将信将疑的心情,挤在欢迎的人群中想看一眼即将入驻枣庄的军队是个什么样子。他们几个小孩子不时穿梭在欢迎的人群中,翘首期待。不一会,一阵阵皮

靴踏地的脚步声整齐划一如排山倒海一般由远及近传来,接着便看见身着统一制服的战士们扛着枪,英姿飒爽地走过来,他们队列整齐,眼神坚定,目不斜视。"当兵好威风啊!他们真的能让我们不受欺负了吗?咦,怎么没有看到女兵呢?女孩子能当兵吗?"年少的李汝佩一边想着这些问题,一边瞪大了眼睛看着这些当兵的人一排排从眼前走过。

无论世事如何艰难,小孩子的快乐总是单纯而美好的。晌午看完欢迎仪式,李汝佩就和几个小伙伴到枣庄街上闲逛去了。老街上居然驻满了北伐军,这不免又让他们几个有点害怕,太阳还没落山,几个人便匆忙散伙儿,各回各家了。刚进家门,小汝佩发现家里也有一队北伐军,他们正在自己家的院子里支起军用大铁锅在烧大米饭。米饭的香气弥漫在整个小院,小汝佩不禁咽了咽口水。这时,一个队长模样的人给她打招呼:"小姑娘回来了,饿了吧?等会饭做好了就能吃了。来,先吃块糖。"说着,他从裤兜里摸出几块红红绿绿的糖纸包裹着的糖,伸手塞给了小汝佩,转身又去忙活着做饭了。

小汝佩握着糖,急忙跑回堂屋关上门,着急地喊着:"娘,娘!他们怎么上咱家来了?那么多人,咱家怎么养得起啊!"这时,李大娘放下手中正在缝补的衣服,拿起蒲扇一边帮小汝佩打扇,一边说:"族长说了,每家每户都要提供场所接待北伐军,他们是来打倒军阀的,咱们得支持。人家做饭用的是自己的粮食,和以前那些兵不一样,不用咱养活。你在屋里待着,别乱跑。""娘,他们给我糖吃。""哦,那你快尝尝吧,这可稀罕着呢!"小汝佩一边小心地剥开糖纸往嘴里放糖,一边轻轻地把屋门敲开一道缝儿,趴在门上,认真地观察着这些当兵的人。只见他们分工明确,连做饭都按部就班,毫不慌乱。这时,一个士兵来敲门,把盛得满满的两碗白米饭搁在了堂屋的桌上请小汝佩母女先吃,汝佩的心中满是震惊。

天真的汝佩对这支不同寻常的队伍充满了好奇。第二天,她便约了小伙伴到北伐军住的地方去游逛,误打误撞居然走到了连长的营房,连长看到来了几个小不点,便放下手中的书,和他们热情地打起招呼来。

"你们好啊,小娃娃!"

"长官好!"几个小不点学着士兵的样子,一边给连长敬礼,一边回答。

"你们今年多大了啊?"

"9岁。""10岁。""8岁。"孩子们七嘴八舌地回答着。

"怎么没去学堂呢?"

孩子们一阵沉默,低头看着身上打着补丁的衣裳,想着临街景兴染房的小公子穿着西装,头发梳得一丝不乱到学堂念书,回家后能讲很多故事又文质彬彬的样子,眼睛里充满了羡慕。

连长似乎懂了,叹了口气说:"有机会还是要去念书。古时候念书可以考取功名,一人得道,鸡犬升天。现在念书可以懂得更多道理,救国救民。"

"扛枪打仗不就是救国救民吗?咋还要念书呢?"

"哈哈……小鬼,扛枪打仗也是需要知识的,搞不懂排兵布阵,那不要挨枪子儿了吗?"

对于连长的话一群小伙伴一知半解,但"念书可以救国救民"这几个字像一颗种子,深深扎根在年幼的汝佩的心中。

从那以后,她一有时间就往北伐军驻地跑,听士兵们唱歌,看他们演武,回家后就召集小伙伴学着北伐军的样子唱歌、喊口号,演武操练。

"打倒列强,打倒列强!除军阀,除军阀!努力国民革命,努力国民革命!齐奋斗,齐奋斗!工农学兵,工农学兵!大联合,大联合!打倒帝国主义,打倒帝国主义!齐奋斗,齐奋斗!打倒列强,打倒列强!除军阀,除军阀!国民革命成功,国民革命成功!齐欢唱,齐欢唱……"这首《国民革命歌》也成了9岁的李汝佩在北伐军驻地耳濡目染学会的第一首革命歌曲。

开斋节临近,这一日正逢枣庄大集,汝佩的娘要带她上集采买开斋节需要的物品。汝佩挎起篮子跟在娘身后蹦蹦跳跳地出了门。老街两边是茶楼、酒馆、当铺、作坊。街道向南北两边延伸，街上行人不断：有挑担赶路的，有驾牛车送货的，有赶着毛驴拉货车的，有出摊剃头刮脸的，有在茶馆喝茶、嗑瓜子、听拉魂腔的。空气中弥漫着羊肉汤、酱牛肉、炸油条、做油香、烙煎饼、蒸包子等的诱人香味。街道两旁的空地上有不少张着大伞和帆布的小商贩，叫卖声不绝于耳，满街的货物摊，从街头摆到街尾，摊上五颜六色的货物使人眼花缭乱，卖货的极力地推荐着自己的货物，买货的则东瞧瞧西摸摸，时而问问价，时而砍砍价，挑选自己喜爱的东西。每次上集都让汝佩高兴万分，因为可以看到许多新鲜玩意，回去又能和小伙伴们炫耀好多天。

她们娘儿俩边走边挑，想买点面粉做油香，再给汝佩姐儿俩扯块花布做衣裳，开斋节打扮得漂亮些去清真寺参加会礼仪式，一抬头发现前面聚集了一群人，将道路围得水泄不通。汝佩娘虽然年过四十，依然是个赶时兴、好热闹的人，她拉着汝佩朝人潮里挤去，这么多人到底是啥"西洋景"？她们想看个究竟。好不容易挤到前面，只见杌子上面站着个小脚的女人，手里挥舞着一面三角小红旗，正慷慨激昂地做宣讲。只听得那女人说："妇女要解放，男女要平权。为什么男人不缠脚？他们就是想把我们困在家里，当牛做马，让我们看他们脸子，仰仗他们生活。命好的嫁个知冷知热的，命不好的，当牛做马也不受待见。我们为什么不能放开双脚像男人一样种田做工，靠自己的劳动自食其力呢？缠脚有多疼，你自己知道，你受过的痛苦难道还要让你的闺女、你的孙女这样一代代地接着受吗？女人也是人，要争平权，得能独立，自己先争口气……"听着这句句在理的宣讲，汝佩娘看了看自己的一双小脚，又看了看汝佩。想到那些因裹脚而受的罪，她拉起小汝佩就回家了。到家后，娘把自己的裹脚布解掉，也把汝佩的裹脚布解掉了，一边解，一边告诉汝佩："你听人家讲得多在理儿，我可受够这裹脚的罪了，你可不能再像娘一样。你看看她们都不缠裹脚了，咱也不缠裹脚了！"

虽然大集上的宣讲年幼的汝佩并没有听明白多少，但是那个宣讲人讲完以后，娘就不给汝佩裹脚了，这倒让她少吃了不少苦头。汝佩由衷地佩服起那个宣讲的人来，之后每逢大集，她总要和娘一起到集上听宣讲，年少的汝佩把宣讲的妇女当成了偶像，立志也要做她那样的人。偶像讲的她都记住了，虽然她还不太理解，但那些话语，像一道星光，潜移默化地指引着汝佩后来的人生。她要让周围的小姐妹摆脱裹脚、摆脱包办婚姻，进学堂念书，像北伐军那样扛枪打仗，救国救民，她要像偶像一样去宣讲，去影响更多的人，要求解放，要争平权……后来，汝佩才知道，当年她和娘都喜欢的那个在大集上宣讲的婶子是张笑寒，是枣庄另一个抗战女侠——梁巾侠（梁再）的母亲。

（三）黄昏望断人踪杳，清夜追寻我梦飞

1927年，北伐军势如破竹，战果赫赫。北伐军所到之处，军阀统治被推翻，工农运动如火如荼，规模空前。这场轰轰烈烈的国民革命烈火也烧到了枣庄这个小城。

当时，中兴矿的矿工深受资本家和包工头子的剥削压榨，劳动极其繁重，生活十分悲惨。工人每天劳动12小时，所得工资却寥寥无几。他们每天最高工资4.8吊（10吊为1元），相当于4角8分，每月不过14.5元，低的每月只有7.8元，吃的是烂豆饼，住的是破草棚，穿的是破麻袋。"苦工人，真可怜，铺着烂麦草，盖着麻袋片，冻得浑身打战战……"这首流传在矿工们中间的歌谣就是他们真实生活的写照。不仅如此，在20世纪的开采条件下冒顶、透水、瓦斯爆炸等事故频发，而每一个事故对矿工们来说都是灭顶之灾，生命毫无保障。汝佩的四叔、堂兄、姐夫及不少亲属近邻都是矿工，汝佩家的条件也不比他们好，虽说爹娘做买卖、种地，不用下井，可一年到头辛勤劳作，还是吃不饱、穿不暖。北伐军来了以后，她除了佩服北伐军有文化能够扛枪救国外，最佩服的人就要数张老大——张福林了。

为啥佩服张老大呢？因为张福林等同志和矿里的工人们组织了两千多人的工人队伍，浩浩荡荡地去和欺负汝佩亲戚们的资本家、封建把头讲理去了。张福林在北伐军的支持下，以工会的名义向中兴公司资本家提出了"改善工人待遇""承认工会合法权益""实行三八制""增加工资"等"十六条"要求。中兴公司迫于工人集会的压力，接受了这些要求。张福林给资本家摆事实、讲道理，为矿工们争取权益的时候，小汝佩和伙伴们就在现场，他们不明白大人们为什么要聚集起来开会，但是他们知道，开完会以后叔叔大爷们的生活能好一点，工资能挣得多一点，家里就能吃顿饱饭，有可能还能吃上白面。几个小伙伴跟着大人们一起欢欣鼓舞，激动落泪。汝佩那时听不明白团结的力量、战斗的意义，但是矿工们私下偷偷谈论的那些话，比如"工人要想过好日子，不能依靠别人，只能依靠共产党领导的工会，依靠工人阶级团结起来同帝国主义、封建主义和官僚资本主义做斗争"，让年幼的汝佩记住了"共产党"三个字，懵懵懂懂地认为：要想过好日子，就得依靠共产党。可共产党是谁呢？共产党在哪里呢？张老大是不是共产党呢？这一连串的问题，让汝佩揪着自己的两条麻花辫发呆了许久。

北伐胜利进军时，蒋介石、汪精卫等国民党右派突然叛变革命，烽烟四起，血流成河，猝不及防的共产党人和革命群众惨遭杀害，轰轰烈烈的国民革命运动失败了，第一次国共合作也破裂了。枣庄陷入白色恐怖之中，红色工会被解散，只能转入地下与国民党反动派成立的黄色工会进行秘密斗争。一时间，枣庄矿的工人们又回到了受剥削压迫的时代。汝佩看不到矿里墙上贴的宣传团结斗争的标语，也没人提起张老大了，偌大个枣庄街和枣庄矿好像突然陷入了无尽的沉默。这个时候，汝佩的族兄——在山东省立第一师范读书的李汝震（李微冬）从济南回来了。

说起汝佩的这个族兄，那可是个了不起的人物，他不仅是汝佩的老师，是响当当的峄县教育界的士绅，更是她革命道路的引路人。

1928年，日本帝国主义在济南制造了"五三惨案"。济南的学校关闭，19岁的李微冬无法再在济南上学了，于是就回到了老家枣庄。当时，枣庄老街经过几次拉锯战，打得乱七八糟，断墙破壁，破烂不堪，又闹灾荒，老百姓也没有粮食吃。回到枣庄以后，李微冬成为枣庄第一届抗日运动委员会的秘书，后又被选为主任。国民党和日本帝国主义妥协后，济南形势暂时稳定，学校复学，李微冬又继续回到济南上学。后因闹学潮，李微冬终止学业回到枣庄。回来以后，李微冬就开始创办枣庄私立女子小学，结束了枣庄老街几代人多年只能上私塾、读八股文的历史，开辟了传播新文化运动的阵地。

私立女子小学创办后，12岁的汝佩背起书包，高高兴兴去学校读书了。因为她记得北伐军的连长说过读书可以救国，她也记得张笑寒婶子讲过男女平等。既然和男孩子一样有了读书的机会，在学校，她就必须认真学习，学好文化才能实现自己的梦想。

枣庄私立女子小学，虽名为女小，实际上男女皆收。校内共有8位老师，200多名学生。执教老师多是受过正规教育的师专毕业生。除文化课以外，他们还教授音乐、美术、体育。学校甚至开辟了一个能容纳上千人的操场，汝佩在这个操场上学到了篮球、乒乓球、网球、排球、跳高、跳远等各种体育技能。她觉得这些运动比在家里和小伙伴一起砸沙包、踢毽子有意思多了。活泼好动的汝佩一下子成了爱好体育活动的积极分子，和一帮男女同学课余和寒假几乎每天都到操场进行体育锻炼。李微冬老师也是个热爱体育锻炼的人，汝佩在操场上打球的时候总能遇见他，有时候汝佩他们几个组个队还和李微冬老师的教工队进行篮球对抗赛呢！

或许是自家族妹的关系，也或许是汝佩曾问过关于共产党的问题触动了李微冬老师，抑或是李老师救国救民的抱负让他有责任唤醒更多的人一同奋斗，他对汝佩格外亲切。课余时间，李老师会陆续借给汝佩鲁迅、老舍、冰心、巴金、郁达夫和莎士比亚的部分作品看，另外还有艾思奇的《大众哲学》以及三联书店出版的《读书生活》《妇女生活》等进步刊物。汝佩如饥似渴地阅读着这些书，那一刻她突然明白了"读书救国"和"妇女解放"的含义,她无比渴望光明,渴望打破周遭的黑暗,渴望在共产党的领导下团结更多的人起来反抗,让像爹娘一样劳苦了大半辈子的穷人们过上好日子。汝佩甚至在心里怀疑过自己的族兄怎么说得和张老大有些相似,李老师是不是共产党?

私立女小的音乐课也是别具一格,古今中外,凡是有民族气节,能唤起革命斗志的歌,女小都教。汝佩在这里学会了《苏武牧羊》《可怜的秋香》《伏尔加船夫曲》《渔光曲》《马赛曲》等等,甚至反映东北沦陷后人民救亡的歌曲《毕业歌》女小也教。年幼的汝佩从没想到这些求学时代哼唱过的歌曲会对她今后的影响有多大:到台儿庄私立女子初小任教的时候,她唱过;七七事变以后,为唤起民众的抗日救亡决心,参加宣传队的时候,她唱过;参加四川旅沪战地服务团的时候,为了鼓舞士气,她唱过;枣庄沦陷,四面受敌,随时有可能牺牲的时候,她唱过;脱下长衫扛枪进山打游击的时候,她唱过。这些歌曲嵌进了她的骨血,成为她革命斗争的强大武器。

如果说女小的学习经历点燃了汝佩心中的革命火种,给了她翱翔革命斗争天地的羽翼,那么在女小亲自参加的示威游行则是汝佩走向革命迈出的第一步。

1931年9月18日,日本驻中国东北地区的关东军炸毁自己修筑的南满铁路,并栽赃嫁祸于中国军队,以此为借口,炮轰沈阳北大营。这便是震惊中外的九一八事变。九一八事变是日本帝国主义企图以武力征服中国的开端,揭开了第二次世界大战东方战场的序幕。

消息传到枣庄,群情激愤。1932年9月,以李微冬老师为首,在枣庄火车站北面的西大邦东边空地上,召开了千余人参加的纪念九一八反日游行大会。汝佩就在游行的队伍中。她和同学金刚、姚群英一起受李老师的指派,带领同学们呼口号。同学们拿着亲手制作的写着"反对日本帝国主义侵略""收复东北失地"等口号的三角小旗,排着整齐的队伍行进在枣庄主要街道。每走一段路程,汝佩就用高亢的声音领着同学们大声呼号"打倒日本帝国主义""反对不抵抗主义""收复失地"……同学们在汝佩的带领下呼声震天。游行的队伍经过繁华的大小洋街、三合庄等地的时候,道路两边挤满了观看的人群,观看的群众也被他们的呼声所感染,也高举右拳跟着呼号,一时间整个枣庄老街满溢着抗日救亡的激愤之情。当队伍行进至煤矿公司至火车站铁路段时,正碰上一列运煤火车由东往西开来。这时,监视游行的警察和矿警看到火车开来,借机阻断了游行的队伍。对于警察们的做法,大家甚为不解,国难当前,这些有枪的人为什么要对付自己的同胞?为什么要干扰游行呢?大家在李微冬老师、田培相、田新田的带领下直奔设在南马道路南的枣庄镇警察局,蜂拥而上将警察局大门包围起来,汝佩毫不示弱,和邻居金冠杰一起毫无惧色,冲在队伍的最前面,高呼着"打倒帝国主义走狗",对警察局破坏群众游行的行为进行强烈抗议。

这次游行,让汝佩知道远在东北的国土沦丧了,被日本帝国主义侵占,同胞们流离失所,无家可归,也让汝佩觉得肩头的担子更重了,她要团结并唤起更多的人一起去收复东北三省,把日本侵略者赶出中国。她组织同学在一起公开游行,能够起到宣传示威的作用,但是军警手里有枪,万一他们开枪,就会有人流血甚至丧命,究竟哪种方法可以让更多的人去抗日,去收复国土呢?汝佩陷入了思考。虽然苦思无果,但是游行和求索的过程已然让汝佩在思想上迅速地成熟起来,她隐隐地感觉自己在心中已经开始绘制一幅理想的蓝图。

(四)去年雪里催枝老,今日又开满树花

1932年夏,田位东、郑乃序两位同志牺牲,枣庄党组织被破坏。山东省委与江苏省委先后派人到枣庄重建党组织,都因白色恐怖严重,无法立足,被迫返回。同年秋,徐州特委又派郭子化来枣庄。他以开药铺为掩护,化名庞沛霖。这时正是枣庄的工人运动最困难的时期。1933年春节

后，郭子化用他的老朋友送给他的10块银圆作本钱，在枣庄老街鸡市口将简陋的同春堂扩建成了条件稍好的药店，购置了简单的医疗用具。李微冬老师经常骑着自行车来往矿区，都会经过郭子化的药店，慢慢熟悉起来，有时李微冬就去郭子化的药店里坐坐，郭子化就会跟他聊一些当前的政治形势，李微冬感觉郭子化对他不避讳，什么都谈，甚至开始怀疑郭子化是不是叛徒、特务，接下来和郭子化的交往就谨慎起来。

其实郭子化在枣庄党组织发展的界别上，由原来仅限于产业工人，逐步扩展到社会各个阶层，在医药界、商业界、教育界、军政界和农村先后发展党员，建立党组织。就连韩复榘在枣庄的驻军中，也发展了七八人为中共党员。郭子化对李微冬的不避讳，恰恰是看重了李微冬的坚定的共产主义信仰和他在枣庄的影响力，有意发展李微冬为中共党员。在郭子化的帮助和教育下，李微冬于1935年9月加入了党组织。

李微冬此时已经成为峄县教育界的士绅，穿着西装革履出入任何衙门、军警机关、商界及中兴公司的大楼，可以横冲直撞。靠着这个身份，李微冬为党做了许多工作，也争取了很多学生和工人加入党的组织。张鸿仪、李汝佩、李茂田、谷同昌、刘子平、李春和、金宝珍、沙寿岭、杨辛等人都是李老师发展的回族党员。

1935年夏天，汝佩小学毕业了。当时抱着女子求学才能独立自强与男子平权，解放自己的想法和试试看的心理，汝佩报考了中兴职业中学农科，结果榜上有名。汝佩的娘激动得半宿没睡，可一想清贫的家境，又流下了眼泪。经过一夜的思想斗争，开明的爹娘还是决定当掉家里的4亩地，支持汝佩去上学。可在当时华北之大，容不下一张课桌的时代，"学校大门开，无钱莫进来"，农民出身的汝佩勉强读了一个学期，1936年初，终因无力缴纳学费，到寒假时便退了学。

退学的打击是巨大的，汝佩觉得她的世界只剩下了黑暗。她一个人躲在家里，整日以泪洗面。在迷茫中，有一件事情改变了汝佩，让她不再消极颓废。汝佩的堂姐有个儿子小名叫大王小，当初因为家庭困难，卖身当了国民党兵，一走几年，音信全无。正当家人以为他战死沙场的时候，他突然又回到了枣庄齐村镇老家，还买了点心到汝佩家探望。一家人关切地询问着大王小这些年的情况。

"小啊，这些年你都干啥去了？咋也没个信儿呢？俺们都以为你不在了呢，你娘哭了好几回了。"

"俺奶奶啊，这些年俺一直在南京当兵呢。没有音信，是因为俺让共产党逮起来啦。"

"啊！共产党逮你？共产党不是打土豪、分土地的好党吗？怎么还逮人呢？他们没怎么着你吧？挨打了吗？"

"俺奶，你听我说呀。刚开始我去当兵，被分在南京城门口站岗，对出城进城的人都要搜身检查。俺头儿给俺交代，凡是查到身上有用红线穿着铜钱的人，那就是共产党联络的暗号，都得逮起来蹲墩儿（坐牢的意思），得给他们用大刑，让交代同党。有的被砍头以后，还得连头挂城门楼子上，用来威慑共产党。可是这些共产党无论男女，一点儿都不怕，临死前还高喊口号呢。后来，我让调去'剿共'，不巧被俘虏了，共产党吃地瓜面，给俺白面馍馍还有红烧肉吃，想当兵的留下，想回家的发给5块钱大洋路费。俺想俺娘了，就拿着路费回来了。俺奶啊，共产党可是好人，朱德、毛泽东领导的红军就是给咱穷人打天下的，什么时候能打到咱枣庄来就好了，咱就有好日子过了。"

听着大王小滔滔不绝的叙述，汝佩那颗将死的心又活过来了。她想到了自己参加游行时喊的口号，想到了张老大给她说过的"共产党"。李老师平常聊天的时候给她讲的好像也是这些道理。既然李老师能组织游行，又会教人喊口号，李老师知不知道共产党在哪里呢？与其失学受罪一辈子，不如跟着共产党为穷人打天下！想到这里，汝佩的双眼又有了光彩，她也顾不上招呼大王小，直奔女小去找李老师。

见到李老师，汝佩就将李老师从办公室里拉了出来，压低了声音问："李老师，你知道怎样才能找到共产党吗？"听闻这话，李老师不禁心头一震,难道自己的身份暴露了？李老师问汝佩:"为什么要找共产党?"汝佩看着李老师,眼泪又不争气地流了下来。她强忍着眼泪告诉李老师:"我大外甥回家了,说共产党是为穷人打天下的,我不想失学,想过上好日子,我想去找共产党。"刚刚加入共产党的李微冬看着坚强又倔强的汝佩,觉得她是个革命的好苗子,暗暗有了将汝佩历练一番,发展成党员的想法。

李老师看着汝佩,什么也没说,他转身回办公室拿了四本书——高尔基的《童年》《我的大学》《母亲》,邹韬奋从苏联回来所作的《萍踪忆语》——告诫汝佩回家静下心来把这四本书读完,再好好想想还要不要找共产党。

汝佩郑重地抱着这些书,就像抱着无数的珍宝,一路上她小心翼翼地行走,到家后便一头扎进书的世界。只用了十天,汝佩就全部读完了李老师给她的书。这些书让汝佩在茫茫黑夜中看到了光明:高尔基能自学成才,她李汝佩也行;苏联工农兵觉醒,联合团结起来,消灭了阶级剥削和压迫,建立起社会主义社会,中国肯定也行,只要有人将中国人唤醒,让他们团结起来。汝佩暗下决心,要做那个唤醒大多数人的先锋。

她又找到李老师,并且坚定地告诉李老师,她要找共产党,要跟着共产党为穷人打天下,跟着共产党在中国建立起社会主义社会。李老师看着汝佩,坚定地说:"中国,只要唤起劳苦大众的觉悟,大家团结一心,就能推翻旧社会,建设人人平等、不受压迫的新中国。当务之急是唤起民众的觉悟,这条路异常艰险,需要耐心,既要保护好自己,又要善于做工作,说到群众心坎里去,让大家信服你,愿意跟你一起去打天下。这项工作得在拉家常中慢慢做,汝佩你准备好了吗?"

李汝佩从李老师那里回来后就一直想着他说的话,怎么样才能让大家团结起来呢？她着重留意了回民亲朋邻里和失学在家的同学的情况。这些人多数信奉伊斯兰教,普遍存在富贵在天的宿命论观念,认为人的命天注定,胡思乱想没有用。正在汝佩发愁怎么做他们思想工作,把他们团结起来的时候,中兴煤矿南大井发生了瓦斯爆炸,烧死了十几个工人。人死得很惨，已经被烧得认不出模样，露天放在草地上等着家属来认领，其中就有几个是回民。按照中兴公司的规定，对死者每人发 100 元抚恤金就算完事，什么责任不负。听着死者家属撕心裂肺的哭号，想着一条鲜活的人命就换成了区区的 100 元，那可是一个家的顶梁柱啊！汝佩悲从中来！她顾不上害怕，紧跟着搬运矿工尸体的人群迈进了遇难矿工的家。看着穷家破瓦和嗷嗷待哺的孩子，她鼓起勇气说："叔叔婶子，能听我说两句吗？咱们祖祖辈辈信奉'真主'，行善积德，诸恶莫做。但是日本人打来了，'主'让日本人'要挟了'矿上资本家和日本人勾结，'主'没法管了。'主'再也不能庇佑我们了。咱们家死了人，顶梁柱没了，生活只会越来越苦，可资本家还不是一样发财？工人一有反抗资本家的行为，矿警和军队就来镇压，你上哪讲理去？现在，只有咱团结起来，先把日本人打跑，再把资本家打倒，让'主'的光芒重新照耀，我们才能幸福。在我国的北边，有个叫苏联的国家，他们也有人信'主'，他们的主叫'马克思'。苏联这个国家，他们打倒了沙皇，没收了地主和资本家的财产，工人和农民当家做主，成了国家的主人，真正做到了没有剥削和压迫，他们过的是楼上楼下、电灯电话、面包牛奶的生活。我们祖辈居住在这里，受'主'的看护，可是现在，回民和汉民的命在矿老总眼里，都是一样的贱啊。日本人来了，国家都快没有了，我们还能有什么好日子？想过好日子，我们就得不分民族团结起来，像苏联那样，把压迫我们的人也打倒推翻。'主'给不了我们的，我们要自己争取。"这次抓住机遇的思想工作，让大家都开始羡慕并向往苏联的美好生活，他们一见到汝佩就拉着她不让走，想多打听一下更多关于苏联的事情。

  李微冬老师从回民老表的口中得知了汝佩做思想工作的事情，对她的做法也是赞扬有加，鼓励她积累经验，把工作做细做实。汝佩一下子从失学的痛苦中破茧而出，找到了活下去的支柱，她在给"老表"们宣传苏联的时候，更认真仔细了。

(五)料当风雨会,桃李自成行

1936年春,冰河乍裂,桃树的花苞蜷缩着身子还在枝头沉睡。失学在家的李汝佩冒着料峭春寒正在院子里推碾子压面,没留神,眼睛突然被一双手调皮地蒙上了。"猜猜我是谁?"一个故作老成的声音响起。"金季蕴,装得再像我也能听出来是你。"汝佩说。

"你咋有时间上俺家来,你不是在台儿庄教学吗?"

"我找你就是这事啊!"

"咋了?"

"俺家里有点事,下学期我不能去台儿庄教学了。我一走,那边的学生就没人管了,我一下子就想到了你!你学习好又聪明,体育、唱歌都行,你去了学生一准喜欢你。你能不能替俺去台儿庄教学啊?"

"去台儿庄教学,我行吗?……"汝佩在心里一遍遍地问自己。

"季蕴,俺要等俺娘回来问问她。我明天给你回话行吗?"

"行,那俺回家等你的信儿了。"

送走了金季蕴同学,汝佩的心里很忐忑。中学没毕业的自己真的能去小学教书吗?她摘下围裙,转身跑向李微冬老师的学校。

"李老师,季蕴想让俺替她去台儿庄教学,俺能去吗?"

"你咋想的?"

"俺怕教不好。再说了,教小学生,他们什么都不懂,怎么宣传救国思想?怎么号召大家团结起来啊?离你那么远,俺有不懂的知识,向谁请教呢?俺不想去。"

经过近半年的观察,李老师觉得汝佩做群众的思想工作更耐心,也更讲究方法了,李老师已经有意让汝佩独立开展工作,并将她培养成党员发展对象。于是,李老师语重心长地对汝佩说:"别看不起小孩子,在小孩子中讲救国他们一样能听懂,你小的时候不也是想像北伐军一样扛枪去打仗吗？去当老师还可以接触更多的家长，你做好家访工作，结交更多的朋友，在家长中适时渗透革命和民主的思想，唤起他们的觉悟，联合群众为新的生活一起反抗，不也是为你的理想奋斗了吗？再说了，走出去看看汉民生活的情况，比整日关在我们回民生活的这点小区域强多了，毕竟中华民族还是以汉族为主的。要打破民族的局限，团结一切可以团结的力量，共同起来斗争。去做教师倒是很容易实现你的理想，你说呢？"

李老师的一席话，深深地震撼了汝佩。这年的开学，汝佩就带着行李来到了台儿庄女子私立初级小学开始了她的教书生活。

台儿庄女子私立初级小学设在一个破庙里，只有4个班级，60多个学生，算上汝佩只有2位教师，每人月薪5元。汝佩利用教书的空闲时间，到学生家里走访。因为台儿庄也有许多回民，她的班级里就有回民学生，初来乍到的汝佩最先走访的是一户回民老表。台儿庄回民的处境，比枣庄矿的更凄惨。土坯房子的屋顶都漏了，斑驳的泥墙渗出一缕缕的稻草，家里一到晚上连油灯都点不起。学生的家长在运河当纤夫，一个月只有10块多钱的收入，还要养一大家子人。孩子的母亲身体不好，一家人平常的食物不过是稀粥、咸菜和红薯。说话间，这户老表的邻居蒸了几个野菜窝头给他们送来。孩子们眼馋地望着这些窝头，却并不拿起来吃，并在邻居走后把窝头端了出去。汝佩非常不理解。细问之下才知道，这家老表是坚定的穆斯林，他们虽然和汉族杂居，但是在生活上基本不来往，也拒绝邻居帮助他们的好心，认为汉族的食物，回民不能吃，吃了就是对真主的亵渎。这件事情对汝佩的震撼很大，在国难当头的时候，如果再有民族隔阂，那么能宣传和发动的人就少了许多。当务之急是进一步摸清台儿庄地区回族和汉族相处的情况，这样才好进一步开展工作。

就这样，汝佩在休息时间，一有空就出去家访，去调研班级回族和汉族学生家长的情况，然后再编成小故事教育学生。在她的班级里，不同民族孩子们的关系相处融洽。这让汝佩看到了教育的功效，工作起来更有劲儿了。

校董的女儿和汝佩同岁，通过她汝佩认识了一个终生难忘的人，这个人帮她打开了对世界认知的另一扇窗户。这个人就是当时台儿庄邮政局王局长的太太。王局长是个正直老实的东北人，被外派到台儿庄工作，东北沦陷后，他的太太带着七八岁的儿子从东北来投奔他。这位王太太是地地道道的职业中学毕业生，有文化，也很有正义感。王太太告诉汝佩，东北沦陷后，日本人不许中国人说中国话，写中国字，都得学日语。东北的煤炭都是日本人在把持着，他们驱使中国人去挖煤，就像赶牲口一样，不顾老百姓的死活，更可恶的是日本人把中国的木材、煤炭都运回了日本，那可都是国家的资源……

没出过远门的汝佩听着王太太的介绍，义愤填膺。在国家危亡的时候，汉族、回族都是中华民族一份子，只有让所有人都团结起来，抗日救国，中国才有希望。汝佩邀请王太太到小学代课，王太太的现身说法，深深触动着学生和家长的心。

在台儿庄任教的时候，汝佩两三个月回家一次，每次回家只要有时间就要去李老师那里给他分享近期的工作和生活见闻。也就是在李老师的家里，汝佩结识了中兴中学当时的风云人物——张鸿仪和汪国璋。那时张鸿仪已经是中共党员了。汝佩和张鸿仪、汪国璋年龄相仿，每次都谈得很投机，也是在这两位同学的影响下，汝佩更加坚定了共产主义的信仰，坚定地走俄国十月革命的道路。

在汝佩去台儿庄教学的同时，我党的地下组织出了一件大事，这件事差点毁了枣庄整个地下党组织。江苏沛县夏镇（今属微山县）党的联络员姜友吉叛变。为了组织安全，特委研究决定坚决迅速除掉这个叛徒。4月8日夏镇庙会，肖平率4名武装队员趁姜友吉出来赶会之机将其击毙。

这件事对敌人震动很大，共产党敢在光天化日之下，而且是在他们的眼皮底下行事，使敌人感到吃惊，觉得有一股力量在威胁着他们。国民党徐州特务室主任庄世荣和特务头子傅谦之来沛县，坐镇侦破我地下党活动情况，在沛县疯狂进行大逮捕。沛县一批地下党员被捕入狱。不久，敌人又将魔爪伸向枣庄，叛徒朱大同带着几个特务在同春堂发现了郭子化。既然遇上了，郭子化同志佯作不知他的身份，机智地与他周旋。他对朱大同说，自永城暴动失败后，不再参与政治活动了，便来枣庄行医谋生。尽管如此，子化同志还是被捕送到徐州。

朱大同与郭子化同志都参加过永城暴动，但对暴动失败后郭子化同志的情况并不了解，找不到他与"夏镇事件"有任何联系。对于郭子化同志被捕，特委十分着急，连夜召开会议，研究营救措施，一面派李韶九同志以枣庄70家药业公会会长名义出面担保，证明"庞先生"确实是"安分守己、奉公守法、一心行医的好人"，同时花钱让特务桑春田从中疏通，另一方面李微冬同志以枣庄商界代表身份向国民党山东省政府控告徐州特务扰乱枣庄医药界正常营业，侵犯人权行为，利用反动派的内部矛盾，给徐州方面施加压力。通过内外夹攻，徐州特务室在无任何证据情况下，不得不准予保释。当天下午，郭子化同志便同李韶九回到枣庄。郭子化同志回到枣庄后，连夜召开紧急会议，决定特委机关立即转移到费县高桥镇。

郭子化同志的被捕，让枣庄的革命斗争形势变得异常严峻。许多活动都秘密转入地下，李微冬老师叫汝佩不要再到他那里去。汝佩的工作一下子陷入了迷茫，没有李老师的指引，她不知道该何去何从，工作上的收获，也不知道该给谁汇报，每当发愁，汝佩就会到运河边上去散步。看着运河水，她坚信，一切的黑暗终究会被滔滔巨浪涤荡一新。

1937年春季开学，经过寒冬的洗礼，运河在阳光下慢慢破冰，经过一个冬天的蓄力，桃花开得正艳。汪国璋身穿一件黑布棉袍，第一次到台儿庄和汝佩联系，他给汝佩秘密送来了《解放报》和《社会经济学大纲》。由于怕暴露身份，他了解到汝佩的工作一切正常以后，就匆匆地走了。就是这一次短暂的会面，让汝佩感受到处处孕育着革命的火种，她不是一个人在战斗，革命的天地广阔，革命事业大有可为。

七七事变之后，日本人开始对华北地区狂轰滥炸，人心惶惶，学校不得不停课，汝佩便回到了枣庄。这时李老师成立了枣庄各界抗敌后援会。

在李老师的指导下,张鸿仪组织了枣庄抗日宣传队,宣传队隶属抗敌后援会领导。刚从台儿庄回来赋闲在家的汝佩也参加了宣传队,白天她是上街游行的鼓手,晚上回来又变成了油印抗日小报的工人,峄县、台儿庄、山亭都有他们宣传队的足迹。不久张鸿仪又发起并成立了以中兴中学同学为主的学生联谊会。汝佩就去中兴公司动员上学时候比较要好的同学刘桂兰、张静芳、白秀蓉一起参加大会。在汝佩心中,"团结才有力量"的信念一直未曾改变。

(六)一着攸关全局势,百年伟业正相依

秋夜,凉风习习。

这是1937年10月20日,19岁的李汝佩悄悄地叫上同伴张恺,在浓浓的夜色中,急匆匆地来到了枣庄街自己的家里。中共枣庄地下党组织负责人褚雅青的夫人袁化坤早已等候多时了。

屋子里没有点灯,一片漆黑。虽然谁也不说话,但是三人都能感觉到对方急促的呼吸和怦怦的心跳。她们焦急而耐心地等待着一个人。

一会儿,一个身影闪进屋子。那人向门外很快地扫视了一下,然后轻轻地关上了门。这时,李汝佩也放下了窗帘,点亮了油灯,拨小了灯苗。借着昏暗的油灯,汝佩又见到了引导自己走上革命道路的李微冬老师。原来,她们要在今天晚上做出人生中的一件大事——秘密加入中国共产党。

李老师带领她三人举起紧握的拳头,一字一句,庄严宣誓:"我志愿加入中国共产党……"瞬时,一股巨大的洪流撞击着每个人的心。宣誓过后,誓词在煤油灯上化作了一团火苗。此时,每个人的心里燃起了熊熊火焰,仿佛要烧毁眼前浓浓的黑夜。

不久,苏鲁豫皖边区临时特委委员、鲁南区党的负责人何一萍在褚雅青的诊所里宣布:由李汝佩、张恺、袁化坤、金刚四人组成妇女党支部,李

汝佩任党支部书记。就这样,枣庄第一个妇女党支部诞生了。

　　妇女党支部成立后,李汝佩她们以妇女救国会的名义,动员妇女群众和青年学生走出家门,走出校门,积极参加抗日活动。

　　1938年春,沿津浦铁路南下的日本侵略军已越过黄河,侵占了山东省会济南。战线推进到兖州、泗水以南的两下店对峙着。国民党第五战区司令部设在江苏徐州。第五战区指挥的陆军第二十二集团军配属的四川旅沪同乡会战地服务团率领宣传队进驻枣庄。县委(当时中心县委书记是何一萍,委员有宋子成、纪华和李微冬等)决定动员在我党影响下的进步工人、学生、职员及全体宣传队员参加到四川旅沪同乡会战地服务团里去,李汝佩作为支部书记,第一个报名参加。她拉上伙伴张恺一起去做了住在公司的同学白秀蓉的工作,白秀蓉毫不犹豫地答应出来做抗战工作;去做家住大洋街东门里的张玉兰的工作,张玉兰冲破家庭阻力,参加了四川旅沪同乡会战地服务团;去做金刚的工作,金刚答应同李汝佩一起进行抗日宣传,李汝佩还把金刚发展成了中共党员;去做戴伟珍的工作,当时小戴只有十四五岁,她也积极愿意参加抗日救亡工作……就这样挨家挨户地走访,李汝佩她们找到的抗日积极分子越来越多,她们的队伍越来越大。这时,张恺、金刚、白秀蓉、戴伟珍和李汝佩五个女同志,已经成为抗日义勇队宣传队的第一批女战士。后来因为工作出色,枣庄中心县委还奖给她们每人一个小笔记本。拿到笔记本后汝佩很激动,自己的工作终于得到了党的认可。让她没有想到的是郭子化同志亲自来看望了她,并和她进行了一次深刻的谈话。郭子化同志说:"当前的形势不容乐观,想短时间内把日本人赶出中国,有一定的困难,唤起群众的抗日意识只是第一步,团结一切可以团结的力量,通过武装斗争把日本人赶走,建立属于我们的新中国才是我们毕生的事业。也许我们这辈子不能成功,但是要坚信革命斗争一定会成功,我们的努力是让更多人过上好日子。共产党员要时刻准备脱下长衫,扛起枪,进山打游击。"要扛枪打仗,做一名真正的布尔什维克战士了!20岁的李汝佩激动不已!

1938年3月18日傍晚,李汝佩接到枣庄中心县委的指示,要求她们和四川旅沪同乡会战地服务团一起撤离枣庄。李汝佩、张恺、金刚、白秀蓉、戴伟珍五个女同志和梁克忠、汪国璋、李继祥等人由宋子成、梁度世同志带领,按照上级决定奔往大炉村去进行地方上的群众发动和抗日武装的建立工作。

　　1938年8月,苏鲁豫皖边区特委撤销,划归苏鲁豫皖边区省委(后改称山东分局)领导,郭子化调任省委统战部长。鲁南中心县委同时撤销。

　　1939年1月28日,鲁南特委(后改称"鲁南三地委")在临沂大炉成立,特委成员中,李汝佩任妇女部长。自此,21岁的李汝佩同志经过革命的淬炼已经由一个不谙世事的回族小姑娘成长为能够独当一面的坚定的布尔什维克战士,正式开启了她如火如荼的革命斗争生活。

　　中华人民共和国成立后,李汝佩曾任上海市妇联党组成员、组织部长,北京市妇联组织部长、联络部长、党组成员、副主任等职。她为党和人民奋斗了一生,是枣庄人民的优秀女儿,是一朵盛开在枣庄回族群众中的向阳花,是枣庄回族的骄傲与荣光。

三、史海钩沉

(一) 李汝佩《家乡革命斗争回忆录》(节选)

我青少年时期在革命浪潮影响下,曾亲身参加了枣庄党组织的一些活动,现追忆成文,一来为枣庄党史资料做些补充,二来可以使后人了解枣庄党组织领导群众走过的艰难曲折的革命历程,了解革命胜利来之不易,从而饮水思源,永不忘记那些前仆后继为无产阶级革命事业而流血牺牲的烈士和老一辈无产阶级革命家,继承和发扬中华民族的优良传统,更好地为建设有中国特色的社会主义奉献力量。

(二) 孙怡然《党在中兴职业中学的活动》(摘录)

胡季珊,国民党员,是中兴公司的高级职员兼任中学和小学的校长。教员 10 余人,大部分是国民党员,每月薪水七八十元。教员都是外地人,他们主要是来混饭吃的,对学生的学习不负责,上课敷衍了事,学习的好坏从不过问,与学生和平相处,关系比较融洽。个别教员对时局不满只限于发牢骚,没有什么爱国的行动。学校对学生的教育,主要是灌输正统的观念,教学生埋头读书,不要关心国事,以学习成绩好毕业后公司留用当职员来笼络学生,对抗日救国的大事从来未向学生谈过。

七七事变前的枣庄地区,共产党还是处在地下活动状态,学生中不知道有共产党的组织,更不知道中兴职业中学里有共产党人在活动。直到1937年春,我才知道张鸿仪同学是我长期仰慕的共产党人。在学校中也只有他一个共产党人在活动。

(三)宋子成《鲁南特委和大鲁南三地委》(摘录)

1939年1月,中共山东分局在分局驻地沂水王庄召开了特委、支部领导干部会议。郭洪涛同志在会上做了报告。会议分析了形势,研究了创建抗日根据地和部署向苏北地区发展的问题,对各地党的领导机构进行了领导和加强,并决定组建鲁南特委,以更好地领导人民群众进行鲁南的抗日斗争。

会后,分局派宋子成同志率特委机关人员(对外称"八路军第三工作团")开赴鲁南抱犊崮山区。月底,特委抵达大炉。宋子成同志召集了在山区工作的张光中、李乐平、于化琪、刘剑、蓝名述、张岗、钱钧等同志举行会议,宣布了分局关于组建特委的决定:鲁南特委书记宋子成、组织部长刘剑、宣传部长许言、统战部长杨士法、职工部长张福林、青年部长蓝名述、妇女部长李汝佩、政府工作部长于化琪。委员还有张光中、李乐平、张岗、钱钧,秘书长方奕生。特委辖峄县、滕县、临郯县、边联县、临费县、费县6个县委。

(四)于康《鲁南抗日根据地工作回忆片段》(摘录)

大炉村环境是艰险的,生活是困难的,但是同志们充满了革命乐观主义精神。军事共产主义的生活,使大家不分彼此。寒冷的冬天,同志们在上、下大炉村之间的河沟里,砸开冰层洗脸刷牙,当时我们在一起的这伙青年人,如宋诚德、卞怀之、蓝名述,女同志中的小戴(戴伟珍同志),枣庄出来的梁巾侠,另外还有搞锄奸工作的男同志梁克忠等,都是十分活跃的,就是特委书记宋子成同志,他的爱人李汝佩同志等,也同大家无拘无束,不分彼此。我们这些青年经常唱的一首歌曲是:"十八集团军,那可真是好!吃的是煎饼,铺的是干草,同志们辛苦了啊!……"歌声鼓舞了群众,也激励了我们自己。当时我们吃的是糠煎饼,睡的是干草铺,没有席子,几个人、十几个人挤在一道,没有被子盖,大家挤在一起,也就暖和多了。

(五)李汝佩、梁巾侠《拉拉咱俩的老母亲》(片段)

梁:1985年,你带了枣庄党史办的小郭去看俺娘,说是你参加革命,最早是受了她的启发,她怎么能启发到你呢?

李:我听她讲话啊。我家不就住枣庄集上吗,逢集的时候,她总去讲,手里拿着个小旗儿……

梁:不错,那是在1928年,我记得她在家里糊小旗儿,三角的,在上面写条标语,拿了上枣庄街。从夏到冬,好像天天去,展开小旗儿招徕听众。

李:那时候她做什么工作?

梁:没有什么工作,是个家庭妇女。

李:那是什么组织让她去宣传的呢?

梁:哪里有什么组织,她自发去的。周围的人也只有俺大支持她去,别人都不赞成。

李:你也不赞成?

梁:我那时小,虚岁13,懂什么?受父母的影响,当然啦,觉得娘做得对。

李:可不是嘛。她是咱枣庄妇女运动的启蒙者,我就是从她的讲话里才知道妇女要解放,男女要平权——我比你还小三岁,那时候也听不全懂,听讲之后,最受感动的还是俺娘。

（六）汪国璋《枣庄的抗日宣传队》（片段）

1937年7月7日，日本帝国主义挑起卢沟桥事件，悍然发动全面侵华战争，全国军民群情激愤。在共产党的督促和全国舆论逼迫下，国民党政府被迫宣布全面抗战。蒋介石还假惺惺地声称："地无分南北，人不分老幼，皆有守土抗战之责……"

我党抓住蒋介石这句言不由衷的话，中共枣庄中心县委根据苏鲁豫皖特委的指示，决定由李微冬同志出面，以地方教育界名流的身份，联络组织了"枣庄各界抗敌后援会"。李微冬同志担任后援会的副主任兼宣传科长，以中兴职业中学的进步学生梁克忠、梁克懿、沈春光、李克恭、李克俭、李作森、许在廉、李荣萱、李继祥、汪国璋等为骨干，组成抗日宣传队。由张鸿仪同志任宣传队长，利用暑假先在各小学、集市、附近农村进行宣传活动：教唱抗日歌曲、宣讲抵抗日寇侵略的意义、报道战场局势、讲述日寇的侵略暴行。在宣传活动中，思想进步的青年学生、工人张福林、沈春台、王世荣（张恺，女）、李汝佩等同志也经常参加演讲。在当时中兴煤矿专用铁路（枣庄至台儿庄）枣庄车站站长高济时同志的大力协助下，宣传队还远到峄县城、台儿庄等地宣传。随后又利用学校的铅字印刷机编印、出版"抗敌报"，广为散发。这一时期的宣传活动，团结了校内外不少青年学生，也是宣传队员初次接触到农民的憨厚朴实的感情。虽然当时农村极端缺少政治文化生活，但我国贫苦的农民具有反抗民族侵略、反抗压迫的光荣传统，对宣传队宣讲的"全民一致抗日"的道理感到新鲜又能够理解。因此，我们所到之处，备受欢迎，主动询问，供应茶水，关系甚为融洽。

1938年春，沿津浦铁路南下的日本侵略军已越过黄河，侵占了山东省会济南。战线推进到兖州、泗水以南的两下店对峙着。国民党第五战区司令部设在江苏徐州。第五战区指挥的陆军第二十二集团军配属的四川旅沪同乡会战地服务团率领宣传队进驻枣庄(服务团的医疗队驻滕县城)。该团副团长共产党员李浩然同志,接受了郭子化同志(苏鲁豫皖特委书记、第五战区战时动员委员会委员)嘱托的任务。这时枣庄中心县委也接到特委指示,派我和李浩然同志接头。县委成员宋子成同志和李浩然同志接上关系后,县委(当时中心县委书记是何一萍,委员有宋子成、纪华和李微冬等)决定动员在我党影响下的进步工人、学生、职员及全体宣传队员参加到四川旅沪同乡会战地服务团里去,这时新参加的有张福林、李汝佩(女)、王世荣、金刚(金冠淑,女)、戴伟珍、杜继贤、白秀蓉(白超,女)、沈春成及王波等同志。

注:本文作者汪国璋同志,枣庄市内老街人,1921年生,1937年5月加入中国共产党,历任政治指导员、团参谋长、军委炮兵司令部作战处副处长、浙江宁波军分区司令员等职。

四、采访札记

枣庄市伊斯兰教协会会长苏伯喜访谈记录

访谈时间:2021年7月14日
访谈地点:市中区回民街清真寺
访谈人物:苏伯喜(回族)

枣庄伊斯兰教协会会长苏伯喜同志在老枣庄街清真寺讲述李汝佩的故事

李汝佩是我们老枣庄街的骄傲,是我们枣庄回族的骄傲。要了解李汝佩,首先要知道枣庄矿、枣庄街的历史和渊源。只有把李汝佩放在大的时代背景下去看,你才能真正理解我们回民抗日的决心和回民在抗日战争中的贡献。1840年鸦片战争以后,以李鸿章、张之洞为代表的洋务派倡导"自强""求富",先后在武汉、上海、天津设立工厂,急需煤炭做燃料,但当时国内煤炭缺乏,外国洋行又故意囤积居奇,哄抬煤价。一些官僚富商见煤利暴涨,便想到在枣庄开办煤矿。枣庄煤炭资源丰富,在明朝就有开矿的历史。峄县豪绅金铭等人,赴天津找到时任直隶总督李鸿章禀告开矿事宜。经慈禧太后、光绪皇帝批准,1878年春设立山东峄县中兴矿局,这就是咱中兴煤矿的前身。金铭就是回族人,咱老枣庄街以前就是回族聚居地。很早以前,枣庄就三个街:老枣庄街、齐村街、郭里集街。枣庄设"镇"就是以老枣庄街为中心进行的。称为"街"就是因为一是交通要道,二是经济繁华,这条街上基本都是回民,靠做买卖为生。回汉杂居,关系融洽。李汝佩生在一个回族家庭,和张鸿仪是表亲,都是在她本家哥哥李微冬的引领下走上革命道路的。李汝佩的家庭比较开明,家里是做小买卖的,也有点地,所以能念得起书。我们回族走出去的干部,都是那个时候能上得起学、有文化的,一般人没有那个思想境界。

说起回族抗战,还得从我们这个民族的特性说起。回民手里有两把刀,一把宰牛羊,一把做切糕。我们这个民族"大分散,小聚居",全国各地都有,我们对权力没有什么狂热的追求,主要靠做生意维持生计。要不开个卖羊肉、牛肉的馆子,要不就做切糕走乡串户地叫卖,要不就做皮匠,不太会种地。日本人打过来了,生意做不成,就没办法活命。共产党能让咱吃上饭,咱就铁了心跟共产党干革命。张鸿仪当铁道队政委的时候,一个铁道队因为装备落后,被敌人打得还剩20多个人,就是跑到咱老街来休养的,半年时间铁道队壮大到300多人,最后发展到1000多人的队伍,这里面很多都是回民。抗日战争期间,我们这里回民牺牲的人当中,有名有姓的就51个人,因为民族信仰闭口不提参加过抗战的,那就更多了。

在抗战期间,李汝佩做得最多的工作一是宣传革命,二是发动妇女抗战。1938年她就离开枣庄老街扛枪打仗去了,十七八岁的大姑娘,能在民族危亡的时候,抛头露面宣传革命,还干出了成绩,这很了不起。

五、历史回声

一 李汝佩：老枣庄街走出的第一位女党员

1918年8月出生于枣庄老街一个贫苦的回族农民家庭。1938年8月，撤销苏鲁豫皖边区特委，将其划归苏鲁豫皖边区省委（后改称"山东分局"）领导，郭子化调任省委统战部长。鲁南中心县委同时撤销。1939年1月28日，鲁南特委（后改称"鲁南三地委"）在临沂大炉成立，由宋子

李汝佩、宋子成夫妇

成任书记，刘剑任组织部长，许言任宣传部长，杨士法任统战部长，于化琪任政府工作部长，张福林任职工部长，蓝名述任青年部长，李汝佩任妇女部长。

枣庄，是中兴煤矿公司所在地，是煤矿工人集中的地方。中兴煤矿公司鉴于本地无中学，响应公司员工呼声，于1930年创办了普通初级中学，

对其投入巨资,逐年扩大。中兴公司学校分设普通小学、初级中学、职业中学、职工补习学校,建筑面积达 3280 平方米,另有农场、操场、球场,鼎盛时期仅普通教育在校学生就达千人。

中兴公司学校教育经费充裕,所聘教师必须具有师范专科以上学历,大都来自南开大学、天津与南京女子师范专科学校。校长胡季珊和教务主任杨慕洗(女)均为留学生,分别毕业于日本早稻田大学和奈良高等女子师范学校。《山东省教育史志资料》称:中兴学校"设备之齐全,师资之优裕,教法之新鲜,堪与名牌学校媲美"。由于这些教师学识高、见识广、思想活跃,深深激发了学生们追求进步的热忱。

在枣庄,当时能考上中兴公司学校那可是如同现在考上重点中学一般值得骄傲和高兴的事情。1935 年夏,住在枣庄街的回族女学生李汝佩考上了中兴中学农科,可她实在高兴不起来,因为她的家庭太过贫寒,学费勉强够她上一个学期,终因无力再缴纳学费,到寒假时李汝佩便被迫退学了。

李汝佩的家庭虽然贫寒,可是她的家庭却是很开明的,她从小就受到了革命的启蒙熏陶。1926 年 6 月,北伐军到达枣庄,就在李汝佩家支锅做饭,她学会的第一首革命歌曲,就是:"打倒列强,打倒列强!除军阀……"

1932 年 9 月,李汝佩与同学们一起参加了反日大会,声讨日本侵略者侵占东北三省的暴行。会后参加了游行示威,受到了一次深刻的爱国主义教育。她的母亲受到枣庄地区著名的妇女运动的启蒙者张笑寒宣传妇女放脚的影响以后,已经 40 多岁的李母开始不裹脚了,不仅自己不再缠脚,也支持自己的女儿不缠脚,同时她还到有女孩子的人家再做宣传:"可别再给孩子缠裹脚了,你听人家(指张笑寒)讲得多在理儿,咱自己还没受够这个罪呀!"

当她从中兴公司学校退学回家以后,她的同族的哥哥李微冬——也是枣庄较早参加共产党活动的峄县教育界知名士绅,找来了高尔基的《我

李汝佩（右一）、宋子成（右三）与战友合影

的大学》《童年》《母亲》和邹韬奋在十月革命后访问苏联所写的《萍踪忆语》等进步书籍借给李汝佩看，同时积极开导她要振作起来。

李汝佩从书中读到了很多反抗与斗争的故事，使她如同寻找到黑夜中的明灯，在茫茫的黑夜中看到了一缕曙光，看到了国家和民族的希望。她渐渐地摆脱了苦闷，暗下决心，掌握自己的命运，走苏联十月革命的道路，去创造美好的未来。

李微冬凭借在峄县教育界的影响，在台儿庄私立女子初小给李汝佩找了一份教师的工作，在这里，她在教学的同时经常深入社会走访家长，宣传革命思想，宣传抗日救国。她请从东北流亡而来的邮政局长的太太到校代课，让其对学生进行抗日救国的教育。

1936年寒假，李汝佩回到枣庄，李微冬老师告诉她，组织上同意吸收她为中共党员。李汝佩成为枣庄地区的第一位女共产党员。

1937年七七卢沟桥事变，日军大举侵入华北，人心惶惶，华北之大，放不下一张书桌，学校被迫停课。李汝佩回到了枣庄，在党的领导下，她积极投入了抗日救亡活动，参加了抗日宣传队，在张鸿仪的带领下深入厂

日军奴役枣庄百姓

矿、农村宣传抗日。

为了团结更多的青年学生,她动员了同班同学刘桂兰、金刚(金冠淑)等参加了学生联谊会,后又动员了张恺(王世荣)、白秀蓉等参加了抗日救国会。1937年10月,在李汝佩住的小屋里,李汝佩和张恺、袁化坤在李微冬的带领下正式宣誓加入中国共产党,1936年冬的时候,李汝佩只是加入共产党而没有进行举手宣誓,所以这一次,李汝佩感觉到了加入组织的庄严和使命感。

宣誓后不几天,中共苏鲁豫皖边区特委鲁南中心县委书记何一萍告诉李汝佩,她和张恺、袁化坤、金刚四个人成立一个妇女支部,由李汝佩担任支部书记。

枣庄的第一个妇女党支部正式成立了。根据县委的指示,李汝佩带领妇女党员大力开展抗日救亡工作,宣传、募捐、救护伤员,受到县委的表扬。

李汝佩先后任鲁南区委妇救会、鲁南三地委、沭河地委妇女委员,临沭县委妇救会长,山东省委妇委会委员,青岛市委民运组干事,青岛市总工会女工部部长,上海市妇联党组成员、组织部长,北京市妇联组织部长、

第四辑　枣庄抗日六女杰之李汝佩 | 175

联络部长、党组成员、副主任等职。

李汝佩为抗日战争和解放战争的胜利做出了贡献。中华人民共和国成立后，又继续献身新中国的妇女运动，为党和人民奋斗了一生，她是枣庄人民的优秀儿女，是枣庄人民的光荣与骄傲。

（二）抗战初期枣庄地区的抗日救亡团体

1941年国民党五十军一二二师六八三团纠集土顽李以锦、王洪九等武装五千余人向抱犊崮山区根据地进犯，全部占领了边联地区，一夜之中驻边联县机关被袭击22处，仅在九女山一处，杀害干部群众77人，劫走民兵枪支两千余条，后称"四·二五"惨案。

枣庄地区的抗日救亡团体有百余个，规模较大者有枣庄矿工抗日联合会、枣庄各界抗敌后援会、中华民族解放先锋队枣庄区队、枣庄抗日宣传队、四川旅沪同乡会战地服务团、兰陵青年救国团等。枣庄地区的抗日救亡运动，在抗日民族统一战线的旗帜下，波澜壮阔地开展起来。

1.建立枣庄矿工抗日联合会

为了推动枣庄中兴煤矿抗日运动的开展，1937年底，鲁南中心县委决定成立枣庄矿工抗日联合会，张福林当选为联合会主任，梁度世、蒋福义为副主任。抗日联合会的宗旨是进一步发动广大煤矿工人积极参加抗日工作。为了救济生活困难的矿工，联合会向资本家交涉，使资本家同意发给每个矿工50斤粮食的救济，从而调动了广大工人的积极性。全矿数千名矿工大都参加了联合会。12月27日，日军侵占济南。28日，枣庄矿工抗日联合会召开了反侵略大会，张福林、董明春、韩文一、杨辛在会上控诉了日军的侵略罪行。1938年春，抗日联合会的大部分成员踊跃参加了人民抗日义勇总队，成为共产党领导下的抗日武装骨干力量。

2.建立枣庄各界抗敌后援会

1937年10月，为了组织各阶层人士抗日，中共鲁南中心县委指示，由李微冬出面联系,成立枣庄各界抗敌后援委员会,广泛吸收各界人士,特别是一些上层人士参加。

3.建立中华民族解放先锋队枣庄区队

1936年12月20日,在中国共产党的领导下,中华民族解放先锋队(简称"民先")在北平成立。之后,这一以抗日民主为奋斗目标的先进青年群众组织迅速遍及全国。枣庄地区的"民先"组织也比较活跃。1937年9月起,中华民族解放先锋队山东部先后在枣庄周边地区的邹县、费县、临沂等地组建了"民先"组织。10月,中共鲁南中心县委派县委委员李微冬在枣庄矿区成立中华民族解放先锋队枣庄区队,李微冬任负责人,骨干分子有白新才、马际礼、李春和、李振哲、刘金庭、刘金民、李守敬、沈春光、李作森等。同年12月,由李作森任"民先"枣庄区队队长,队员有20余人。"民先"内部还建立了共产党的支部,书记为纪华,委员有李又远(李荣萱)和李作森。后发展的队员主要有许在廉、李克俭、黄岱甡等。枣庄的"民先"组织在组织青年学生进行抗日宣传方面发挥了重要作用。

李微冬成立的中华民族解放先锋队枣庄区队在游行

4.建立枣庄抗日宣传队

1937年,枣庄各界抗敌后援会负责人李微冬以中兴职业中学进步学生梁克忠、梁克懿、沈春光、李克恭、李克俭、李作森、许在廉、李荣萱、李继祥、汪国璋为骨干,成立了枣庄抗日宣传队,由张鸿仪任宣传队长。宣传队利用暑假,先后到各小学、集市、附近农村进行宣传活动,教唱抗日歌曲,宣讲抗日战争的意义,揭露日军侵略罪行,报道战争局势。

枣庄青年学生进行抗日宣传

5.建立四川旅沪同乡会战地服务团

1938年初,抗日战场推进至兖州、泗水以南,第五战区第二十二集团军配属的四川旅沪同乡会战地服务团,在负责人易野元、田拓夫的率领下,随军进驻枣庄地区。服务团辖宣传队和医疗队两个分队,宣传队驻枣庄,医疗队驻滕县城。服务团副团长、共产党员李浩然在徐州时便接受了边区特委书记郭子化的嘱托,领导这一组织在枣庄地区开展抗日活动。中共鲁南中心县委派汪国璋与李浩然接上关系后,决定动员在这一带活动的枣庄抗日宣传队全体人员及部分进步工人、学生、职员加入四川旅沪同乡会战地服务团,以"战地服务团宣传队"名义扩大抗日宣传队伍。

新参加的有张福林、李汝佩、王世荣、金刚、戴伟珍、杜继贤、白秀蓉(白超)、沈春城及杨瑞武(杨辛)等。1938年3月,宣传队召开抗日群众集会,会后进行了游行示威。曾任国民党县长的韩文一在集会上发表了激昂的即席演说,并于会后加入服务团。特委还以服务团的名义,举办了两期游击战术训练班,委派共产党员于公等人任教员,训练的对象是农村地下党员和进步人士。

3月初,服务团宣传队到滕县,为伤员慰问演出。中旬,津浦前线的日本侵略军再次发动攻击,医疗队收容了大批伤员撤到枣庄。服务团募集一批医药和慰问品,多次组织慰问活动。3月17日,日军侵略到枣庄西郊齐村一带,战地服务团撤出枣庄,当晚转移到郭里集,入夜后又撤至大阎村与朱道南的队伍会合。服务团在这里召开会议,在副团长李浩然的提议和坚持下,团长田拓夫同意自己转移到大后方,将服务团留在敌后坚持抗日游击战争。此后服务团宣传队又在阎庄、大炉、车辆一带农村进行抗日宣传活动。5月,宣传队转移到枣庄西北的墓山、南塘一带,加入了苏鲁人民抗日义勇总队,走上敌后抗日战场。

6.建立兰陵青年救国团

1937年冬,兰陵一带爱国青年陈德吾、杨景田、孙哲南、魏玉华、王升杰(王川)、王伯华、靳耀南、秦泽甫、黄应聘等人,联络了一些具有强烈爱国热情的亲朋好友,准备成立青救团,并推举魏玉华、孙景亮去涌泉一带找到临郯青救团县团部。县团部负责人丁梦孙、刘剑等热情接见了他们,确定兰陵青救团为临郯青救团第十七分团。

六、长歌当哭

致敬枣庄回族抗日女杰李汝佩

回族民族一枝花,
为灭倭狼早去家。
宣讲真知摧敌胆,
唤醒巾帼卫中华。
抛将热血民生福,
联合工农国祚加。
赤县中兴堪笑慰,
鲁南处处沐红霞。

李汝佩手稿

附：参考文献

1.《中共党史大事记(1921—1949)》,中共党史出版社,1991 年;

2.《峥嵘岁月——枣庄革命斗争纪实》,中共枣庄市委党史办公室编,中国矿业大学出版社 1993 年 12 月;

3.《枣庄煤矿发展史》,周景宏、邓晋武著,枣庄市政协文史委、枣庄矿务局、枣庄煤矿,1982 年 5 月;

4.《枣庄市中教育史略》,郭兴龙主编,枣庄市中区教育志编委会,2012 年 12 月;

5.《枣庄文史资料(第六辑)》,中国人民政治协商会议枣庄市委员会文史资料委员会编,1989 年 2 月;

6.《枣庄文史资料(第十四辑)》,中国人民政治协商会议枣庄市委员会文史资料委员会编,1992 年 2 月;

7.《老枣庄革命英烈(市中文史资料第二十一辑)》,中国人民政治协商会议枣庄市市中区委员会编,2021 年 6 月。

第五辑　枣庄抗日六女杰之王脉凤

一、王脉凤小传

王脉凤(1918—1940),又名王凤,今枣庄市台儿庄区侯孟乡杜安村人,出身于一个贫苦农民家庭,自幼性格刚烈。17岁被卖给江苏铜山县魏集村张姓地主为妾,因不甘凌辱,王脉凤于1939年带女儿从张家出逃,回到杜安村娘家。

运河支队抗日纪念馆中的王脉凤塑像

1940年,八路军陇海南进支队滕峄铜邳边联办事处成立后,建立了情报站。王脉凤在进步中医龚效鲁及其子共产党员龚纲整这对父子的教育启发下,自愿参加八路军,并受派遣进入贾汪以居民身份隐蔽埋伏下来,为我军递送情报。因斗争需要,她常携带烟土等物于敌伪之间巧妙周旋,曾多次获得贾汪日军"扫荡"我军之重要军事情报,使我军能够争取主动,安全转移。

1940年8月,运河支队第二大队侦查参谋谢绍唐只身进入贾汪,为夜袭贾汪作实地侦察。王脉凤将谢绍唐等队员的武器藏在洗衣盆底,使运河支队战士顺利通过敌人岗哨,为夜袭贾汪战斗的胜利做出了特殊贡献。但运河支队撤出贾汪时,一名战士不慎将草帽遗忘在王脉凤的住处。第二天上午,日伪全城搜查,草帽被敌人发现,王脉凤被捕。虽受到严刑拷打,但王脉凤坚贞不屈。几天后,日军将她活埋于贾汪北面的干土塘。临刑时,王脉凤大义凛然,视死如归,自己跳进土坑躺下。群众目睹此状,无不潸然泪下。

二、英雄传奇

小引

  凤,神鸟也。天老曰:"凤之象也,鸿前麟后,蛇颈鱼尾,鹳颡鸳思(腮),龙文虎背,燕颔鸡喙,五色备举。出于东方君子之国,翱翔四海之外,过昆仑,饮砥柱,濯羽弱水,莫宿风穴。见则天下大安宁。"

——许慎《说文解字》

  20世纪30年代,日寇侵华,所到之处,烧杀掳掠,致山河破碎,民不聊生。家国兴亡,匹夫有责,许许多多有血性的中国人揭竿为旗,斩木为兵,以自己的血肉之躯保家卫国。从茫茫塞北到烟雨江南,从黄河腹地到运河两岸,祖国的每一寸土地上都留下了他们不屈的身影,都写满了他们烽火硝烟的抗日传奇,他们都是民族英雄,他们都值得被我们后人永远铭记。

  在这众多的英雄中,有一个人的名字深深地刻在了运河两岸的土地上,印在了鲁南、苏北人民的心中,她就是王脉凤——八路军115师运河支队的女英雄。

  王脉凤,本名凤,出身贫贱却性格刚烈,17岁被迫为地主妾,终不甘凌辱而带女逃亡,几经辗转回到家乡。个人悲惨的遭际没有让她自怨自艾,在民族危亡之时她毅然舍小家而选大义,不顾个人生死,身入敌穴,成为我党隐蔽战线上一名英勇的情报联络员,并最终舍生取义,血洒家乡,终换得今日之"天下大安宁"!

凤,生长于山东杜安,斗争于苏北鲁南,牺牲于江苏贾汪,血沃运河,凤鸣九天。

(一)归去来兮

王脉凤出生的杜安村位于京杭大运河南岸,今天隶属于山东省枣庄市台儿庄区张山子镇。杜安是个明清古村,村内河流交错,水塘、水井密布,民国时期房屋多用青石建成,院落别致有序,是个钟灵毓秀之地。杜安临河设集市,杜安村是方圆百里的一个老集市,逢集之日,南来北往,市声鼎沸,一片繁华。

时间回到一百年前,20世纪20年代,集市东北角一个低矮的窝棚与这一片集市的喧哗毫不相干,这里便是王脉凤出生、长大的地方。因父亲早逝,王脉凤与其弟脉龙由母亲艰难养大,脉凤也自小帮母亲持家,性格倔强,小时便因反抗裹脚而在乡邻之间闻名。

我们的故事就从王脉凤17岁时开始。

梦

农历四月,大地已经披上了绿色,本该是麦苗蹿穗的季节,但由于年初一场大暴雨冲走了部分麦苗,接下来又是大旱,从3月至今滴雨未见,那些经历雨灾、旱灾[①]而幸存下来的麦苗稀稀拉拉的,东一棵西一棵,完

---

① 史料记载,20世纪20年代,山东省灾情不断,尤其是1927—1930年,山东省连续遭遇水灾、旱灾、蝗灾,且灾情严重,如1927年,先是鲁西南暴雨毁坏房屋、庄稼无数,接下来是严重的亢旱,继而蝗蝻遍野,致使74县受灾。其中旱灾54县,受灾面积24万平方米,占全省十分之六;灾民达2086万人,占全省总人口二分之一以上。流移东北人口约84万人。——相关资料可参见李文海等著《近代中国灾荒纪年续编》,湖南教育出版社,1993年。

全不成气候。偶有几棵已经抽穗的,在周遭尚未拔节的弱苗的衬托下显得格外茁壮,它们在午后的风里骄傲地舞动着腰肢,仿佛早已知道自己头上的果实将会成为农人们存活的唯一希望。稀疏的麦地里显出一个红色的身影,原来是一个年轻的姑娘蹲在麦地里,手里拿着一个小小的铁铲,头也不抬地忙碌着,她在挖野菜。年景不好,连野菜都长得瘦弱,出来半个多时辰,身前破旧的背篓里才有大半筐的野菜,多是这个季节常见的荠菜、蒌蒌芽、灰灰菜等。挖了一会儿,这个姑娘提着背篓站了起来,她要换一个地方。这个时候我们看清了这是个长得颇为高大漂亮的姑娘,大大的眼睛,黑而粗的眉毛,鼻子高而宽阔,嘴巴略略有些厚,此时紧紧地抿着,显出稚气而坚毅的神色。从衣服看这是个穷人家的孩子,因为她的红色碎花的夹袄早已经褪了色,两个胳膊肘和肩膀都打了补丁,而且又小又瘦,紧紧地箍在她结实的腰上,显然已经穿了很多年,下身是一条洗得发白了的裤子,两个膝盖也都打了补丁。这个姑娘就是接下来我们要讲的故事的主人公——王脉凤。

王脉凤边提着背篓边向旁边的麦地喊:"脉花,脉花,你那边菜厚吗?"除了风吹动麦子的唰唰声,旁边的地里却并无人回应。她有些着急,小跑了几步来到地边,嘴里一直喊着脉花的名字。"姐,姐,我在这呢。"终于,麦地中间站起了一个小小的同样穿着破旧衣衫的姑娘,边说边揉着眼睛。

"脉花,你吓死我了!"王脉凤长出了一口气。

"姐,我坐在这里睡着了,还做梦了呢。"小姑娘看上去比脉凤小几岁,人也瘦瘦小小的,这时她已提着背篓走到了王脉凤身边。

"做什么梦了?看把你乐的。"

"我梦到麦子熟了,铺得满场满街的,我大和我哥在打麦子,我娘说要蒸锅白面馍馍给我们吃。"脉花一脸向往地说着刚才的梦,"哎呀,姐,你晚点叫醒我就好了。我正拉风箱呢,锅都冒热气了,马上能吃到白面馍馍了,就听到你喊我了。"脉花说完还意犹未尽地咂巴了下嘴。

看着脉花沉浸的样子,脉凤不禁笑了。"你可真会做梦!"她望一眼麦地,又不自觉地叹了口气,"你看这麦子还能指望吗?而且这麦子熟了也是人家的呀。"自己家和脉花家都没有地,啥时候能吃上白面馍馍呢?能顿顿吃上杂面饼子就不错了。

"那还不兴做个梦?"脉花才15岁,对于生活有着少年人本该有的美好的幻想。

"行,咋不能做梦?如果梦能成真就好了。"姐妹俩边说边在地边坐了下来,迎着春日午后温暖的阳光,看着稀疏的麦子,仿佛看到了白面馍馍出锅的场景,心里也暖暖的。半晌,两人都没有说话。

"姐,你嫁个财主就好了,就能吃上白面馍馍了。"还是脉花先打破了沉默。

"财主家就好了?不老不瞎的财主能看上咱?你看看脉玲姐嫁的那个,比她大了四十岁,还处处管着她,每回回娘家都有好几个人跟着,那样的日子吃啥能香?"脉凤想到了前条街上比自己大两岁的脉玲姐,她给外村的一个老财主做了填房,每回回娘家都哭。

是呀,脉花虽然小,也知道婚事还是门当户对的好,小小年纪的她想到自己和脉凤姐将来恐怕一直会半饥半饱地过日子,兴致也一扫而光。她捡起一颗小石子,漫不经心地向麦地里扔去:"姐,你说咋财主家就这么富,我们就这么穷呢?"

"人家有地呀,有地就有吃的,吃不了还能卖钱,还能养猪养鸡,有了钱还能做生意。"

"那为什么我们没地呢?"脉花又问。

是呀,我们为什么没地呢?是我们天生就是受穷的命吗?这个问题脉凤不知道如何回答,但她觉得财主和穷人也是一样的人啊,凭什么他们能吃白面馍馍,我们就连野菜也吃不饱呢?

"也许有一天,我们也会和那些财主一样有地有钱有房子,也能顿顿吃饱肚子吧。"脉凤想了很久,才这样回答脉花,但她的心里却在嘲笑自己:自己这想法是不是比脉花的梦还可笑啊？

嫁

　　天近黄昏,脉凤和脉花背着野菜筐走在回家的路上。夕阳把它最后的光辉温柔地洒在大地上,路两边人家的房屋的影子便化作斜斜的淡淡的一条,铺在两人一起一落的脚板上。不时有米饭或是其他饭食的香气从这些茅草房、半瓦房里飘出来,让人一时间忘记了饥荒的年景,很有些世外桃源的悠然。4月初的天还透着些凉气,尤其是傍晚,街上人已不多,两个女孩子匆匆地走过地村头的老槐树,走过桥上庙,走过中药铺。龚家姑妈正在门口收药材,看到脉凤走过,忙着喊:"凤啊,快点回家,你娘等着你呢。"脸上带着深深的担忧。脉凤和往常一样边应着边走,并未发觉异常。

　　看着脉凤高挑的背影,龚家姑妈不禁叹了口气:"这孩子,命苦啊!"闻声走出的长衫男子看了看脉凤回家的方向,摇了摇头。

　　这是杜安村最宽最长的一条路,过了龚家药铺几百米就是围子门(旧社会,为防匪患,不少大村建有水寨、土寨、炮楼等),两姐妹在围子门外分手,各自走向自己的家。围子门外的房屋越发破落,而王脉凤家就是最破的那一个。在路的尽头是一条河,因为天旱,河已经成了旱河,但仍然有些倔强的芦苇泛出了绿色,时有嫩枝箭一般蹿出河堤,桀骜地俯视身下的泥堤。沿河一条宽宽的路自南而北与从围子中延伸出来的路相接,在两条路相交处的角上有个不足一人高的低矮窝棚,这里就是王脉凤的家。

　　将背上的背篓放在门前的水缸旁,先用水瓢舀了半瓢水,这个时节的水还凉,脉凤小口喝了两口,然后躬身进了屋。屋子里没有掌灯,隐约看到娘正蹲在靠西墙的木板床前,床上薄薄的一条棉被裹着的是脉凤的弟弟,这两天在发烧。

　　"烧还没退?"脉凤也走到床前。似乎正在瞌睡的脉凤娘一下子醒了,并没回答女儿的话,而是站了起来。这也是一个高大的妇人,年龄不足40,不知是生活的重担还是窝棚太矮,她的腰身有些佝偻。

"回来了?那我做饭吧。"娘边说边走。

脉凤摸了摸弟弟的额头,烫烫的,尤其是和自己冰凉的手相比,像火炉一样。熟睡中的弟弟皱了皱眉头,脉凤赶紧把手拿下来。

"那我去洗菜,今天挖得多,可以吃两顿。"脉凤跟在娘身后。

"今天不吃野菜糊,吃饭。"脉凤娘从靠北墙的矮桌上拿起一个黑色的大碗,走到门东面。靠墙是几块土坯支起的一个窄窄的床架,那是脉凤的住处。脉凤这才看到床跟前放了个白布袋,看样子得有两三斗。脉凤看着娘打开袋子,用碗盛出一碗白米。

"娘,哪来的米?"脉凤的语气里有讶异,也有着自己才能觉出的惊慌,毕竟自己家从年后就吃没过一整顿白米饭了。

母亲并不回答,径直出了门去淘米。脉凤的心里越发发慌,毕竟脉花下午的梦不会这么快成了真,父亲早逝,母亲带着自己和目盲的弟弟艰难度日,家里也没有有钱的亲戚接济,那么剩下的还能有什么呢?

想到这里,这个17岁的女孩心里更加惴惴不安,但娘不说话,她也不敢再问,只能默默地去生火。

说是吃饭,实际只是白米粥,只是稍微稠一些。穷苦人家,总要想得长远些,没有饱吃一顿的底气。脉龙还在昏睡,母女两人坐在低矮的饭桌旁就着咸菜喝了碗粥。脉凤喝得快,一会碗底就见了光,却并没立即起身,而是坐在桌旁等娘喝完,这才起身去拾碗。

"凤啊,先放着,娘有话说。"脉凤伸出去的手立即缩了回来,像被烫着了似的,身子也不禁打了个寒战,坐下了。

"下午你三奶奶来,言说她娘家村有个财主,婆娘生了三个女儿,现在年龄大了,想纳个小的。"娘低着眼,并不看脉凤,语气也平和。

"娘!"虽然早有不祥之感,脉凤还是忍不住叫了起来。

"娘答应了。凤啊,你爹走得早,娘拉扯着你们两个,虽然你懂事早,能帮着娘,可你弟眼看不见,身体又弱,又摊上这样的年景,我们这样下去,能撑个几天啊!"

"娘……"脉凤说不出话,只能期期艾艾地喊着娘。娘已经开始啜泣:"凤,你莫怪娘心狠,实在是没有别的活路……你嫁过去,吃得饱,穿得暖,过一两年生养个胖小子,总归比跟着娘强。"

脉凤不说话,心里恨着自己的无用,怨恨自己是个女儿,想前两年听族叔讲抱犊崮的孙老五劫洋人①,还有从小听龚家姑父讲《水浒》一百单八将,自己居然还梦想着能和他们一样为穷苦人出头,到头来却落得个做人小妾的命,下午脉花的笑谈竟成了真!枉了父亲给自己取名叫凤!

"彩礼多少?"脉凤是个坚毅的女子,她知道自己没有选择,便停止了哭泣。

"这是三斗米,你三奶奶说你若答应了,还会有面,还有些钱。"母亲答。

"那要嫁到哪里?"

"魏集。"

"魏集太远了,我要想你和脉龙怎么办?"她虽然不知魏集具体是在哪里,但知道三奶奶娘家离得很远,回一次娘家要骑着毛驴走一天。

"你过去好好地伺候,莫和人争短长,自己过好了就行,莫想娘!脉龙是你爹留下的根,娘怎么样都会把他养大。"听娘哽咽着说完这话,脉凤终于哭出了声,娘也忍不住,搂着女儿哭了起来。

"娘、姐,怎么了?"哭声惊醒了床上的脉龙,他坐了起来,摸索着床沿要下床。

"你醒了,觉得好些了吗?"娘儿俩不约而同止住哭声,赶紧往床前赶。

---

① 指1923年轰动中外的"民国大劫案",孙老五即孙美瑶。孙美瑶(1898—1923),今山东亭区凫城镇白庄村人。因在家排行老五,乡人称其孙老五。1923年5月6日,孙美瑶率抱犊崮山匪在津浦路离临城站约三千米的沙沟劫持一北行列车,车上有英、美、法、意、墨等外籍乘客数十人,这就是轰动中外的临城劫车案。

"我觉得饿。"

"想吃东西就好,姐给你盛粥,白米粥。"

……

数天后的一个凌晨,杜安逢集,五点多,早起摆摊的几个商贩看到两个农民模样的人牵着两头毛驴从集市路上缓缓地走过。后面毛驴上驮着一个穿红花棉袄的姑娘,没有鞭炮,没有唢呐,也没有庞大的送亲队伍,只是远远地,有个高大的中年妇人牵着个10多岁的孩子跟着走,一直走到了集东头的大路。

归

十几年后,1939年,鲁南大地早已没了当年的宁静,老百姓的生活更加困苦。

早在1937年7月7日,震惊中外的卢沟桥事变爆发,日军向中国发动全面侵略,上海、南京、济南等地相继沦陷,南北两路日军企图南北夹击徐州,打通津浦线。1938年1月至5月,中国军队同日军在以徐州为中心的津浦、陇海铁路地区进行了一次大规模的会战。3月14日至4月15日,在距徐州东北70公里的台儿庄,中国军队重创日军两个精锐师团,歼敌万余人,取得了台儿庄大捷。这场战役的胜利,打乱了日军的战略部署。当时整个侵华日军共有十五个师团,日军在台儿庄战役失利后,集中了十个师团,四面合围,对徐州进行疯狂的反攻。5月19日徐州陷落,日军占领了铁路沿线的重要城镇。

此后短时间内,鲁南枣、台一带,曾出现过政权的真空时期。战乱时期,有枪便是王,峄县、滕县、铜山县、邳县毗邻地区出现了多支武装力量。这些武装有的真抗日,有的打着"抗日"的旗号行卖国掠财之实,普通老百姓不仅生活困苦,生命安全更没了保障,出个远门都战战兢兢。

这一天,在贾汪矿东面的大路上,一个30岁左右的女子领着个七八岁的小姑娘正匆匆地走着,这个女子便是当年被卖到魏集张财主家的王脉凤。在张家十几年,脉凤受尽了屈辱。地主比她大很多岁,地主与大老婆生的女儿都比脉凤大,性格刚烈的脉凤不甘心给地主做妾,但无奈羊入虎口,在一个人地两生的大户人家,脉凤的一切反抗都是徒劳的。在张家十几年,脉凤先后生下了一个女儿和一个儿子。地主买脉凤本是为了传宗接代,所以儿子出生后脉凤的日子好过了一些,但好景不长,儿子在4岁的时候却因突然肚子痛去世了,本已风烛残年的老地主经不起这一打击,很快便去世了。这下,脉凤母女的日子越发难过,地主三个已经结婚的女儿想着法子欺负脉凤,为了活命,脉凤趁着夜色带着女儿逃出了张家。

离开杜安十几年,脉凤一直牵挂着母亲、弟弟,所以,她首先想到的是回到母亲身边。就这样,她领着女儿,靠着偷带出来的一些干粮,边走边打听,终于来到了贾汪。贾汪离杜安就十几里地,当地老百姓活不下去了,就来贾汪当矿工挖煤,所以脉凤知道离家不远了。

心急想见娘和弟弟,脉凤牵着女儿走得很快。

"娘,我饿。"女儿年纪小,很快便走累了。

"英啊,乖,到前面树下我们就歇歇。"女儿很听话,不再喊叫。娘儿俩终于走到路边的槐树下。老槐树看上去有很多年了,树干粗壮,树根都裸露在外面,成了过往行人天然的座椅。虽然是初春,一路走下来,母女两人都有些热了,正好坐在树根上休息。脉凤解开背上的包袱,拿出一个早已经风干的窝窝头,慢慢地掰下一小块,递给女儿:"慢慢吃,没有水喝,怕噎着。"

就在这时,女儿突然喊起来:"娘,马,有马!"顺着女儿手指的方向,脉凤看到有四五个穿军装的兵骑着马正向这边不紧不慢地走。脉凤一眼看到前面两匹马上的士兵帽子后的"屁帘",居然是日本兵!去年台儿庄打仗,脉凤看到过一队一队的日本兵从魏集过,认得出日本人的军服。脉凤赶紧将剩下的窝窝头放进包袱里系好,刚牵起女儿的手,马队已在身边停下了。

"你的,什么的干活?"

"太君,回娘家。"

"这个,打开。"日本兵的刺刀指着脉凤胳膊上的包袱,女儿已经吓得哇的一声哭了起来。脉凤顾不上自己害怕,赶紧抱起女儿,大着胆子说:"太君,里面是孩子的衣服……"还没等她说完,日本兵刺刀一挑,包袱就从脉凤的胳膊上掉到了地上,里面还剩下的几个窝窝头滚了出来。

这时,日本兵后面那个骑白马戴眼镜的瘦子说话了:"把包袱打开,给太君看看。"

王脉凤赶紧放下被吓得忘记了哭的女儿,蹲下身解开包袱,里面除了几件旧衣服外一无所有。只见那瘦子同日本兵叽里呱啦讲了几句日语,日本兵看了看王脉凤,冲瘦子点了点头。

瘦子问:"你是哪村的?到哪里去?"

"长官,我是李庄的,娘家是杜安村。"

瘦子又同日本兵讲了几句,日本兵挥了挥刺刀,夹了下马肚子,马向前走了。瘦子冲王脉凤使了个眼色:"你们走吧。"王脉凤赶紧系上包袱,窝窝头也不敢捡,拉着女儿就走,直到听不见马蹄声了,才长出了一口气。

"娘,骑马的人好吓人。"懂事的女儿这时才说出自己的害怕。

"那是日本人。"

"日本人拿刀吓唬娘,他们是坏人。"女儿说。

"对,他们是坏人,以后英子见了他们要乖乖的,别哭。"

"娘,英子乖乖的,日本人就不拔刀了吗?"脉凤无法回答孩子的问题,只是将女儿的手抓得更紧了。

天快擦黑的时候,娘儿俩终于赶到了杜安村。走在河边集场的路上,王脉凤发现,老家的房屋更破旧了。

十几年了,不知母亲的身体还好吗?弟弟成家了吗?怀着近家的喜悦和未知的恐惧,脉凤忘记了一路上的疲劳,抱着女儿走得飞快,直到远远地看到那个熟悉的窝棚,看到蹲在窝棚门前烧火的头发花白的母亲的身影,那颗提得高高的心才放下来。

"娘,我回来了。"

(二)涅槃重生

1.涅槃

娘王娘王脉凤奔波数天终于回到了娘家,在短暂的家人团聚的喜悦之后,生活还要继续,孤儿寡母的,靠什么生存呢?

母亲老了,原先替人缝补的活计没法做了,弟弟长大了,学会了讲猪行的生意,虽然眼睛看不见,但手上准得很,无论什么样的小猪崽,只要他一上手,估出的重量与称出的差距只在毫厘之间,但在兵荒马乱的年月,有多少猪生意给他做呢?所以在脉凤回来之前,脉龙和母亲一直过着半饥半饱的生活,现在又多了两张嘴,生活就更加艰难了。

住也是个难题。破旧的窝棚里无论如何住不下四口人,幸好,堂叔王奎已知道了脉凤从张家逃回的事情,心疼她这些年受苦,收留了娘儿俩。十多年了,堂妹脉花也早已嫁人,堂弟脉芳年龄还小,脉凤母女就住在了脉花原先住的小屋里,住的问题暂时解决了。为减轻弟弟的负担,脉凤到处招揽活计。一天,开中药铺的龚家姑妈来喊脉凤帮忙种药材,脉凤高兴地答应了。

一大早,脉凤把女儿送去让母亲照管,便向围子里走去。进了围门不多远,就是姑父龚效鲁开的中药铺,在一片低矮、破败的茅草房中,中药铺算得上是高大整洁的了。药铺是三间,临街,正中间是门,后墙上也有门通向后院,右边靠墙放着一张简易的木床,北墙和西墙边放着中药柜子,药柜前面是一张木桌子,龚效鲁平时就坐在桌子后面。龚效鲁也是贫寒人家出身,后来有机会学了中医,开了这个中药铺子。他医术高超,为人仗义,正直善良,贫苦百姓找他看病,他常常不收诊金,还经常免费送药,因此,在整个杜安村,甚至周围十里八村,都颇有声望。

脉凤来时他正坐在桌后看药书,看脉凤进门立即起身招呼。脉凤叫了声"姑父",然后说:"俺姑说要种药,种啥药啊?"

"哎呀,凤来了呀,快,快坐!"还没等龚效鲁回答,龚家姑妈从后门走了进来,这是一个慈眉善目的妇人,看到脉凤立即近前拉住了她的手,"孩子啊,我这两天就听人说你回来了,咋回事儿啊?"边说边拉着脉凤在床沿上坐了下来。

脉凤把这些年的经历简单讲了一遍,老太太早已掉下泪来:"儿啊,你受苦了。"脉凤却没有哭,十几年的屈辱生活早就磨炼出她坚毅的性格,她安慰着姑妈:"没事的,姑,我这不逃出来了吗?虽然现在吃口饱饭都难,但不看她们的脸色,不受她们的气,心里舒坦。"

"凤有骨气,做得对。"一直没有说话的姑父发表意见说。

"姑父、姑,还是你们好,我回来这几天就没听到几句好话,那些奶奶、婶子都说我不该回来,说'嫁出去的闺女泼出去的水',再怎么着也应该待在婆家。"想想这几天听的风言风语,脉凤的眼眶不禁红了,但很快她就调整好了情绪,大声说,"我才不把这些话当回事儿呢。我小时候听姑父讲《抬枪传》[①],讲那些英雄好汉的故事,总做梦长大了要像他们一样行侠仗义、杀富济贫,可谁知命不好,给人家欺负了这么多年。"

---

① 《抬枪传》是讲述清末太平军将领刘平和他所领导的幅军起义故事的大鼓书。刘平(1812—1862)原名刘平生,今枣庄市台儿庄区侯孟村人,太平天国后期著名将领。清咸丰八年(1858)春,刘平以贩粮、盐的同伴为骨干,在侯孟村发动和领导了农民起义,后响应太平军北伐,参加幅军起义,队伍迅速发展到2000多人。咸丰十年(1860)被封为北汉王。次年秋,刘平率领10万余人,以阳城为根据地,扎营数十里,誓与清军作战。曾提出口号"一牛一驴好种田,三顷两顷咱不缠(纠缠、对付)、十顷八顷该(欠)咱的钱,楼台殿阁还不完",一时间闹得当地清政府官员坐卧不宁,恶霸豪绅惊恐不安。同治元年(1862)二月,清将翼长索尔固善进攻幅军,幅军惨败,德棱额趁机率领清军进攻阳城主寨。刘平指挥军队斩杀清将索尔固善、琦胜等人,身受重伤,冲出重围,率部至蝎子山中养伤时,被叛徒侍卫杀害。

"不是命,命是自己挣的。"脉凤话音刚落,一个年青、洪亮的声音就从门外传了进来,接着走进了一个高大结实的年轻人。

"纲整回来了。"姑妈的话语里透着喜悦,"快,叫姐,这是你凤姐,你还记得不?"

脉凤打量着这个年轻人,认出他是姑妈的大儿子龚纲整。

【资料链接】龚纲整

龚纲整(1914—1941),运河支队第八中队指导员,山东省原峄县第六区杜安集(今属枣庄市台儿庄区侯孟乡)人。其父龚效鲁,家境贫寒,医道甚佳,为人正义,乐于助人,杜安集周围群众无不对其抱好感。龚纲整兄弟两人,本人居长,自幼读私塾,直至成年,而后除参加田间劳动外,主要帮助其父照料中药铺。1938年初夏,胡大勋领导的抗日游击队在唐庄成立,共产党员陈诚一等人宣传共产党的抗日救国主张,龚纲整父子即成为共产党的同情者。年底,龚纲整参加中国共产党。翌年秋,杜安集建立党支部,他任党支部书记,不久,他又参加涧头集区委。他在杜安集除进行建党,发展党员,动员群众参军参战以外,主要在其父的帮助下,在杜安集建立秘密的军事情报站,为我军搜集、传递情报,王脉凤就是在龚纲整父子的帮助下秘密派出的。1940年初夏,龚纲整调任运河支队第八中队指导员。1941年春节过后,运河支队主力由抱犊崮出山南下,打掉周营和六里石据点,枣庄峄城日军进行报复,紧追我军部队至黄邱山套,龚纲整随部队作战,在与日军战斗中英勇牺牲,时年27岁。

"是弟弟呀,长成大人了。"龚纲整从小读书,不常在家,在脉凤的印象里还是那个穿着长衫的腼腆小孩子呢。

龚纲整和王脉凤打了个招呼,边喊着父亲边进后院了。

这时姑妈像想起了什么,一拍大腿站了起来:"唉,你看我老糊涂了,光顾着说话,你吃饭没有啊?我早上煮的地瓜粥还热着呢,你吃一碗吧?"

"姑,早上在俺叔家吃了,不饿呢。我们还是干活吧!"

"那好,干活!"

活计很轻松,是把防风种子的皮搓掉,泡在水盆里,预备明天种。脉凤和姑妈边搓种子皮边聊天,一上午很快就过去了。而龚家父子进了后院就没出来过,一直到吃午饭的时光,龚纲整才出来,给母亲和脉凤打了个招呼就匆匆出去了。

"这孩子,都要吃饭了,去哪里啊?"姑妈忍不住抱怨。

"不管他,他忙大事呢。"紧跟着出来的龚效鲁说道。

王脉凤心想:"忙什么大事儿呢?"

2.重生

第二天、第三天,王脉凤仍然是到龚家帮忙,第二天是把头一天泡的种子捞出来晾,第三天才开始播种。龚家后院很大,院中有口水井,用水也方便,药材就种在这里。

播种不是多重的体力活,身体结实的脉凤干得很轻松。而且让她高兴的是,在这三天里,她明白了很多一直想不明白的事情。龚效鲁在没病人的时候也会来帮忙,三个人边干活边聊天,聊些家长里短,更多的时候是听姑父讲日本鬼子。姑父给脉凤讲了"七七事变",讲了鬼子怎么打下的济南城,又讲了去年在台儿庄的战斗,脉凤这才知道去年那几个月的炮火是怎么回事,她对日本人的仇恨更深了。

"姑父,你说日本人也有自己的家,他们咋就那么坏,要跑到咱们家里抢东西呢?"脉凤想不明白。

"要不说是强盗呢。日本小啊,是个海岛,周围都是大海,很多我们中国有的他们没有,可不就来抢了嘛。比如咱们的煤炭,他们就没有,他们又要用,又不想花钱买,就抢呗。"

脉凤懂了,她在贾汪煤矿遇到的日本人就是来抢煤炭的。

"那国民党啊八路军啊红枪会啊,都是打日本人的吧,人多力量大,为什么不合在一起打呢?"脉凤想起自己从魏集一路过来见到的各式各样的队伍。

"因为有人真抗日,有人假抗日啊。"一听这洪亮的声音,脉凤就知道是龚纲整回来了。

"姐,你看看这日本人有多坏,以前虽然我们过得穷,但还没有生命危险,日本人来了后呢,不光抢我们的东西,还要我们的命!今天我去李庄,就听说一个老人家去贾汪看闺女,没到闺女家就被日本人打死了,不明不白的。"

"日本人实在太可恨了!我那天见到的日本人骑着大马,拿刺刀挑我的包袱,吓得英子到现在还做噩梦,夜里老是乱叫。"

"姐,你说我们是不是要把他们赶走?"龚纲整问。

"当然要啊。"说到这里,脉凤突然想通了,"纲整,姑父说的你忙的大事就是打日本鬼子吧?"龚纲整点点头,通过这几天的观察,他对脉凤姐已有足够的信任。

脉凤看着这个沉稳的年轻人,心里由衷地佩服和羡慕:"那你是真抗日的了?是哪支队伍的?你有枪吗?唉,我要是个男的就好了,我也能去抗日杀鬼子。"

此时的龚纲整已经加入了中国共产党,正奉命在杜安发展党员,建立党支部,他非常高兴脉凤姐能有这样的认识。

"姐,我还没有枪,但我也能为抗日做工作,你也能。"

"我也能?"脉凤不相信,自己是一个连饭都吃不上的人,能为抗日做什么呢?

"你能。姐,抗日不分男女,你能做的工作多着呢。你不仅可以改变自己的命运,还可以帮助和你一样受苦的姐妹们,改变她们的苦命,你还可以做抗日工作,可以成为花木兰一样保家卫国的英雄!"龚纲整十分肯定地说。

这一天,脉凤在龚家吃完晚饭才回奎一叔家。这一天,她听到了很多她之前没听过的道理,她知道了中国共产党是为穷人谋出路的党,中国共产党领导的八路军是真正打日本人的队伍,她也明白了纲整说的"命是自己挣的"是什么意思,她想,她也可以为自己挣个好命……

王脉凤变了,变得更加开朗了。刚回到杜安的时候,她经常沉溺于自己悲惨的遭际里,哀叹自己命苦,现在,她的心里装下了更多的人、更大的天地,自己的不幸便成了微不足道的事情。之前,由于怕别人的闲话,她从不去别家串门,现在,她经常主动地去找那些嫂子、妹妹聊天,听她们诉苦,然后把自己从龚纲整那里学到的道理讲给她们听。看到这些原本愁容满面的姐妹露出了笑容,王脉凤越来越肯定自己是在做正确的事情。

5月里的一天,脉凤正在帮着姑妈晾晒药材,龚纲整兴冲冲地回来,一进屋就高兴地喊:"爹、脉凤姐,你们猜猜我看到了什么?"

这几天他一直忙着发展党员,参加会议,已经好几天没回家了。

"看到什么了?快讲讲。"脉凤立即从后门进了药铺。

"八路军回来了,我在集上看到了布告。"纲整说,"八路军的铜滕峄邳办事处①在唐庄成立了。布告里说要坚决打击日本侵略者!"

看着纲整兴奋的样子,脉凤觉得心里充满了力量。

"我也要加入八路军,加入共产党!"

就在不久后的一天晚上,在龚家药铺,王脉凤正式成为一名八路军战士。

这一天,脉凤刚进药铺门,龚效鲁立即把门关上了,还上了闩。

---

① 即八路军陇海南进支队铜(山)、滕(县)、峄(县)、邳(县)边联办事处。1939年春天,运河南的铜滕峄邳边处于一片混乱之中,当时苏皖特委和陇海南进支队负责人,考虑到铜滕峄邳四县边境地方需要,委派胡大勋回家乡铜山县成立陇海南进支队铜滕峄邳四县边联办事处,组织发动群众,建立武装和根据地,开展抗日游击战争,并委任胡大勋为办事处主任。办事处设在当时属于山东滕县九区的唐庄。唐庄坐落在铜滕峄三县交界处,紧靠黄丘山套,历来为兵家必争之地。办事处组建了抗日武装运河大队,委任胡大勋为运河大队队长,陈诚一为运河大队政委。办事处成立后,曾在杜安集贴出成立布告,附近的人民都深受鼓舞。

油灯下,龚纲整坐在龚效鲁常坐的桌子后,龚效鲁则坐在一个带靠背的马扎上,脉凤坐在床沿上,一时间屋里的空气很严肃。

沉默了一会,龚纲整说话了:"姐,你不是一直想为抗日做工作吗？现在有个任务给你。"

"那好呀,快说,俺能做什么?"

原来,铜滕峄邳办事处委托龚效鲁父子帮助成立情报站,需要向贾汪日伪据点派一名情报联络员,父子二人一致认为王脉凤是合适人选。

"姐,这个工作很危险,你好好想想,不行我再找其他人。"龚纲整知道在日本人身边搜集情报有多大的风险,他也担心脉凤姐的安危。

"我没问题。"王脉凤没有丝毫的犹豫。

我们今天已无法得知王脉凤决定接受地下情报员这一工作时有没有想到一年后会付出生命的代价,但我们敢肯定的是,这一刻她已将生死置之度外。

也就是在这一刻,王脉凤,这个生于贫寒之家、备受压迫之苦的普通女性,如传说中集香木自焚的凤凰一般涅槃重生了!

(三)在鬼子头上跳舞

1.地下交通线上的胖张嫂

杜安王家有个叫庆珍的在贾汪伪矿警队,是个小队长,按辈分是脉凤的侄子。为了能顺利进入贾汪,脉凤去找了这个做伪军的侄子,向他诉说自己孤儿寡母生活的艰难,希望他能在贾汪给自己找个吃饭的营生。没过几天,王庆珍给脉凤回话,说给她找了个在伪矿警队洗衣服的活计。龚氏父子和王脉凤都认为这个工作不错,既能近距离地接触敌人,还好隐蔽。于是,王脉凤将女儿托付给奎一叔照顾,怀着既兴奋又忐忑的心情只身奔赴贾汪。

贾汪,今属江苏省徐州市,当年(民国二十八年,1939 年),贾汪镇属

"苏北行政公署"铜山县管辖。贾汪镇历史悠久,山清水秀,因东北有泉汇而成汪,贾姓人临汪而居,因此称"贾家汪"。同枣庄一样,近代贾汪也是因煤而兴。早在清光绪八年(1882)胡恩燮在贾家汪掘井建矿,自此揭开了贾汪百年煤田开采历史。光绪二十四年(1898),原在徐州青山泉办矿的南京候补知府胡恩燮的儿子胡光国正式请领部照,凿煤井五座,用土法采煤,贾汪煤矿公司成立,"贾家汪"自此称"贾汪"。

贾汪煤矿经过四十几年的发展,到 1936 年,年产煤炭已达 34.72 万吨。徐州会战期间,为保障矿产安全起见,贾汪煤矿所属的华东煤矿公司商请德国礼和洋行汉口分行,派德国人卡尔前来贾汪矿场,试图保住煤矿免受日本人的侵略。但徐州陷落后,日本人急于以战养战,1938 年 5 月 20 日,日本人在占领徐州的第二天就派军队进驻贾汪附近的柳泉,并扬言:"凡皇军占领地,任何财产,均归其所有。贾汪矿亦是其中一部分。"此后一段时间,日军八次对矿区进行"扫荡",派飞机轰炸贾汪,并于 8 月 5 日突袭青山泉车站,枪杀我四名矿工,重伤一名。在日本人的淫威下,最终,德国人卡尔向日军屈服。1938 年 10 月 24 日,驻徐州日本陆军以苏北路军特务机关长江田稔的名义任命了一批贾汪炭矿接收委员。这天上午 9 时,日本陆军特务齐藤弼州(曾任冀察政务委员会军事顾问、北京特务机关翻译等职)带领职员 6 人、侵略军 200 多人,全副武装,开到贾汪,以武力从卡尔手里接收贾汪。当天,日军发出第一号公告:宣布贾汪矿(华东煤矿公司矿场)改名为"柳泉炭矿",日军头目齐藤弼州担任柳泉炭矿矿长,华东公司原来留在矿场的主管秦健欧当上柳泉炭矿的总务处长。日本人正式将贾汪煤矿据为己有。

台儿庄战役结束以后,日军由于战线拉得太长,兵力、财力均出现了困难。为了早日达到"以战养战"的经济侵略目的,日军疯狂地对占领区进行经济压榨,在鲁南、苏北一带,日军对强占的枣庄中兴公司、贾汪煤矿进行疯狂的掠夺,破坏性开采煤炭资源,使煤田遭到严重破坏。矿工们更是遭受了非人的奴役和残害,随时都有惨死的可能。

王脉凤就是在这种情况下来到了贾汪,以洗衣工的身份在官房里住了下来。因保密需要,王脉凤自称夫家姓张,因丧夫才来到贾汪矿寻个活路。她开朗能干,衣服洗得又快又好,遇到有些衣服破了或是掉个扣子,她都主动帮人缝好,因此很快便得到了伪矿警们的信任。因她生得高大健壮,伪军们便称呼她胖张嫂。王脉凤就这样以胖张嫂的身份隐蔽埋伏下来,为八路军递送情报。因斗争需要,有时她也带些烟土卖给伪军,既得到了伪军的信任,也从他们口里打探些日军的信息。

1939年,日军为了巩固自己的侵略果实,开展了"强化治安""坚壁合围""清乡扫荡"等多种形式的侵略行为,鲁南、苏北人民的抗战形势也越发艰苦。

1940年,为达到"以战养战"的目的,侵华日军推行继续扩大占领区的方针,尤其是对资源丰富的战略要地加紧侵略和控制。4月,日军华北派遣军总司令多田骏下达讨伐肃正命令,苏鲁地区的日军随即进行了多次梳篦式的大"扫荡",妄图将活动在这一地区的八路军一举消灭。

这时期王脉凤在敌伪之间巧妙周旋,凭借自己的聪明机智曾多次获得贾汪日军"扫荡"我军的重要军事情报,使我军能争取主动,安全转移或重创日伪。

1940年4月中旬的一天,天傍黑的时候,一胖一瘦两个伪军走进了院子。胖子进了院门便喊:"胖张嫂,我的军装洗好了吗?"

听到声音,王脉凤立即从屋里走出,认出这俩人姓张,是亲兄弟,瘦子是哥哥,胖子是弟弟。

"是二位老总呀,快请坐!今天太阳不好,您的衣服刚晒干,这不正要给您送去呢!谁知您二位心急,还亲自来取了。"

"张嫂,衣服给我们吧,明天一早要穿,就不坐了。"瘦伪军声音又哑又颤,边说边打了个大哈欠,眼泪也流了下来。王脉凤一看这人灰黄的面皮和瘦弱的身子便知他是个大烟鬼,这会儿烟瘾要犯。

"那行,你们等着啊。"王脉凤转身进了屋,很快便抱着两套黄军装出来了。她看到瘦子已经哈欠连天,便把衣服交给胖子,同时对瘦子说:"老总啊,瞧您这样子,咋不在家抽两口,还亲自跑来取衣服。"

"张嫂,不瞒你说,我哥好这口,把那点卖命的钱都抽光了,这两天断顿了。"胖子说着叹了口气。瘦子像要证明弟弟说的话似的,又打了个大大的喷嚏。

"你看看你,有什么爱好不好,非得爱这个!你这能撑到半夜出门吗?四十多里路你怎么走?就等着日本人的枪子儿吧!"胖子气呼呼地埋怨瘦子,瘦子只顾着揉搓眼睛,没有回话。

"老总,麻烦您先等一会儿。"说着王脉凤又进了屋,一会儿拿着一个小小的布包出来了,她将布包递给瘦子,"俺这儿还有俩泡,是上次俺弟发月子(乡人对痢疾的称呼)给他找的,他自己好了,没用上,先给老总垫一下。"

一听这话,瘦子两眼放光,一把就把布包抓了过去,手哆嗦着就解布包结。胖子看不下去,从哥哥手里抢过布包,同时对王脉凤说:"张嫂,可是这钱……"

"不急,啥时有啥时给。"

胖子闻言很受感动,嘴里不停地说着感谢的话:"嫂子你人真好,简直就是活菩萨!"

"不算啥,碰巧了嘛。对了,刚听你说晚上还要走远路,这看着马上要下雨的样子,老总们可真是辛苦了!"

"唉,日本人的饭不易吃啊!这好好的,突然命令要去涧头集,半夜三点半集合,他日本人能骑马、坐车的,我们要凭两条腿走呢。而且,共产党那么厉害,说不定就会偷鸡不成蚀把米。"胖子已经忘记了警惕,一脸的担忧。

脉凤一听日伪要去涧头集"扫荡",心内焦急万分,那可是我党峄县县委所在地,得把这个情报赶快送出去。

等两个伪军一走,脉凤也立即挎着个篮子出了门。为了不引起人怀疑,她把大门、屋门都虚掩着,没有上锁,打定了主意,如果有人问,就说是去李庄看中医。还好,东门把守的伪军也是脉凤熟悉的,并没有过多盘问就放行了。过了东门岗哨,王脉凤先不紧不慢地走了一会儿,确信哨兵看不清楚了,这才转身抄小道向北走,时间紧急,她要尽快赶到杜安,把敌人要"扫荡"的消息送出去。

贾汪离杜安有近20里地,天也快黑了,王脉凤心内焦急,脚迈得快,唯恐让敌人抢了先,那后果可不敢设想!可屋漏偏逢连阴雨,还没走出几里路,雨就下了起来。脉凤由于走得太急,没有带任何雨具,只能将篮子顶在头上继续赶路。雨越下越大,路边已经出现了小水汪,黄土路也变得越来越泥泞,脉凤深一脚浅一脚地向前走,就怕一停下来避雨会让敌人抢了先。

等她浑身湿透地赶到龚家中药铺时,村子里大多数人家都已经睡下了,药铺的门也关上了。她按约定的暗号在门闩上扣了三下,门打开了一条缝。看到是她,龚效鲁赶紧打开了门,脉凤进门就说:"姑父,快,快!纲整在吗?鬼子要打涧头,三点半出发。"由于冒着雨走了一个多时辰,她又冷又累,不停地打着哆嗦。

这时,龚纲整和姑妈听到动静从后门走进来。姑妈一看脉凤的样子,赶紧张罗着找木柴生火盆。而这时的纲整已经是杜安村党支部书记了,脉凤赶紧把知道的情报向龚纲整做了汇报。事情紧急,要连夜通知涧头集区委做好迎接敌人"扫荡"的准备,这时已来不及联系其他的联络员,龚纲整当即决定自己赶去涧头。

"不行,儿啊,你还发烧呢。"正忙着吹火的姑妈急忙阻拦。但阻拦是没用的,龚纲整一边取挂在墙上的蓑衣一边说:"我已经不烧了。娘,你放心。"穿上蓑衣钻进了大雨中。

"姑父、姑,我也得走了,俺得在天亮前回贾汪。"脉凤也站起来要走,姑妈赶紧拉住了脉凤的衣袖:"看这衣服湿的,先换上我的,烤干了再走,要生病的。"

脉凤想了想,答应了,她想去看看女儿。

由于工作性质,除了龚家人外,其余人都不知道脉凤的真实身份,只知道她在贾汪矿上给人洗衣服,没空常回家。她上次见女儿和母亲还是正月十五,已经有快三个月没见女儿了。

趁着姑妈帮她烤衣服的空,她悄悄地回了一趟奎一叔家,没有惊动任何人。她轻手轻脚地进了东厢房,女儿已经睡了。她把马灯的光拧到最小,照了照女儿的小脸,看到女儿熟睡的样子,鼻子一酸,差点掉下眼泪来。

在贾汪工作的这一年,是王脉凤人生里最幸福的一年,每成功地送出一条情报都让她感到自豪,感到自己是一个有用的人,感到离打跑日本鬼子更近一步。虽然这一年里她也遇到了许多像今晚似的危险时刻,有时甚至是性命攸关的时刻,但她都没有怕过,事后也没有后悔过,因为她相信共产党是为穷人打天下的党,她相信自己做的事儿是正确的。

她本来就性格刚毅,这一年的地下工作更是将她锻炼成了一个勇敢、机智的战士。但是面对女儿,她的心一下子就软得一塌糊涂,她觉得自己唯一对不住的就是女儿。女儿小小年纪跟着她逃难,吃了那么多的苦,现在自己又把她舍下……女儿每次离别时都会拉着她的手不放,想到这里,王脉凤的情绪再也控制不住,眼泪一滴一滴地滚了下来……她很想抱着女儿大哭一场,但最终她只是给女儿掖了掖被角,踮着脚尖走了出去。

王脉凤在天亮前赶回了贾汪。下午,她去伪军住处收衣服的时候,听伪兵们议论说这次"扫荡"不仅扑了个空,还在回来的路上中了八路军的埋伏,死伤了好几个人,丢了将近十支枪,她偷偷地笑了。

过了很长时间,她才又听说龚纲整不顾个人的安危和道路的泥泞,夜半把情报送到涧头集县委,由于身体本就有病,当他到达时已是精疲力竭,将情况说完就昏迷了……

2. 洗衣盆里有乾坤

王脉凤在贾汪做地下工作的这一年,鲁南、苏北一带的抗日形势发生了很大的变化。

1939年11月,根据党中央和八路军总部的统一部署,八路军一一五师挺进鲁南,建立了抱犊崮根据地。罗荣桓政委在充分调查研究的基础上,决定将鲁南、苏鲁交界的孙伯龙、邵剑秋、胡大勋、孙斌全这四支地方抗日武装联合起来,组成八路军一一五师运河支队。1940年1月1日,八路军一一五师运河支队正式成立,孙伯龙被任命为支队长,朱道南为政委,邵剑秋为副支队长,胡大勋为参谋长,孙斌全担任二大队大队长兼任峄县第六区区长。

运河支队成立后即面对着日军梳篦式大"扫荡"的严峻形势,罗荣桓政委在4月21日提出:克服时局逆转,坚持抗战,发展进步力量,坚持统一战线,准备长期坚持敌后游击战争,创建巩固根据地,这是一切工作的指导原则。在这一战略思想指导下,运河支队的战士们开始了艰苦卓绝的斗争。

抗日战争期间,运河支队对敌作战数百余次,歼灭日伪军5000多人,上演了夜袭贾汪、浴血巨梁桥、弯槐树战斗、血战毛楼、微山湖战斗等战例,为此也付出了惨痛的代价,共有400多名指战员壮烈牺牲。运河支队的指战员们,用自己的血肉之躯,谱写了一曲曲气壮山河的英雄之歌。罗荣桓元帅称赞他们是"坚持敌伪腹地,敢于在鬼子头上跳舞"的人!陈毅元帅称赞这支队伍:可以写一部大书!

运河支队成立之后,王脉凤就成了这支英雄部队的地下情报人员,多次搜集并送出重要情报,并在夜袭贾汪的战斗中做出了重大的贡献。

台儿庄战役后,日军为了掠夺煤炭资源,派了一个中队驻扎在贾汪矿区,中队长叫寺西四郎,另外还有数百人的矿警队住在贾汪镇的围子里,围墙碉堡都比较坚固。这些日军和伪矿警就是1940年日本人"清乡""扫荡"的主力。

1940年8月,运河支队为了打击敌人的嚣张气焰,阻止日军"以战养战"的企图,同时也为部队筹集经费,决定袭击贾汪,具体由运河支队二大队执行。为了摸清敌情,运河支队第二大队侦察参谋谢绍唐多次只身进入贾汪进行实地侦察,在王脉凤的帮助下,谢绍唐不仅把贾汪镇敌人驻防情况摸得一清二楚,还策反了伪矿警队的一个小队长李昌田等四人。

【资料链接】谢绍唐

谢绍唐(1904—1987),又名谢福尧。山东省原峄县第六区谢庄人(现属枣庄市台儿庄区侯孟乡)。出身于农民家庭,青少年时期就读私塾,1922年辍学经商,1934年在安徽省淮南大通煤矿做工。1938年初夏,家乡沦陷,联络各村人士组织民众自卫武装,进行抗日保家活动。当时江苏铜山县境出现红枪会,以卫国保家为名。他带领黄邱套自卫武装,参加了红枪会,被任为大队长。1939年夏,红枪会在日军特务操纵下向我党峄县县委所在地涧头集进攻。谢绍唐发现受骗上当,遂在7月带领数十人武装脱离红枪会,参加峄县县委的抗日武装。同年,八路军第十四区大队成立,他任副大队长。1940年初,任一一五师运河支队第二大队侦察参谋。1941年初夏,任龙门游击大队长。1944年秋末调任峄铜滕邳县武装委员会副主任。解放战争时期,随军北撤,任鲁南军区家属第五管理处第二分处主任。1948年冬奉命到贾汪开展生产自救工作。

新中国成立后,历任贾汪石业社主任、水泥厂厂长、综合厂厂长、电石厂厂长,被选为历届区人民代表,曾当选为贾汪区政府委员、徐州市政治协商会议委员等。1980年离休。1987年病逝。

8月中旬的一天,虽然立秋已过,但依旧骄阳似火,夏天仿佛刚刚开始,树上的蝉儿也好像感到时日无多,用着最大的力气发出最后的鸣唱。吃完早饭,王脉凤便端着洗衣盆出了门,她要按上级指示去接应袭击贾汪的先行人员。在经过北门岗哨时,有站岗的伪军问:"胖张嫂,怎么今天出来洗衣服,家里不是有井?"王脉凤平静地回答:"汪里水好,摆得干净。"敌人并没有任何的怀疑。

来到矿北门外的池塘边,王脉凤蹲下身子,不紧不慢地洗起衣服来。汪水清澈见底,不时有小鱼儿成群结队地游过,水深处,也有鹅、鸭优哉游哉地嬉戏,一幅平安静好的模样。王脉凤却没有心思欣赏这水塘边的美景,她一边搓洗着衣服,一边用眼睛的余光观察着不远处路上的行人。在一盆衣服快洗完的时候,就看见两个头戴席夹子、农民模样的壮年男子走了过来,他们是我运河支队二大队的战士王茂宣、孙绵成,奉命先行乔装进入贾汪,做晚上战斗的内应。王脉凤立即警觉地看了下四周,没发现可疑人员。

三人交换了下眼神,王、孙二战士同王脉凤打着招呼:"张嫂,你看这天热的,真是秋老虎,刚穿上的褂子已经有汗馊味了,帮我们洗洗吧!"边说边脱下自己身上的白色小褂递了过来。脉凤接过衣服一摸,有硬硬的东西,立即将衣服放到洗衣盆里,嘴里大声地应着:"行,这天儿干得快,下午到我家来拿吧。"王茂宣和孙绵成没了武器,一身轻松地向城门走去。站岗的鬼子和伪军看两个光着上身的人,又有良民证,没多盘问就放行了。

不一会儿,王脉凤也洗好了衣服。她把两支手枪放在木盆里,上面用湿衣服盖好,神色如常地往回走,门口的岗哨丝毫没起疑心,挥挥手让王脉凤通过了门岗。

王脉凤回到家,王茂宣、孙绵成已经到了。没多久,谢绍唐和李昌田等人也陆续到齐,谢绍唐开始布置晚上的作战计划,王脉凤则拿了张小马扎,坐在门口阴凉里借着缝补衣裳望风。时间不长,谢绍唐已把一切布置妥当。李昌田等四个伪军先离开,稍后,谢绍唐也要回到部队指挥战斗,只有王茂宣、孙绵成按计划隐藏在王脉凤家里。王脉凤找出事先准备好的伪军服装让他俩换上,预备晚上的接应。

天渐渐地黑了下来,看着时间差不多了,王茂宣先行离开去南门找已经投诚的伪军杜玉才,杜玉才是今天南门的岗哨,两个人见面后装作老朋友,一边闲聊一边等候运河支队的到来。

孙绵成则和另一个投诚的伪军王兆义继续隐藏在王脉凤家里等候信号,他们的任务是控制北门的岗哨。

半夜十二点多,突然从南门处传来一声枪响,正焦急等待的三人立马分头行动,孙、王二人立即赶往北门,王脉凤则留下来接应。那一夜,王脉凤听着南门、北门嗒嗒嗒的机关枪声心急如焚,她挂念着同志们的安危,一直站在院子里等候。过了一个多小时,枪声平息了,一切又恢复了平静。王脉凤又在黑暗里等了一会儿,没有人来,她知道肯定是运河支队得手了,这才进屋休息。

【资料链接】智袭贾汪

此次战斗的详情请参阅孙斌全、谢绍唐的《智袭贾汪》(见《枣庄文史资料》第九辑,1991年2月)一文:九、十一中队和手枪队,在副大队长胡大毅、大队参谋长王福堂的率领下,于夜12时前进到贾汪镇南门外。九中队进入镇里负责消灭李昌明的部队和北门碉堡的伪军,并堵击官房里和日军兵营的日伪军;十一中队担任堵击南门外矿井大院可能来援的日军;手枪队长沙玉坤带领手枪队担负"武装请客"的任务。贾汪镇里外号称为"二华东"的郑玉轩是依靠日本人发财的头号富商,我们打算借进贾汪镇之机,用武装把他和另外三人请到我们部队,商请他们贡献抗日经费为我军抗日做出贡献。午夜刚过,南门岗哨杜玉才打开了南门,九中队由王思富带路迅速进入,闯进李昌明的伪军驻地鹿家楼,岗哨当即被我军生擒。李昌明一听枪声,立即越墙逃跑了。过去镇政府驻地,人称"官房里"的日伪军,在我机枪火力封锁下,也未敢出击。前后短短的一个小时,战斗就结束了。住鹿家楼的几十个伪军,都被活捉了,"武装请客"的任务也很顺利,原来打算活捉李昌明或者把他打死的任务算落空了。战后经过说合,郑玉轩等四人捐献伪币5000元,作为抗日经费,为抗日事业做出贡献。

第二天一大早,王脉凤就出门去打探消息。很快,她就从经常来洗衣服的伪军处听说了战斗的情况,昨天夜里运河支队大获全胜,俘虏了几十个伪军,还抓走了镇上几个依附日本势力的商人。直到这时,王脉凤心里的一块石头才落了地。但由于这次的失利,日本人怀疑镇里还有内应,正集中所有的兵力,挨家挨户进行搜查。

听说了日本人在查共产党的内奸,王脉凤赶紧赶回家。一进屋就发现有两个席夹子放在了饭桌上,正是王茂宣和孙绵成的,昨晚任务紧急,两个战士早就忘了席夹子的事情,王脉凤只顾着关心战事,也疏忽了。

日本人马上搜查过来了,这该怎么办呢?王脉凤屋内屋外看了一遍,没找到能隐藏席夹子的地方,她想只能悄悄地带到城外去了。但时间已经来不及了,王脉凤听见一阵纷乱的脚步声,搜查的敌人已经进了院子。

为首的是伪矿警队二中队的队长律子云,他一眼看到了两个席夹子,立即下令逮捕王脉凤。王脉凤早已做好了心理准备,大声申冤:"老总,我干什么了?您可不能不清不白地抓人啊!"

"你就是胖张嫂吧?隐藏得不错哈,为什么抓你?你一个独居的女人,哪里来的男人的席夹子?"律子云气焰嚣张。

"你说这席夹子,我也正纳闷呢,寻思着不知是哪位老总来取衣服落下的,正想出去问问呢。"王脉凤并不慌张。

但律子云哪里还愿意听她辩解,他只想着赶紧抓个人向日本人交差。
"别嘴硬了,你就是窝藏八路的共产党,带走!"

(四)凤鸣

几天后,天气燥热异常,贾汪北门外的干土塘——这里是贾汪日军处决犯人的刑场,此时已被日本人的骑兵包围得水泄不通。老百姓们不敢近前,只能远远地围观,他们纳闷,今天让日本人如此紧张的犯人是谁呢?

在包围圈的中心,已经挖好了一个土坑。土坑边上有一个双手被捆

王脉凤视死如归（连环画）

着的女子,她正是前几天被捕的王脉凤。几天的光景,原本结实、胖大的王脉凤消瘦了许多,她的脸上是一条条的血印子,有的结了痂,有的还滴着血丝,身上的衣服已被皮鞭抽成一条一条的,露着鲜红的血肉,一看就是经历了酷刑。唯一没变的是她那双大大的眼睛,依旧那么明亮,依旧那么坚定。她只稍微低头看了眼土坑,便重新抬起了头。

直到这时,敌人还不死心,为首的日军通过翻译利诱她说:"只要你说出你在贾汪的同伙,我们就放了你。"

王脉凤轻蔑地看了眼日军,嘴里吐出两个字:"做梦！"日本人恼了,叽里呱啦说了一大堆,戴眼镜的瘦翻译——他正是王脉凤带着女儿逃回杜安时遇到的那个,赶紧冲着王脉凤喊:"你这个娘们心怎么这么硬啊！你不想活了,你不想想你娘、你闺女吗？"

王脉凤的心狠狠地痛了一下,她猛然记起,今天是七月十五,是中元节。娘,闺女,还有弟弟,可能正盼着自己早点回家给父亲上坟吧,可她将永远见不到他们了……想到这里,她转身面向杜安村的方向,在心里和自己至爱的亲人告别:

"娘、弟、闺女,我走了,别怨恨我,你们好好地活着,总有一天,你们会知道我的死是值得的。"

汉奸翻译见王脉凤凄楚的神色,觉得劝降有希望,正想再说几句,王脉凤却已恢复了坚毅的神情,两道锐利的目光直盯着翻译说:"我是心硬,不像你个软骨头，帮着日本人杀中国人，早晚会有报应！"

汉奸翻译恼羞成怒，立即对着日本人一通咕噜，骑在马上的日本军官凶狠地看向王脉凤，还没等他发话，王脉凤就向土坑边走了两步，站在了坑边上，她说："我头向哪个方向？"说完，不等日本人回答，她纵身跳进了土坑。

坑边上的日本人和伪军都被王脉凤的举动惊呆了，一时间竟没有人有任何动作，包括手拿铁锹预备行刑的伪军也没反应过来。

王脉凤打量了一下土坑，然后头向着北方躺了下来，因为北方是杜安村的方向，那里有她最不舍的女儿，北方是延安的方向，那里是她向往的地方！

王脉凤，这个普普通通的从未离开出生地一百里路的农村妇女，在人生将要终结的时候却想着一个遥远而陌生的地方！

是的，在临刑的时候，她想到了延安，想到了两个月前听即将赴任运河支队第八中队指导员的龚纲整给她讲起的延安。在龚纲整的描述里，延安是穷人的天堂，那里的财主都被打倒了，那里的女人们和男人一样工作，那里也没有买卖婚姻，那里的孩子都能进学堂……

龚纲整最后说："姐，你等着，将来，全中国都会和延安一样！"

她是等不到这一天了，但她相信她的女儿一定会等到这一天！

"是的，全中国都会和延安一个样！"王脉凤在心里重复了一句，面带微笑闭上了眼睛。

这时候，天空中突然响起了一声炸雷，坑上边的日、伪军这才如梦初醒，黄土一锹锹地撒了下来，雨点也噼里啪啦地落了下来，我们的英雄王脉凤，永远地闭上了她那双美丽的大眼睛……

……

凤凰于飞，翙翙其羽。声鸣九天兮，天下安宁！

三、史海钩沉

（一）巾帼战士王脉凤[①]

王脉凤，又名王凤，山东省原峄县第六区杜安村人，属枣庄市台儿庄区侯孟乡。1918年她出身于贫农家庭，其父王增一，上无片瓦，借居邻人房屋，赖以讲猪行生意为生，全家五口处于极贫生活之中，烈士未读过书，自幼养成刚烈性格。1935年她年仅17岁，被迫卖于江苏省铜山县魏集村张姓地主为妾，从此落入火坑，备受欺辱压迫。她不堪忍受，为争取自由，毅然于1939年从张家出走，带亲生女逃回杜安村娘家，和张家断绝关系，向封建压迫表示了无情的反抗。王脉凤的不幸及其反抗精神，得到亲朋乡邻的关怀和同情。

八路军陇海南进支队，铜邳边联办事处成立，杜安村爱国人士中医先生龚效鲁及其儿子共产党员龚纲整两人义务帮助办事处建立情报站，王脉凤在龚效鲁父子的教育启发下，自愿参加八路军抗日，受其派遣进入贾汪日军据点，以居民身份隐蔽埋伏下来，为我军递送情报。进入贾汪，因斗争需要，她常携带烟土等物于敌伪之间，巧妙周旋，曾多次获得贾汪日军"扫荡"我军之重要军事情报，致使我军能争取主动，安全转移。

[①] 童邱龙主编：《运河支队抗日史略》，山东新闻出版局出版发行，山东枣庄市出版办公室出版，1988年12月。

(二)抗日女侠不让须眉[1]

1940年8月中旬的一天,骄阳似火。贾汪镇东市北门外,一位20多岁的妇女端着一盆衣服走向泉水边洗衣服。这时,一个壮年汉子走过来塞给她一包衣服说:"胖张嫂,帮我洗洗衣服吧。"胖张嫂接过衣服一摸,里面是三支手枪,于是笑说:"好,下午到我家去拿。"说着,把包着手枪的衣服塞进衣服盆里,说笑着走进贾汪镇的北大门。胖张嫂名叫王脉凤,出身于一个贫苦农民家庭,17岁被迫卖给一张姓地主为妾,备受欺凌压迫,后带着女儿逃出虎口,毅然参加运河支队,被派遣进入贾汪日伪据点,做秘密情报员。她多次获得重要军事情报,使我军化险为夷。

贾汪镇是徐州北的一个大煤矿,日军为了掠夺煤炭资源,派了一个中队驻守矿区。运河支队为了阻止日军"以战养战"的企图,决定袭击贾汪的日军,并由第二大队执行。侦察参谋谢绍唐在王脉凤的帮助下,把贾汪镇敌人驻防情况摸得一清二楚,又通过王脉凤把枪带进镇内,几名战士拿着良民证大摇大摆进入镇内隐蔽。深夜十二时,第二大队的两个中队和手枪队前进到贾汪镇南门外,里应外合,不到一个小时便结束战斗,顺利完成任务。可是由于疏忽大意,潜入镇内的几个战士遗落在王脉凤家里的草帽被敌人在全镇大搜捕中搜到了。一个寡妇家里发现的几顶男人草帽,让敌人高度怀疑上了王脉凤,敌人对其严刑拷问,王脉凤坚贞不屈。几天后,大失所望的日军把王脉凤押到贾汪北门外,将其活埋处死。临刑前,王脉凤主动跳进土坑,从容就义,年仅22岁。

---

[1] 郑学富:《驰骋苏鲁交界的"运河支队"》,《解放军报·长征副刊》,2019年5月26日。

（三）巾帼英名　万世流芳[1]

王脉凤(1918—1940)，又名王凤，枣庄市台儿庄区侯孟乡杜安村人。出身于贫农家庭，自幼性格刚烈。1935年，王脉凤被卖于江苏省铜山县魏集村张姓地主为妾，备受欺辱。1939年，她为争取自由，毅然从张家出走，逃回杜安村，与张家断绝了关系。

中共铜滕峄邳边联办事处成立，杜安村爱国人士中医先生龚效鲁及其儿子共产党员龚纲整两人义务帮助办事处建立情报站。王脉凤在龚效鲁父子的教育启发下，自愿参加八路军，并受派进入贾汪以居民身份隐蔽埋伏下来，为我军递送情报。因斗争需要，她常携带烟土等物于敌伪之间巧妙周旋，曾多次获得贾汪日军"扫荡"我军之重要军事情报，致使我军能够争取主动，安全转移。

1940年8月，运河支队第二大队侦察参谋谢绍唐为拟定夜袭贾汪的里应外合方案，做实地侦察。王脉凤在北门外池边，以洗衣做掩护，几次将谢绍唐等人的武器藏于洗衣盆底，顺利通过敌人岗哨潜入贾汪，隐藏于她住处。她为夜袭贾汪战斗、俘虏伪军人枪数十的胜利做出了贡献。

我军撤出贾汪时，两个战士不慎把草帽遗忘在王脉凤的住处。次日上午，日伪军全城搜查，因草帽被敌人发现，她不幸被捕。在被关押期间，敌人严刑拷问，她坚贞不屈。几天之后日军在贾汪北隅干土塘附近，将她活埋处死。刑场四周日军以骑兵包围警戒，惊恐异常。烈士大义凛然，视死如归，高喊"打倒日本帝国主义"口号，最后自己跳进坑躺下，并以蔑视的目光和仇恨的语言，回答了敌人的淫威，就义时年仅22岁。群众目睹此状，无不潸然泪下。

---

[1] 宋学红：《枣庄文史资料》第五辑，1990年6月。枣庄市地方史志编纂委员会编：《枣庄市志·人物志》，中华书局，1993年7月。

四、采访札记

（一）闫桂亮访谈记录

访谈时间：2021 年 3 月 27 日

访谈地点：江苏省徐州市贾汪区市中区大李庄村

访谈人物：闫桂亮（王脉凤外孙）

闫桂亮：我听俺母亲说过俺姥娘的事情。她是地下党，给日本人洗衣服，帮运河支队的战士把枪放到洗衣盆里端进去。战士完成任务后把帽子忘俺姥娘洗衣房里了，被日本人发现了，就把俺姥娘抓住了。俺姥娘被活埋后，连尸首都没人敢去收。当时俺娘七八岁，共产党给送过一个袄一床被。

关于婚姻：听俺母亲说，俺姥娘是填房，俺姥爷是大地主，没有儿子，后来俺姥娘生了个儿子，年龄不大，因为肚子疼死了。后来俺姥爷去世后，前面的那些姨怕俺姥娘争家产，就欺负俺姥娘，俺姥娘就带着俺母亲走了。

关于长相：听说，俺姐长得和俺姥娘很像，一米六多，胖大的（方言，高高胖胖之意）。

（二）关于王脉凤年龄的辩证

为了搜集王脉凤烈士的资料，了解烈士生前的生活状况，笔者和几个朋友在2021年3月27日专程赴枣庄市台儿庄区杜安集村和徐州市贾汪区大李庄进行实地采访，这次采访虽没有得到新的有价值的线索，却发现了烈士牺牲时的年龄存在着争议的问题。

在现在所能查到的所有关于王脉凤的史料中，均记载着王脉凤生于1918年，1935年17岁时被卖给张姓地主为妾，1939年逃出张家，1940年牺牲，时年22岁。

但笔者在这次实地采访中发现，史料中记载的年龄与实际年龄有较大出入。据杜安村一些老人回忆，王脉凤唯一的弟弟王脉龙去世时接近80岁，至少70以上。他是在刚分地（包产到户）时去世的，也就是1980年左右。如果杜安村老人们的说法准确，王脉龙应该是王脉凤的哥哥，但几位老人都非常笃定地说王脉凤是姐姐。我们意识到姐弟俩的年龄应该有不准确之处。

带着这个疑问我们来到王脉凤烈士的外孙闫桂亮家，就王脉凤的年龄问题进行了重点调查。闫桂亮对于外祖母的事情多是听别人转述，外祖母的年龄他也并不清楚。但是他对母亲和自己姐弟的年龄是比较清楚的。据他说，他母亲张玉英属大龙，2006年腊月去世，去世时差几天就80岁。如果这个说法属实，张玉英（王脉凤之女）应该出生于1928年，现在记载中关于王脉凤1918年出生的说法就站不住脚了。

那么，张玉英出生于1928年这个推测准不准确呢？我认为这个年龄是准确的。第一个根据是张玉英结婚的时间。据闫桂亮说，他母亲（张玉英）在他姥娘（王脉凤）死后两三年就嫁给了他父亲闫景龙，闫景龙比张玉英大二十多岁。在那个年代，十五六岁结婚应该算是正常现象，可信度比较高。而按现有记载，王脉凤1935年被卖到张姓地主家做妾，她于1940年牺牲，按这个时间线推测，王脉凤牺牲时女儿顶多四岁，不可能在母亲去世后两三年内结婚。

第二个根据是张玉英几个孩子的年龄。张玉英婚后育有四子一女，分别是：

长女闫桂枝,属猪,出生于 1947 年,尚健在；

长子闫桂明,属马,出生于 1952 年,已经去世；

次子闫桂亮,属狗,出生于 1958 年,尚健在；

三子出生于 1963 年,20 岁时因病去世；

四子闫桂水出生于 1968 年,前几年因病去世。

从长女出生于 1947 年推测,张玉英生于 1928 年也是可信的。

那么,王脉凤牺牲时就不可能是 22 岁。王脉凤烈士牺牲时的真实年龄是多少呢?

非常遗憾的是,王脉凤唯一的胞弟王脉龙并没有后代,当年收留王脉凤之女的王奎一是王脉凤的近亲,但老人家早已去世,连唯一比较清楚王脉凤事迹的王脉芳(他是王奎一之子,王脉凤的堂弟)老人也已去世,由于时间久远,现在世的王家后人已没人能说清王脉凤的真实年龄了。

如果现有记载中王脉凤 17 岁被卖是真实的,根据其女张玉英以及其弟王脉龙的年龄推算,王脉凤烈士的出生时间应该大体上在 1908—1910 年之间,也可能更早一些。那么,她被卖应该是在 1925—1927 年之间,1940 年牺牲时应该是 30—32 岁。

以上是笔者在搜集王脉凤烈士资料的过程中发现的一个史实问题,本着严谨的实事求是的态度,写出来供大家探讨。

斯人已逝,英名永存。王脉凤烈士对抗日战争所做出的贡献将彪炳史册,她忠贞不屈、视死如归的崇高精神品质将永远为后人所景仰,这与她牺牲时是 32 岁还是 22 岁无关。

五、历史回声

(一) 电视文献纪录片《运河支队》

为了隆重纪念中国人民抗日战争胜利七十周年暨世界反法西斯战争胜利七十周年,由江苏省广播电视总台、徐州市委宣传部、贾汪区委、区政府联合摄制,南京电影制片厂承制的三集电视文献纪录片《运河支队》于2015年12月19日至21日每晚十点在中央电视台十套播出。

纪录片《运河支队》画面

《运河支队》第二集《英雄碧血化长虹》中用了3分48秒讲述了抗日英雄王脉凤的事迹(从5分11秒处开始,至8分49秒处结束)。

纪录片《运河支队》中,外孙闫桂亮讲述王脉凤英雄牺牲的故事

(二) 大型现代梆子戏《运河儿女》

总策划:张本赞

策划:李祥友　蓝云

导演:马秀兰

编剧:小雨　老恒

作曲:蒋云生

梁脉凤饰演者:宋召銮

2018年3月5日下午,由苏汉艺术团梆子戏团根据运河支队抗日故事改编的大型现代梆子戏《运河儿女》首场观摩演出在徐州市苏汉大剧院开演。

《运河儿女》以运河支队女侠梁巾侠和烈士王脉凤为人物原型,塑造了一位新人物——梁脉凤。全剧展现了梁脉凤由一名普通农家妇女成长为杀敌报国英雄的感人事迹,谱写了一曲气壮山河的英雄之歌。剧中,张母哭子、脉凤别女、脉凤英勇就义等几场戏感人至深、催人泪下。

梆子戏《运河儿女》中,梁脉凤哭别女儿

(三)运河支队抗日纪念馆

位于江苏省徐州市贾汪区江庄镇卧龙泉生态度假园,内有王脉凤烈士事迹介绍,一半身铜像,一纪念碑。

位于运河支队抗日纪念馆内的王脉凤烈士纪念碑

（四）王脉凤：刘胡兰式的女英雄

2019年10月21日，江苏学习平台推出署名闫丽的文章《王脉凤：刘胡兰式的女英雄》，介绍了王脉凤的生平经历和主要英雄事迹。

王脉凤(1918—1940)，女，又名王凤，山东省峄县人，幼年时全家迁至江苏省徐州区贾汪县。王脉凤思想进步，不受封建礼教束缚。1939年，她参加八路军运河支队。为了了解敌人的动向，摸到准确的情报，运河支队派王脉凤打入贾汪煤矿为日伪军洗衣做饭，此间为运河支队传递许多情报。

1940年8月中旬的一天，江苏省徐州市贾汪镇北隅干土塘的气氛紧张异常。这里是敌人屠杀我抗日军民的刑场。四周的日伪军岗哨森严，如临大敌。岗哨圈内站着许多乡亲，他们心情沉重。不远处屹立着一位衣着褴褛、遍体鳞伤的青年妇女。她眼神里充满着坚贞与刚毅，用深情依恋的目光向乡亲们作最后告别。猛然间，她把头转向穷凶极恶的敌人，怒目圆睁，毫无惧色，从容地走向早已为她挖好的土坑。敌人蜂拥而上，慌乱地向坑内填土。这位成仁取义的烈士，就是我们的女英雄、运河支队派驻贾汪的地下情报员——王脉凤。她牺牲时年仅22岁。

王脉凤1918年出生于山东峄县杜安村(今属枣庄市台儿庄区张山子镇)的一个农民家庭。她家贫如洗，上无片瓦，下无寸地，借居邻人房屋，靠父亲做小买卖糊口。1935年，17岁的王脉凤被迫卖给江苏省铜山县魏集村张姓地主为妾，从此更落入火坑。艰难的岁月，屈辱的生活，铸就了她特有的刚烈性格。1939年，她毅然从张家出逃，回到杜安集娘家。

时隔不久，共产党领导的八路军陇海南进支队铜滕峄邳边联办事处成立。王脉凤在爱国人士龚效鲁及其子共产党员龚纲鏊的教育启发下参加了八路军，担任了运河支队驻贾汪办事处的地下情报员。在此期间，她利用合法的居民身份和经商为掩护，出入贾汪日伪军据点，周旋于敌伪之间,多次巧妙地获取日伪军外出"扫荡"的情报,为我军反"扫荡"的胜利做出了重要贡献。

贾汪镇是徐州市北的一个矿区。日军为了控制贾汪煤矿,掠夺煤炭资源,实现其"以战养战"、永久占领中国的图谋,派了一个中队的日军驻守矿区。另有数百人的伪矿警队驻在贾汪镇圩子里。

1940年8月,运河支队二大队为了惩治敌寇鹰犬和筹集经费,决定袭击贾汪镇。党组织利用王脉凤的关系,多次派运河支队侦察参谋谢绍唐去贾汪实地侦察,并与王脉凤了解的情报汇总,制订出里应外合夜袭贾汪镇的战斗计划。

这天,炎炎烈日肆虐着大地,蝉儿在树上不停地鸣唱。王脉凤根据上级指示,特地出来接应我武装人员。只见她斜端着盛满衣服的洗衣盆,款步来到北门外池塘边,轻盈麻利地弯下身子,卷起袖子,洗起衣服来。她不时抬起头,用手撩开垂在脸上的秀发,擦把汗,其间似无意地向前看一眼,明亮的眼睛里透露出机警和果敢。不多时,远处走来两个头戴草帽的"庄稼汉"。他们是我运河支队二大队的战士王茂宣、孙绵成,奉命乔装打入贾汪,做夜袭贾汪的内应。他二人见四周无人,径直走过王脉凤身边,相互递了眼神,便匆匆向贾汪走去。这时,两支乌黑锃亮的手枪已经转到王脉凤手里。王脉凤迅速而沉着地把手枪放进洗衣盆,盖上衣服,端起洗衣盆,从容地走过敌人的哨卡。两名战士隐蔽在王脉凤的住处。夜里,战斗打响,在王茂宣、孙绵成的配合下,战斗获得了全胜,共俘获敌伪30余人。可是,不幸的事情发生了。部队撤出贾汪后,日军特务和伪警察对贾汪镇进行了大搜查,在王脉凤家里发现了我军战士遗忘的草帽,王脉凤因此被捕。在关押期间,残忍的敌人对王脉凤施以种种酷刑,她一次次地昏死过去。然而她每次被冷水泼醒时,总是以怒目和蔑视回答敌人的淫威,始终咬紧牙关,不吐露半点真情。敌人无计可施,几天后,便在贾汪北隅附近杀害了她。

王脉凤——我们的巾帼英雄,离去已经很多年了,然而烈士的英名却永远为家乡人民所铭记。

（五）王脉凤视死如归

大牢里一片漆黑。王脉凤坐在一张烂席上想了很多：四岁女儿的笑脸，母亲倚门而望的神情，参加革命以来的经历，都一幕幕出现在她的眼前。她知道身份已经暴露，敌人不会放过她，为此做好了牺牲的准备。此刻，她似乎听到自己在党旗下的誓言，顿时热血沸腾，勇气倍增。她忘不了党和同志们对自己的关怀和教育，忘不了父母和乡亲们对自己的期望，她不由得握紧拳头喊道："不怕牺牲，为共产主义事业奋斗到底！"

不知什么时候，门咣当一声开了。她又被押到山本的办公室，面对一张张狰狞的鬼脸，王脉凤镇静自若，傲然挺立地蔑视着一脸奸笑的山本。"你的大大的年轻漂亮的有！只要你为大日本帝国的干活，前途的光明的有！"山本挤着笑脸说。

根据各种情况，山本已判定王脉凤是八路军的情报员。他想从王脉凤口中得到更多的东西，见王脉凤不说话，忙叫人搬过一把椅子，王脉凤看也不看，仍怒视着山本。

"你的，骨气的有，我的佩服佩服，说出你们的人，我的送你去上海享福的……"山本说了一通，见王脉凤仍一言不发，以为自己的中国话不好，就让翻译劝降。

瘦个儿翻译啰唆了半天，王脉凤还是一声不吭，只是望着这个汉奸表演。

无声的反抗更让敌人恼怒。

这时瘦个儿翻译擦了擦满脸的汗水，对山本叽里呱啦说了一阵，山本唰的一声抽出指挥刀抵在王脉凤的胸口上："你的良心大大坏了的！不说话的，死了死了的！"

王脉凤剑眉倒竖，两眼喷火，逼得山本倒吸了一口凉气。

山本从未见过如此不怕死的女人："我的,要你说话的,说话的!"山本吼着用刀尖把王脉凤胸前的衣服挑开一道口子,接着发出一阵淫笑。

"畜生!"王脉凤声若狮吼。

"哟西!你的开口了,快说出你的人,不说的,我把你的衣服扒光的干活!"山本说着用刀尖又把王脉凤的上衣划开一道长长的口子,接着猛地一扯,就撕下来一大片……

"小鬼子,你不是人养的,姑奶奶和你拼了!"王脉凤大喊着用手拨开指挥刀,猛地飞起一脚,正踢在山本的要命处。

一声惨叫,山本就倒在地上。两个鬼子扑上来,扭住王脉凤猛打,王脉凤一口咬下一个鬼子的耳朵……

山本见王脉凤被三名鬼子摁在地上乱打,就举起钢刀要砍下去。他忽然想到徐州特务长山田要他撬开王脉凤的嘴的命令,那钢刀又缩了回去。他命令鬼子把王脉凤押回大牢。

六、长歌当哭

咏抗日英雄王脉凤

其一

生逢乱世命多舛,豆蔻华年历时艰。
身贱不移报国志,位卑未敢忘国难。
池鸟安知鸿鹄愿?雏凤之声鸣九天。
休言贫家浣衣女,生死线上斗日顽。

其二

中华大地多磨难,千年运河起烽烟。
顽敌肆虐山川碎,群魔跳梁奈何天。
幸有赤旗当空舞,金戈铁马救时艰。
为使乾坤从此改,女儿身死骨犹香。

其三

运河儿女起仓皇,铁道线上战豺狼。
抛家弃子赴国难,浣衣盆内做文章。
身陷囹圄志不悔,血沃沙场气犹长。
干土塘前千古恨,凤兮凤兮归故乡。

附：参考文献

1.《运河支队抗日史略》，童邱龙主编，山东新闻出版局出版发行，山东枣庄市出版办公室出版，1988年12月；

2.《鲁南峰影·运河支队专辑》，中共枣庄市委党史办公室、枣庄市出版办公室编，山东文艺出版社，1990年12月；

3.《台儿庄烽火》，中共枣庄市台儿庄区委党史办公室、枣庄市出版办公室编，1991年4月；

4.《驰骋苏鲁交界的"运河支队"》，郑学富，解放军报·长征副刊，2019年5月26日；

5.《运河支队英雄传》，梁成琛，中国国际文化出版社，2013年12月；

6.《巾帼英名　万世流芳》，宋学红，《枣庄文史资料》第五辑，1990年6月；

7.《枣庄市志·人物志》，枣庄市地方史志编纂委员会编，中华书局，1993年7月；

8.《智袭贾汪》，孙斌全、谢绍唐，《枣庄文史资料》第九辑，1991年2月；

9.《跨越百年——贾汪最具影响力的"十大巾帼英杰"》，刘兰云，《贾汪年鉴》，贾汪区史志办公室，2010年；

10.《台儿庄人物春秋》，杜宜俊主编，2015年1月；

11.《近代中国灾荒纪年续编》，李文海，湖南教育出版社，1993年；

12.《太平军北伐和北方的群众斗争》，张守常，北京师范大学学报（社会科学版），1979年3月。

第六辑　枣庄抗日六女杰之梁巾侠

一、梁巾侠小传

梁巾侠,是才情横溢的鲁南大地的女儿,是活跃在抗战前线的运河支队女英雄。

1916年,梁巾侠出生于枣庄市田庄村,后全家迁至峄县张林村(今属市中区永安乡)。梁巾侠是烈士的后代,其外祖父张文源是同盟会会员,1912年被张勋杀害,其父母都是爱国人士,在抗战中毁家纾难,卖地买粮筹枪,支援抗日队伍。在这样的家庭中成长,梁巾侠的血脉里涌动着爱国情怀,在峄县、济南等处求学成长的过程中,她的理想信念更加坚定。

1936年,梁巾侠在峄县文庙小学当教员,立志"培养'不愿做奴隶的人们'",自编教材向学生宣传抗日救国,并组织学生去田间地头宣传,张贴"反对内战、团结抗日"的标语。

1938年,梁巾侠参加了苏鲁人民抗日义勇总队宣传队,创作了《夺枪》等活报剧,演出后获得好评。

1939年,梁巾侠在家乡养病期间,配合朱道南,圆满完成了八路军一一五师运河支队的组建工作。

1940年年初,运河支队成立,梁巾侠任支队政治处宣传股股长。她活跃在战士中间,教小战士认字,宣讲革命道理,随时把战斗故事编成快板、鼓词演唱,鼓舞军民抗战到底。

1941年1月,梁巾侠被调到鲁南军区机关工作,其间,她以皖南事变为题材,创作了多幕话剧《骨肉恩》,由鲁南军区政治部文工团公演,受到好评。

1942年1月2日,梁巾侠任峄山支队秘书期间,支队所部被千余日伪军包围在毛楼村。在激烈的战斗中,支队长孙伯龙与多名战士牺牲。危急时刻,梁巾侠挑起指挥重任,与20余名战士同仇敌忾,以弱敌强,英勇顽强地打退了敌人的无数次进攻,毙伤日伪军百余人,一直坚守到傍晚我方增援部队前来救援。在毛楼之战中,梁巾侠展现了她卓越的军事指挥才能,被称为运河支队的"巾帼女侠"。

日本人投降后,梁巾侠先是被调往东北解放区工作,新中国成立后,随大部队南下,先后在江西大学中文系任副教授、在湖南大学任教务处长。

2002年11月,这位昔日的女英雄溘然辞世。但是,她的故事,她的情怀,会永远在鲁南人民的记忆里鲜活地存在。

二、英雄传奇

一位鲁南女子的革命传奇

这是八址年前的梁巾侠,短发乌黑,剑眉浓密,嘴唇微抿,鼻梁秀挺,眼睛明亮,凝视着前方。

隔着尘封的岁月,似乎还能感受到那眼神的力度,坚定,执着,充满希望,穿透时光,照亮远方。

(一)天生一位革命家

革命,是梁巾侠生命中的关键词。

革命,是她的理想,是她的使命,也是她的人生写照。

梁巾侠是革命烈士的后代,生长于一个革命传统之家,她的革命性几乎与生俱来,她是携带着变革现实、反抗一切不合理的使命降生的。母亲给她取名"巾侠",即巾帼英侠,是希望女儿继承外祖父的遗志,以"鉴湖女侠"秋瑾为人生楷模,勇敢无畏地打破一切腐朽没落的不合理、不平等的社会现实,致力于探索和建设一个和平安宁、自由平等、富足强盛的新社会。

巾帼豪杰

第六辑 枣庄抗日六女杰之梁巾侠 | 235

梁巾侠没有辜负母亲的希望，没有辜负这个深有寄寓的名字。抗战时期，她戎装裹红颜，持枪纵马转战于运河两岸，为保家卫国浴血奋战；和平年代，她奔波在祖国大地的教育阵地，催桃育李，披肝沥胆，为新中国的建设培养了无数栋梁。梁巾侠以她杰出的革命实践，完美地演绎了一个革命家的一生，向她挚爱的故乡，向她热爱的祖国，交出了一份满意的答卷。

梁巾侠的外祖父张文源是辛亥革命时期牺牲的一位烈士。张文源是峄县城北门里人，生性正直善良，同情劳苦大众，好打抱不平。1908 年，他因为反对知县谢曦不顾百姓死活、提高纳粮银价，被陷害入狱。在济南历城监狱中，张文源结识了同盟会会员杜子亭，接受了三民主义思想，并由杜子亭介绍，加入了同盟会。几年的狱中生活，张文源由一个旧式的侠义好斗的自发反抗者，变成了一个自觉革命的民主战士。1912 年春天，张文源出狱后，在家乡发展了 30 多人加入同盟会，成立了峄县同盟会分会，担任理事长，并且自筹经费开展革命工作，风风雨雨地跑遍各个村落宣传孙中山的革命思想，发动群众同土豪劣绅做斗争。当年，张文源为下井挖煤的窑户们争取权益，数次北上济南，与肆意盘剥窑户的资本家打官司。张文源不遗余力地四处奔走，争取社会各方对穷苦窑户的同情和支援。当年初冬，张文源第三次赴济南告状，恼羞成怒的枣庄煤矿花巨资贿赂了张勋的部下，在兖州站将张文源绑架，不久即秘密处死。张文源被害的消息传到峄县后，百姓无不震惊悲愤，在北关设坛对其祭奠七日，后葬于坛山。

梁巾侠的父母虽然是包办婚姻，却是一对追求进步、志同道合的革命伴侣。

父亲梁宗敏在北伐军到来之前，就接受了三民主义思想，秘密加入了国民党。北伐军解放峄县后，梁宗敏积极宣讲三民主义，注重扶助农工，倡导妇女解放。在枣庄国民党第二区分部任职期间，他大力支持煤矿工人为改善工作条件跟资本家做斗争；九一八事变后，梁宗敏在枣庄开展了爱国抗日宣传,召开市民大会,带领市民游行示威,高呼"打倒日本帝国主义""打倒卖国奸商",抗议当地资本家跟日本人做生意,并查封了日货。一些资本家因此对梁宗敏充满忌恨,诬告他支持工人暴动,有共产党嫌疑。不久,梁宗敏遭到国民党省党部的弹劾,被撤职。七七事变后,梁宗敏不惜卖地买粮,捐出自家防身的枪支,支持孙伯龙组织的抗日救国武装。

母亲张笑寒更是位令人肃然起敬的女性,一生执着追求革命,追求进步。

张笑寒自幼受父母影响,同情穷苦百姓,正直善良,热爱读书,追求进步,勇于反抗不合理的现实。父亲牺牲后,她立志为父报仇,并把自己原来的名字"耀寒"改成了"笑寒",意为:社会严寒,生活严寒,但是在严峻的生活、严酷的社会现实面前,仍然要毫无畏惧,傲骨铮铮,笑傲严寒。无论在家里,还是在社会工作中,张笑寒都毫不犹豫地与一切封建的丑恶的现实势不两立,坚决进行斗争。在婆家这个封建大家庭里,对于那些腐朽堕落的封建恶习,张笑寒都毫不妥协。听说大伯子要买个妓女做妾,她立即站出来反对,替只会忍气吞声的大嫂说理抗争。梁巾侠长到八九岁,按照当地的习俗该缠脚了,家里的长辈也一催再催,但张笑寒坚决地抵制住长辈的要求,绝不让女儿再遭受封建礼制的摧残,使巾侠成为峄县城里第一个天足的女孩。不仅如此,张笑寒还给巾侠剪掉了辫子,同时也剪掉了自己的发髻。这三件事在当时的峄县引起了不小的风波,惹来了不少风言风语与哂笑。但张笑寒意志坚定,坦然自若:笑去吧,只要是对的事情,我行我素!枣庄煤矿的资本家为了收买梁宗敏,曾经高薪聘请张笑寒去做事,被张笑寒坚决拒绝。

张笑寒牢记父亲"抗流辨是非,不与世沉浮"的遗言,一直坚持阅读进步书籍,订阅进步书刊,逐步提高了辨别是非的能力,有了自觉的国民意识与责任担当,认识到不仅要为父报仇,还要继承父亲的遗志,继续从事父亲的事业。北伐革命时期,没有任何组织授意,张笑寒自己去枣庄街上宣传革命道理。她拿着一面自制的三角纸旗,把要讲的口号写在上面,在枣庄的马道上站住,把小旗展开,就有人来看热闹,等聚到十个八个的时候,她就开讲,人围得越来越多。张笑寒的演讲很有针对性,看到女观众多,就先从妇女放脚说起,再讲妇女在社会、家庭里受的苦和罪,再讲妇女怎样才能不受欺压的道理,并进一步讲妇女也是人,也该爱民族,爱国家,因为帝国主义侵略,妇女受的迫害最深。若是男观众多,她就讲中国的国耻,中国人要爱国,要日本人退出山东。天冷了,有亲朋相劝:"别去了,你倒是图个啥?又没人管你吃、给你钱。"张笑寒坚定地回答:"图个做我该做的事,尽个国民的义务。"张笑寒还担任了峄县妇女协会主席,替被压迫、受虐待的妇女主持公道;同时,她还兼任了育幼院的董事,救济贫苦无依的儿童。1931年春,韩复榘进山"剿匪",许多山里人逃到山外,枣庄到处是无衣无食、无处存身的难民。梁宗敏与张笑寒出面,以妇女救济会的名义募捐放赈,救济安置了许多灾民。

张笑寒一心走革命的道路,为了明志励志,她不仅把自己的名字改为"笑寒",给大女儿取名"巾侠",还给第六个孩子取名"革革",表明夫妻俩要带着孩子们走革命的路。在大女儿梁巾侠很小的时候,她就教导女儿要走鲁迅笔下的革命者"过客"的路。为了保家卫国,张笑寒把几个都只有十几岁的儿女先后送进八路军的队伍里,投入抗战洪流。甚至张笑寒自己,虽然缠过脚走路困难,也按捺不住抗日救国的激情,把家里未成年的三个女儿和不满周岁的孙子与儿媳交给丈夫照顾,就义无反顾地到山里的抗日队伍,开办妇女干部培训班,为抗日救国工作培养了一批思想觉悟高的妇女骨干。

在父母的教育和影响下,梁巾侠养成了艰苦朴素、好学上进的精神,以及追求进步、追求革命的民主思想,并且自觉地肩负起了母亲的希望。在后来的回忆中,梁巾侠谈道:"母亲给了我很大的启迪。我知道外祖父是为了主持正义而牺牲的。我的名字的由来是母亲希望我成为秋瑾女侠一样的人才,是让我为死去的外祖父报仇。我突然间感到我大了许多,我的心情加重了,我感到有一种危难的义务。我渴望上学,1928年秋就读峄县完小插班成了五年级学生,可惜只上了一年。1929年随着大革命余波消散而化成烟云。这时母亲跟我说,希望我长大走'过客'的路,做这样的战士。自此,我读进步书籍,我诚心地做了鲁迅的私淑弟子,从他的文章中获得了信念和意志。"①

　　1928年,梁巾侠进入峄县完全小学学习,插班入五年级。在校长孙伯龙亲自任教的"党义"课上,学习了"革命职业家的修养",梁巾侠原本迷茫模糊的革命意识豁然开朗。她后来回忆道:"那好像是给我的人生探索上点了题:我的家庭影响——外祖父为国为民慷慨捐躯,母亲的拳拳于怀而无由实践的意愿,我自己从懂事以来就不甘于像见过的妇女一样,等候命运的安排,追求的是什么呢?明白了革命职业家,像他所讲的,为了湔雪国耻,铲除不平,解脱落后,创造文明……去奋斗终生。那是去从事一番掀天覆地的事业,必须全力以赴,以之为长进的动力,生命的归宿。多好啊,我抄下来,记住了:无限忠诚、独立工作的能力……"②此时的梁巾侠,虽然才只是个十一二岁的小姑娘,但已经积极地参加到各种反帝爱国的社会活动中。在"五三惨案"纪念大会、"五卅惨案"纪念大会、"沙基惨案"纪念大会等活动的自由演说环节,这个11岁的小姑娘每次都积极登台演讲,大声痛斥帝国主义、卖国贼和贪官污吏、土豪劣绅,号召人们"革命尚未成功,同志仍须努力"!

　　1929年,梁巾侠以优异的成绩考入济南正义中学,在此读了两年。时值九一八事变,国家陷入危难中,她一直悄悄地寻路。她从一位老师处借到一本《资本论》,如获至宝,爱不释手。因为是禁书,只能在夜间用黑衣蔽窗点蜡偷读,虽不甚懂,却使她接触了马克思主义。因为思想活跃,

---

① 傅永顺:《感谢梁老给我的教诲和帮助》,《巾帼豪杰梁巾侠》,政协枣庄市市中区委员会,2008年12月,第187页。

② 梁巾侠:《谜样的人物　雾里的征程》,《巾帼豪杰——梁巾侠》,市中文史资料第十辑,2008年12月,第53页。

梁巾侠后来被校方开除。

1933年,梁巾侠又考入南京女子法政讲习所。她充分利用这两年的机会,读了许多进步书刊,思想认识进一步提高。

1935年,梁巾侠从南京女子政法学校毕业。而此时,日本侵略者正加紧吞并中国的步伐。在民族危亡的时刻,梁巾侠满怀爱国热情,全力以赴地投入抗日救国的行列。

1936年,梁巾侠应邀到峄县文庙小学当教员,事先与校长孙伯龙约定,要培养"不愿做奴隶的人们"。她自编教材向学生宣传科学民主和抗日救国的道理,组织高年级学生去田间、地头宣传抗日救国,夜里把"反对内战、团结抗日"的标语传单贴到大街小巷。梁巾侠还编写了小歌剧《没有家乡的孩子》,表现失去家乡、四处流亡的沦陷区人民的悲惨凄苦境遇,组织学生排练。小歌剧先是在校园里演出,邀请家长市民观看,随后就走出校园,到市区、集市演出,获得观众热烈的反响,不仅在学生心里播撒了抗日爱国的种子,也很好地激发了当地群众的抗日爱国热情,为日后枣庄地区的抗日武装斗争打下了良好的群众基础。

1937年,抗日战争全面爆发,梁巾侠离开学校,义无反顾地投入抗战的洪流中。在苏鲁人民抗日义勇总队宣传队,她充分发挥自己的创作才华,创作了《夺枪》等活报剧,在抗日根据地演出,宣传抗日战士的英勇无畏;在鲁南军区机关工作时,她以"皖南事变"为题材,创作了多幕话剧《骨肉恩》,由鲁南军区政治部文工团公演后,激起了广大军民对国民党顽固派的强烈愤慨,以及对遇难新四军指战员的深切哀悼,表达了中国人民抗战到底的决心,受到干部战士的好评。

1938年,她接受共产党员朱道南的指示,在周营的白楼村,协助共产党员文立正举办了抗日干部训练班,为枣庄地区的抗日武装斗争培养了许多思想正、意志坚、作战勇敢、机智灵活的骨干力量。

1939年,受命帮助组建运河支队,她拖着大病初愈的虚弱身子,奔波在孙伯龙与邵剑秋的抗日队伍之间,穿针引线,宣传革命形势,宣讲革命道理,动用一切资源和力量,把这两支爱国抗日力量争取到八路军的抗日阵营中,为运河支队的组建贡献了自己的力量。

在运河支队,她是唯一的女战士,她挎枪骑马,跟随支队转战在运河南北,始终活跃在战斗前线。她写鼓词,说快板,把运河支队的战斗故事四处传扬,极大地鼓舞了当地百姓的抗战斗志,坚定了抗战必胜的信心。

1942 年,在毛楼村,峄山支队突然被千余日伪军包围,支队长孙伯龙壮烈牺牲,时任支队秘书的梁巾侠勇敢地站出来,机智灵活地指挥幸存的20 多名战士坚守村庄。在村民的全力支持下,梁巾侠带领战士们顶着敌人的密集炮火,机智地化解了敌人的毒气进攻,打退了敌人的多次进攻。战斗一直持续到傍晚,运河支队五中队在作战参谋王福堂的率领下前来支援,敌人溃退,毛楼村解围。

日本投降后,梁巾侠先是调往东北解放区参加土改,后随第四野战军渡江南下。新中国成立后,她先后在南昌市立中学、江西大学、湖南大学等单位任职任教,桃李满天下,源源不断地为新中国建设输送人才。1983 年离休后,她积极为运河支队建史,撰写了十几万字的回忆录。

"参加革命就是抱定了牺牲的决心,一天不死,总要革命。"这是梁巾侠 1944 年加入中国共产党时的宣誓。这个誓言,她恪守了一生。

2002 年,梁巾侠病逝,在追悼会上,她的女儿梁勉深情地说道:"我想起了一位伟人说过的话,做一个高尚的人,一个纯粹的人,一个脱离了低级趣味的人,一个有益于人民的人。母亲不就是这样的人吗?母亲走了,她用'热情、开朗、谦虚、善良'的大笔书写了八十六年的人生旅途,凭着'忠诚、执着、坚定、顽强'的信念,走完了六十四年的革命生涯。这就是一个共产党员,一个大写的人,让我们永远敬仰的妈妈。"[①]

在她身后,她生前工作的湖南大学党委对她如此评价:

---

① 梁勉:《在梁再同志追悼会上的答谢词》,《巾帼豪杰——梁巾侠》,市中文史资料第十辑,2008 年 12 月,第 158 页。

"梁再①同志一生追求革命,坚持共产主义信念,她是在日本侵略者大举进攻,中华民族面临危亡时刻参加革命的,一个进步的知识女性,投身于抗敌的战斗之中,至今在鲁西南地区,还有许多她英勇作战的事迹流传。她恪守入党时的誓言:'参加革命就是抱定了牺牲的决心,一天不死,总要革命。'进入和平建设时期后,即使身处逆境,她也从不动摇,坚持实事求是,对党的事业无限忠诚……耿耿丹心,可对日月!

"梁再同志一生淡泊名利,满腔热情地为党的教育事业努力工作。她在东北的战时状态下坚持教学,带出来一大批南下的青年知识分子。

"梁再同志一生严于律己,清正廉洁……病危期间,她对女儿说:'我清清白白地来,清清白白地走。'她廉洁奉公、艰苦朴素的革命精神就像一条红线贯穿她整个生活历程。

"梁再同志是一位坚定的共产主义战士,她经历了长期的革命斗争的严峻考验。无论是在革命高潮时期,还是在艰苦的环境下,无论身居领导职位,还是身处逆境,直至生命停止的那一刻,她都坚信党,坚信群众,坚信共产主义事业必定胜利,始终保持着积极的生活态度和革命乐观主义精神。

"梁再同志以她光辉的一生和高风亮节,为我们树立了榜样。在进行现代化建设的今天,我们应该学习她追求真理、为共产主义理想奋斗终生的信念,学习她在困难和挫折面前坚韧不拔的毅力,学习她实事求是、刚直不阿、秉公办事的品格;学习她清正廉洁、严于律己、淡泊名利、不计个人得失的情操。

"今天,我们在此悼念梁再同志,回顾梁再同志革命的一生,我们应当深深地感受到她的人格魅力。我们一定要继承和发扬老一辈革命家的优

---

① 梁再,是梁巾侠在新中国成立后所用的名字。

良传统。"①

是的,她大公无私,爱护群众和同事。在"反右"运动中,她极力保护学校的广大教师,甚至在为凑齐上级交给湖南师范学院的运动对象人数时,她主动表示:"不用找别人了,就算我一个吧。"

是的,她两袖清风,艰苦朴素,崇尚节俭。她的衣物总是"物尽其用",从不轻易抛弃。担任湖南师范学院宣传部部长期间,她穿的一双布鞋,补了又补,前后都打了补丁,鞋底下还钉了胶皮掌。"梁部长的鞋"成为一则节俭的佳话,在校园里广为流传。

是的,她一向谦逊,从不贪功。1990年,她回故乡,在接受记者采访时,听到记者"梁老,请您谈谈战争年代的事好吗?您是如何指挥战斗,如何成为英雄的?"的提问,梁巾侠的脸上突然严肃起来。她郑重地说:"同志,你搞错了,我不是什么英雄,真正的英雄是我们的人民,因为历史是人民创造的……我不是什么奇女、英雄,请千万不要在文章中过高地颂扬我,要写就写写我们的战士吧,他们才是真正的英雄。文史资料中所写的毛楼之战把我描述得太活跃、太能干了。其实,我哪里是在'指挥'?那时确实是'人自为战''众志成城',我跑来跑去,无非是在战友中间传达他们的战斗方法与意见。"②

梁巾侠用一生践行了她的革命理想与革命誓言,是一位当之无愧的革命家。

(二)为组建运河支队尽心尽力

多年以后,家住周营镇牌坊西场的傅永顺先生,仍然清晰地记得13岁时第一次见到梁巾侠的情景。

---

① 中共湖南大学党委:《执着一生 垂范千秋》,《巾帼豪杰——梁巾侠》,市中文史资料第十辑,2008年12月,第151页。

② 宋学红:《要多写我们的战士——原运河支队女战士梁巾侠回乡专访》,《巾帼豪杰——梁巾侠》,市中文史资料第十辑,2008年12月,第230页。

他回忆道:"早就听父亲说过,梁巾侠是八路军一一五师运河支队的宣传股股长,很有才能,我一直很想见识见识。1940年春末的一个上午,我遇上了,可是,见了面我很愕然。你看她,好像是个男青年,小分头,灰军装,打裹腿,带襻鞋,很整洁,真是白面书生,男女莫辨,她与我母亲说话非常动听,听声音才知道她是女的。她平易近人,相貌堂堂,非常精神,一点架子也没有,说了一阵子问好的话即向南走去。她去后,我母亲对我说,她,就是随朱道南政委出山的女干部,就是动员孙伯龙参加八路军的梁巾侠。"

是的,如当地百姓口中所传颂的,梁巾侠为运河支队这支抗日武装的组建,做出了自己的贡献,在协助朱道南组建运河支队的过程中,起到了不可或缺的作用。

1939年秋,八路军一一五师一部在代师长陈光、政委罗荣桓的率领下,来到抱犊崮山区。一一五师坚决执行党中央和中央军委的指示,坚持抗日民族统一战线,广泛发动群众,帮助地方党组织发展抗日武装,开辟了鲁南地区抗日斗争的新局面。在这有利的形势下,时任峄县动委会主任的朱道南与县委书记纪华及其他县委成员商量,决定把在峄县两岸活动的几支抗日武装,在抗日民族统一战线的旗帜下统一起来,组成我党直接领导的抗日队伍,并把此项工作交由朱道南负责。

其时,活跃在运河南北、真正有志抗日的队伍主要有四支:以孙伯龙为首的在家乡小李庄组织的抗日队伍;以邵剑秋为首的在周营发展的抗日武装;胡大勋、胡大毅在铜滕边区组建的运河大队与铜山独立营;孙斌全在涧头集组建的六区抗日武装。这几支武装番号不一,但其领导人大都是追求进步、不甘做亡国奴的爱国人士,部队成员多是朴实爱国的工人、农民和进步青年。如果将这些武装统一起来,将会对运河两岸的抗日斗争产生重大作用。

朱道南在这一地区长期从事党的工作,对本地区各方面的人物及抗日形势了如指掌。他深深明白,这四支队伍中,铜山的胡大毅与涧头集的孙斌全都是共产党员，队伍基本已在我党的掌握之中，因此，此次工作的重点，就在于做通孙伯龙、邵剑秋这两支队伍的工作。邵剑秋部，早前应其要求，已经安排了共产党员文立正在那里做思想政治工作；那么，如何顺利做通孙伯龙的工作呢？朱道南的心里早就有了一个合适的人选：梁巾侠。

首先，梁巾侠是个追求进步、一心爱国的热血青年，任何有利于抗日的工作，她都会竭尽全力，义不容辞；其次，朱道南既是梁巾侠参加革命工作的介绍人，也是梁巾侠的族亲长辈，与梁巾侠的父母素来交好，朱道南是看着这孩子成长的，了解这孩子的人品，欣赏这孩子的才华能力，于公于私，梁巾侠都可以成为朱道南最值得信任的得力助手；最后，也是最重要的一点，梁巾侠与孙伯龙的关系也是相当密切熟稔。北伐军到峄县初期，孙伯龙曾经主持国民党县党部工作，积极支持枣庄矿区的工人运动，创办农民训练班，倡导妇女解放等，曾是梁巾侠父母志同道合的朋友与同事；孙伯龙主政时，非常重视文化教育工作，亲自担任峄县完小的校长，并且亲自教授学校的"党义"课程，讲授"革命职业家的修养"，正是这位校长老师，把革命的种子播撒进了少女梁巾侠的心田里。孙伯龙是梁巾侠十分敬重的老师，而好学上进、才华初露的梁巾侠，也是孙伯龙十分器重的学生。1934年，孙伯龙回乡创办文庙小学，自任校长，聘任了梁巾侠做教务主任与语文老师，原本的师生变成了同事，二人志同道合，配合默契，把文庙小学办得有声有色，并且借助这个阵地，大力宣传抗日救国的道理。再者，梁巾侠与孙伯龙手下的那支抗日队伍也有着深厚的道义关联。这支队伍起事之初，梁巾侠的父母给予了极大的支持，不仅捐出了自家的护家枪支，还卖地买粮，为这支部队提供食宿，这支抗日武装经常驻扎在梁巾侠家里进行训练。

显然，请出梁巾侠做助手，出面做孙伯龙部的工作，是最稳妥有把握的。接受任务后，朱道南连夜赶回老家北于村，给梁巾侠写了封短信，派人送到张林村，请她即刻来北于村。

此时的梁巾侠,才从病魔手里挣脱出来。日军在莲花山大"扫荡"时,梁巾侠正在苏鲁战地服务团工作。条件艰苦,风餐露宿,梁巾侠伤寒、疟疾、痢疾并发,病倒在行军路上。上级发给她15元路费,安排她两个年幼的弟弟护送她回家养病。三疾并发,在缺医少药的情况下,几乎夺去梁巾侠年轻的生命。母亲见到她时,她已经奄奄一息,不能睁眼,不能动弹,一向坚强的张笑寒心疼得忍不住泪水涟涟。家人把她藏在后院用来储存白菜的地窖里,请了医生诊治。生命是顽强的,在家人的悉心照料下,梁巾侠的病情慢慢好转,但一头秀发全部脱落,眼睛一度失明。运河支队的老战士曾传言梁巾侠剃光头挎双枪骑大马的形象,本文开头傅永顺先生见到的梁巾侠小分头而男女莫辨的形象,并不是梁巾侠要特立独行,追求所谓的中性化风格,实则是因为这次大病,掉光了头发,后来才慢慢留起来的。

朱道南是梁巾侠敬重的革命者,也是她参加革命的介绍人,明知她在病中,还如此急迫地招她前去,巾侠心里明白,必定有重要事情。虽然大病未愈,眼睛看不清,走路晃荡,梁巾侠仍然毫不犹豫地跟上来人连夜去了北于村。只是,身体实在太虚弱,二十里路,她走了小半夜。

见了面,询问了巾侠的病情,朱道南便细致地讲述起山里山外各地各部的局面,使巾侠对当下的抗日形势有个总体了解,然后道:"地委的意见,你不要回战地服务团了,回到寨山前去,尽快地促成伯龙和剑秋的队伍编入八路军,这样,运河南北就会出现一个新局面。"说到这里,朱道南停了下,看着面色苍白的巾侠,体谅地道,"你……现在行吗?"

这么重要的事情交给自己,巾侠有些意外,她迎着朱道南的目光,道:"我的身体没大碍了,只是,组建部队,我能行吗?"

朱道南道:"你跟伯龙很熟悉,可以帮我做伯龙的工作。"

"哦!"巾侠沉思片刻,认真道,"我当然愿意尽力,可是,我该怎么做呢?"

"别着急!我们来商量一下。"

经过细致思忖,二人商定了梁巾侠先去孙伯龙处做工作的具体方案:一是告诉孙伯龙,要他先跟反共顽固派刘毅生保持一定距离,部队驻防不要与刘部靠得太近;二是了解一下山前各方面的情况;三是最重要的,即疏通孙伯龙加入八路军的问题。如此,朱道南再出面做孙伯龙的工作就更有利。

另外,朱道南还安排梁巾侠好好配合文立正在邵剑秋部的工作。

孙伯龙是峄县四区李庄人,1926年考入黄埔军校,为第六期学员,在校加入国民党,1928年随北伐军返回峄县,任峄县国民党党部常务委员、书记长。由于他性情耿直,爱国心、正义感未泯,对国民党官场的腐败现象深恶痛绝,屡次被排挤降职。1934年,他弃职返乡,在峄县城筹办了文庙小学,自任校长,并聘请梁巾侠等任教。抗日战争爆发,他激于民族热情,毅然在家乡拉起武装,由于他长期与国民党上层的渊源关系,仍被委任为国民党第五十支队参谋长。但是,他对支队司令黄僖棠不抗日、只反共的立场极为不满,断然脱离黄部,带队返回周营一带。

接受了任务,梁巾侠立即动身赶往孙伯龙的驻地。在周营,梁巾侠先跟孙伯龙谈了八路军一一五师已进到抱犊崮山区,本地区的抗日形势发生了巨大变化,原来的抗日义勇总队已经归建一一五师,编为苏鲁支队。说完,梁巾侠看着他,问:"你考虑,你部怎么办?"孙伯龙听后,以肯定的语气道:"那只好一致行动!"孙伯龙沉思片刻,又说,"我在国民党内混了十几年,看透了他们的腐败。要抗日,只有参加八路军才是正道。"孙伯龙还表示,可以马上联系好友邵剑秋部,两支队伍共同参加八路军。孙伯龙并很快给朱道南写了回信。

疏通了孙伯龙部的工作,梁巾侠异常高兴,立即带着孙伯龙的想法,马不停蹄地奔赴邵剑秋部的驻地,完成朱道南交给她的另一项任务。

在潘楼,朱道南的另一位助手文立正也领受了任务,与邵剑秋进行了彻夜长谈。

邵剑秋是峄县四区湾槐树村人,少年即出外读书,为人正直,追求进步。1931年九一八事变后,他参加过学生的爱国运动——南京示威团,敦促蒋介石出兵抗日;1933年,他弃学从军,投奔了冯玉祥在张家口组织的抗日同盟军,在西北军的干训队受过训,对日寇的侵略深感痛心疾首;后来,邵剑秋考入梁漱溟主办的山东乡村建设研究院;1935年,邵剑秋因参加反对峄县官府滥捕群众的运动,被怀疑为共产党,遭到通缉。七七事变后,邵剑秋回到家乡,拉起一支抗日队伍。

听到文立正说八路军一一五师已来到抱犊崮山区,邵剑秋的心情十分兴奋。第二天,梁巾侠赶到,转告了孙伯龙的想法与态度,邵剑秋立即召开了所部的中层干部会议,当场亮明了态度:"现在,一一五师已经到达抱犊崮山区,义勇总队已归一一五师建制。八路军抗日坚决,大家有目共睹,平型关大捷就是这支部队打的,震动全国呀!现在,朱道南动员我们参加八路军,我考虑,只有参加八路军,才是正确的选择。"讲到这里,会场顿时活跃起来,众人议论纷纷,绝大多数表示同意参加八路军,唯独二中队长褚思珍沉默不语,持保留态度。

二中队长褚思珍的犹豫,一时阻滞了邵剑秋部参加八路军的步伐。想来朱道南的安排真是缜密,这时候,特意赶来的梁巾侠派上了用场。说起来,这位中队长还是梁巾侠的族亲长辈,按照辈分,巾侠该称他为舅姥爷。得知这个情况后,巾侠主动请缨,亲自到褚思珍的中队部,跟舅姥爷细细分析当前鲁南地区的抗战整体形势、运河两岸的日伪顽犬牙交错的复杂形势,讲明八路军坚决抗战、保家卫国的态度,以及坚持抗战、争取胜利的决心。巾侠轻声细语,态度真诚,跟二中队长足足交谈了两三个小时。谈到后来,外甥孙女的话让褚思珍不由得不信服:"巾侠,照你说,这八路军干得?""那当然,干得!"梁巾侠的回答既恳切又干脆。

就这样,邵剑秋部的上下思想达成一致,愿意集体加入八路军一一五师。邵剑秋亲自给朱道南写了一封长长的回信。

梁巾侠没有辜负组织的信任,经过几天的紧张奔波,终于顺利完成了上级交给的重要任务。带着孙伯龙、邵剑秋的信,梁巾侠按捺不住心头的喜悦,立即赶往北于村向朱道南复命。连日的奔波,虽然很累,但她神清气爽,脚步也轻快了许多。

上级很快批准了这支部队的整编方案,并将这支新成立的部队正式命名为:八路军一一五师运河支队。

1940年1月1日,运河支队成立大会在周营镇召开。在会上,朱道南传达了罗荣桓政委的指示,宣布八路军一一五师运河支队正式成立,并宣读了师部对运支领导成员的任命:任命孙伯龙为运河支队支队长,朱道南为政治委员,邵剑秋为副支队长,胡大勋为参谋长,文立正为政治处主任,梁巾侠为政治处宣传股股长。干部战士们听到这些消息,无不欢欣鼓舞。梁巾侠立即起草了运河支队的成立文告,颇擅书法的一大队大队长邵子真当场挥笔书写十几张,分别张贴在周营镇和阴平镇醒目的墙壁上。

文立正 　　　　孙伯龙 　　　　邵剑秋

自此,一一五师运河支队这面抗日大旗就飘扬在运河两岸,运河支队活动在峄、滕、铜、邳地区,一幕又一幕的抗日壮举,便在这里展开。

抗战时期,运河支队历经大小战斗凡九百役。杜庄、朱阳沟、上郭村、毛楼、十里沟等战斗,日军或数百,或上千,进攻村落,施放毒气,我军仅数十或二百人坚守,而每战皆歼敌数十至百人。弯槐树战斗日军上千,我仅百余,肉搏坚守,歼敌甚多;克塘湖据点,消灭敌军一分队;闯峄城黄学民营,刀斩伪军百余;智进枣庄锄奸,活捉维持会会长;常桥伏击,歼灭日寇中佐;打贾汪、柳泉,各俘获敌军数十;袭台儿庄车站,生擒日寇站长;攻利

第六辑　枣庄抗日六女杰之梁巾侠 | 249

国驿铁矿,毙俘敌伪数十;耿集地区两次反击,斩获伪军七百。

始终坚持于敌伪腹地,敢于鬼子头上跳舞,南锁山东之大门,北辟延安之通道,日寇闻风丧胆,人民赖以定心。运河支队健儿,功勋卓著,青史永垂。

1991年,梁巾侠在枣庄运河支队抗日烈士纪念碑前留影

运河支队的成立,倾注了梁巾侠与她的战友们的心血和汗水。

梁巾侠,这个当时20出头的鲁南女子,与这支令日寇闻风丧胆的部队一起,载入了鲁南地区抗日斗争的史册里,也在鲁南老百姓的口碑里,四处流传。

1991年5月,在枣庄运河支队抗日烈士纪念碑立碑之际,梁巾侠写下《诉衷情》一诗:

雄碑兀兀诉当年,冲敌没遮拦。东西并指南北,谈笑傲艰难。承伟业,卫乡关,挽狂澜。拼将热血,荐彼轩辕,奠此江山。

(三)敢在鬼子头上跳舞的女英雄

"敢在鬼子头上跳舞",是——五师政委罗荣桓对运河支队的指示和要求。

"敢在鬼子头上跳舞",也是这支铁血游击队的光荣,它写在运河支队的抗日史中,也被各类史志广泛引用,可以说已成为运河支队的标签。然而,光荣必与艰险并存。在鬼子头上舞蹁跹,听起来生动形象,可是,侵华日军的凶残众所周知,则非经历难以想象。运河支队在鬼子圈里盘旋,动辄被数倍、数十倍的日伪包围,拼死鏖战,夜里行军,白天打仗,是家常便饭。若非心存家国、无所畏惧的真勇士,难以坚持。

梁巾侠,当时是这支铁血游击队里唯一的女战士。

1938年6—10月,中国军队与日本侵略者在武汉地区展开了一场会战,以伤亡40万余人的代价,毙伤日军25.7万余人,大大消耗了日军的有生力量。日军虽然最终攻占了武汉,但其速战速决、逼迫国民政府屈服以结束战争的战略企图并未达成。自此,日军停止了对正面战场的进攻,兵力源源不断地转向华北战场,重兵进驻城市和交通线,加强敌后战场的进攻。1939年,日军提出在华北实行强化治安、巩固华北的方针,颁布了"治安肃正计划",极力巩固其在占领区的统治。

枣庄既是重要的煤矿区,又是控制鲁南山区的外围屯兵要地,南面的贾汪煤矿、利国驿铁矿都是日军"以华制华、以战养战"方针必须确保的资源基地。因此,日军在此地布置了重兵驻守,徐州及其以东陇海线驻有敌军二十一师团,津浦线韩庄北至济南段和临枣支线驻有独立第十混成旅团。1939年10月,日军为掠夺枣庄矿区的煤炭资源,修复了从枣庄经台儿庄到陇海路赵墩车站的铁路,沿线的泥沟、台儿庄、车辐山各站点都进驻了日军。由此,峄滕铜邳边界地区处在四面皆为日军重要点线的包围之中,运河支队在此开展抗日活动,环境十分严峻。

在运河支队成立时,八路军一一五师政委罗荣桓指示道:"抱犊崮山外的运河南北地区,邻近徐州,西傍津浦铁路,南接陇海铁路,历来为兵家必争之地。我军如果能在这一地区竖起八路军的旗帜,巩固和发展起来,这将有利于华北、华中以至延安的交通联络,意义十分重大。但是,日军和国民党也十分重视这一地区,宋太祖赵匡胤说过:'卧榻之侧,岂容他人鼾睡？'一旦在那里树起八路军旗帜,我们的部队发展壮大起来,必然要同日、伪、顽展开尖锐的斗争,这支队伍就一定要顶得住,要敢于在鬼子头上跳舞。"①

按照上级指示,运河支队在运河两岸竖起抗日大旗,在日寇强大的兵力之下,在密集的日伪据点之间,机动灵活地展开抗日游击斗争。他们克塘湖据点,打贾汪、柳泉,袭台儿庄车站,攻利国驿铁矿,勇敢地"在鬼子头上跳舞",对日伪势力进行了有力的打击,坚定了鲁南军民抗战必胜的信心。

运河支队的袭扰对鬼子的统治造成了巨大威胁,自然遭到了日本侵略者的疯狂报复。日军的"扫荡"奸淫烧杀,非常残酷,诚如梁巾侠在《杜庄大捷鼓词》中所描绘的一幅人间地狱般的场景:"这伙贼浩浩荡荡出贾汪,一路上奸淫烧杀又抢粮。东北乡和平居民无准备,霎时间鸡飞狗跳遭了殃。一家家扶老拖幼四路跑,鬼子兵到处搜索'花姑娘'。他那里嗷嗷叫着紧追赶,小脚女跑不快。有一位寻死不迭轮奸死,还有个老头抢护被刺伤。狗强盗拿着屠杀谝本事,山脚下活劈三岁的小儿郎。到庄里有用的东西他都抢,还更要抓鸡打狗杀猪羊。单等到吃饱喝够歇足了劲,他这才牵牛拉车装上粮。临走时随手放上几把火,到处里浓烟烈焰吞草房。到处里哀鸿遍野血满地,到处里寻爷唤女哭亲娘。"

日军对我运河支队抗日健儿的"围剿"也非常凶狠。运河支队的某一部队经常被数倍、数十倍的敌伪突然包围在某个村落,日军或数百,或上千,大炮轰炸,施放毒气、燃烧弹,我军仅数十人或百人与敌人浴血激战,肉搏坚守,每战皆歼敌数十至百人,杜庄、朱阳沟、上郭村、毛楼、十里沟、湾槐树等战斗,无不如此。这支队伍的特点,是活动在日寇强大的兵力与密集的据点之间,打敌我悬殊、以一当十的险仗多,英勇牺牲的官兵

---

① 朱道南:《抱犊崮外展红旗》,《抗战楷模——孙伯龙烈士专辑》,薛城文史资料第四辑,1991年12月,第77页。

也非常多。巨梁桥之难,运支二十八壮士英勇殉国;微山岛之战,近百名运支健儿壮烈捐躯;沙路口之战,运支二十八勇士抗击上千敌人,仅一人生还。

在如此艰苦、残酷的条件下,能够坚持抗日斗争,必是需要非凡的勇气和胆量。而梁巾侠是当时运河支队里唯一的女战士,跟随部队转战于运河南北,无畏枪林弹雨、炮火烽烟,始终活跃在战斗前线,写鼓词,编快板,编写抗日歌曲,为战士们鼓劲加油。

作为抗日部队的女战士,梁巾侠本身对激发当地群众的抗日热情就有着显而易见的作用。

在一位运河支队老战士的回忆中,就有这样一件事:村民徐继平因为14岁的儿子徐世才擅自参加了运河支队,去找孙伯龙,想用自己换回儿子。在支队部,支队长孙伯龙亲切地向他宣讲了抗日救国的道理:"无论是什么人,只要他是真心实意地来抗日救国的,我们都竭诚欢迎。我们这支队伍是共产党领导的,绝不是为哪个人谋取私利和为哪一家看家护院的私人武装,它是以《三大纪律八项注意》为行动准则,为祖国而战,为人民而战的军队。我们部队里官兵一律平等,大家同甘苦,同命运,共呼吸,情同手足,亲如兄弟。在我们这个队伍里谁有什么样的技能和才华,都能发挥出来,用得上。"

徐继平对孙伯龙的话深表赞同。这时候,副支队长邵剑秋笑微微地接上说:"徐大哥,我们部队里不但欢迎更多的男青年、壮年来同我们一起抗日保国,而且还欢迎有志气、有远见、有强烈爱国热忱的女青年。现在上级已经给我们派来了一位女干部。"邵剑秋说到这里,顺手指向从大门进来的一位女军官。只见她穿着一身非常可体的灰色军装,新式军帽下罩着乌黑的齐耳短发和白皙的面庞,腰扎一条铜环栗色皮带,膝下打着整齐的人字形裹腿,英姿飒爽,活泼大方,朝气蓬勃。

邵剑秋说:"你知道她是谁吧?她叫梁巾侠,芳龄22岁,她原来是咱们峄县地区的名门闺秀,现在已经参加共产党领导的八路军了,上级派她和文立正同志来帮助我们教育和训练部队,你刚才听到部队在外边大树下唱的那支嘹亮的军歌,叫《三大纪律八项注意》,就是她教的。"

这次谈话,成为徐继平走上革命道路的起点。他不仅被孙伯龙、邵剑秋坚如磐石的抗日决心和亲切的话语所感动,也被这位才华横溢、英姿飒爽的女军人所感动。一位年轻女子都不惧危险,勇于抗日,无疑令这些饱受日本人欺侮蹂躏的男子汉汗颜。结果,徐继平不仅没有把儿子拉回去,还带动了数位乡邻青年携枪加入了运河支队,壮大了抗日队伍的力量。

杜家庄大捷是运河支队成立后与日军打响的第一仗。

1940年2月15日拂晓,运河支队第一大队第三中队在涧头集西的杜家庄,与从贾汪出动的日伪军遭遇。敌人的数量、装备都占绝对优势,我军被重重包围在村里。在此情况下,我运支的指战员沉着应战,英勇机智地挫败了敌人的多次进攻,最后打得敌人逃窜回贾汪。我军以弱胜强,首战告捷。

杜家庄大捷当晚,支队首长赶到杜家庄,对这些抗日勇士进行慰问。梁巾侠与首长同行,现场对战斗的具体经过进行了采访。听了战士们七嘴八舌的叙述,才思敏捷的宣传股股长当场编出一段快板:"游击战、运动战,鬼子一听打战战。妄想偷袭杜庄村,大炮毒弹逞凶残。运河支队猛如虎,大刀劈砍敌丧胆。东边剁,西边砍,鬼子哇哇哭皇天。丢下尸体二百多,夹着尾巴没命窜。军民团结拍手笑,运河支队美名传。"这段快板生动活泼,朗朗上口,深受战士们喜欢,很快在部队中传唱起来。

当天夜里,被胜利的喜悦鼓舞着,梁巾侠兴奋得难以入睡,迅速对这些生动鲜活的材料进行了整理,又连夜写出了《杜家庄战斗鼓词》,以当地群众喜闻乐见的艺术形式,把杜家庄大捷的战斗经过生动鲜活地说给群众听。运河支队的副官褚思雨参军之前是个说书艺人,拿到鼓词后,第二天就背上小鼓,到涧头集、古邵、阴平、周营等集上演说,深受群众欢迎。当地群众本来都亲身经历了那一整天激烈的炮火,听了鼓词,都把当时的惊恐转变成抗日的奋勇情绪。一时间,运河支队声威大震,运河南北军民的抗日热情空前高涨。各村各乡纷纷赠送慰劳品,青壮年主动参军,民心大振,士气大振。

朱阳沟之战,是运河支队抗日史上的一次重要战事,也是梁巾侠第一次参加的战斗。

1940年10月11日,驻守在徐州的日军二十一师团2000多人乘火车出动,向我运河南北的抗日游击部队进行合围"扫荡",在涧头集南侧的库山,与我多支抗日武装展开激战。运河支队的领导机关、直属部队与一大队黄昏时撤下库山,在朱阳沟村宿营待机,天还未亮,就被尾随而至的日军第十混成旅1000多日军并1000多伪军从四面包围,朱阳沟战斗打响。

整整一天的激战,使梁巾侠得到了锻炼。战斗中,她不怕牺牲,冒着日军猛烈的炮火,跑前跑后救护伤员,帮助战士加固工事,协助指挥员监视敌人。作战小憩时,她仍不忘进行战地鼓动工作,为战士说快板,讲故事,鼓舞斗志。在战场上,才思敏捷的梁巾侠利用熟悉的小调,唱出现编的歌曲:"上好子弹,沉住气儿,三点一线,一枪撂倒一个敌人。我们是铁打的抗日队伍,我们是打不垮的八路军……"战士们听了很受鼓舞,士气高昂。在鼓动士气的同时,梁巾侠还在战士的指导下,手拿步枪,择机射杀敌人。此次战斗,运河支队以伤亡50人的代价,打退日军第十混成旅团千余人20多次进攻,杀伤日伪军300余人,胜利突围。

朱阳沟战斗后,支队参谋长胡大勋为表扬梁巾侠在战场上毫不畏惧、边战斗边宣传鼓动的勇敢精神,作诗《赞梁巾侠》:"巾侠本姓梁,好个女儿郎。襄助支队部,战斗有奇方。朱阳保卫战,抚鼓助战忙。来往火线上,精疲神又伤。今日梁红玉,爱国把名扬。"

毛楼守卫战,是梁巾侠抗日生涯中的华彩篇章。在支队长牺牲的情况下,她独立指挥一支20多人的小部队,打退敌人多次凶猛的进攻,以弱胜强,从清晨坚守到黄昏,最后胜利突围。她的机智勇敢、沉着冷静的指挥才能,得到充分发挥。

毛楼村在涧头集东南七八里,向西两三里就是库山口,是通往黄邱山套根据地的咽喉。抗日战争时期,毛楼村仅有几十户人家,大都是坚决抗战的穷苦人家,群众基础较好。毛楼村庄虽小,但四周建有土石构筑的围子,围墙内还建有四个炮楼,安全性较好。由于地处要冲,峄县党、政机关及峄山支队、运河支队经常在此驻防。

1942年初,驻防枣庄、峄城等地的日伪军在结束对鲁南、鲁中山区的大"扫荡"之后,就开始对运河南北地区进行"扫荡"和蚕食。1月2日,日伪军集结1000余人,对驻防在毛楼的峄山支队进行远距离奔袭。次日凌晨,日军从四面悄悄包围了毛楼。哨兵发现敌情后,立即向支队长孙伯龙报告。"敌人来得好快!"孙支队长略一沉思,道,"看样子来者不善,善者不来。传我命令,立即向库山转移!"正在出操的部队迅速集结,向西突围。不料,部队冲出毛楼不足一里,就遭到敌人的伏击。敌人的轻重机枪疯狂扫射,组成一道道火网,当即有10余名战士中弹倒下。孙伯龙用望远镜观察了一下敌情,立即命令道:"撤回去!回毛楼固守!"孙伯龙一面撤退,一面向敌人还击,突然,一阵排枪打来,支队长的头部、腿部接连中弹,倒在血泊中……

听到撤退命令,梁巾侠迅速跟随后卫班回撤,抱着枪撤进村子里。为了接应支队长和后面的同志,她和几个战士守在南门围口,直到天光大亮,看到包围上来的敌人距村子只有十多米了,预感到战友们的情况可能不妙,才关上围门。

在村西,原本驻防的支队部里,梁巾侠带着几位后勤人员与后卫班会合。两位后卫班班长薛永才和张善德检点了人数,向梁巾侠报告:目前后卫班共有24人,加上副官、秘书、勤务员,共28人;已经派战士上了东西炮楼,发现敌人已经将村子四面包围,形势十分严峻。

这时,房东孙邵氏也带着乡亲们赶过来。她着急地对梁巾侠说:"梁秘书,你得招呼队伍打啊,要不,小鬼子进来,乡亲们都完了!"

梁巾侠极力冷静下来,看看乡亲们期待的眼神,又看看整装待命的战士们，心中已暗下决心。

梁巾侠一手握着枪，一手握住孙邵氏的手，语气坚定地说："大娘，您别怕！只要有我梁巾侠在，有峄山支队在，就会有乡亲们的安全！"

这时，聚集来的村民也毫不含糊，纷纷回应："梁秘书，带着大家打吧，咱们毛楼人，全力支持队伍！"

梁巾侠虽然是非战斗人员，但一直负责作战之外的大多事务，峄山支队、运河支队，甚至峄县政府的重要文件、文告、信函往来等，大都由她起草。长期跟随在孙伯龙、邵剑秋、邵子真等优秀的军事指挥员身边，经历了一系列大大小小的战斗，对作战的应对措施，也习得了不少经验。此刻，面对乡亲们的热切期望，梁巾侠心里热乎乎的。她迅速掂量了一下目前的形势，对薛班长、张班长道："支队长命令固守毛楼，咱们虽然兵力薄弱，但毛楼围墙坚固，四角有炮楼，只要咱们誓死坚守，敌人想打进来，也没那么容易。从之前的杜庄战、朱阳沟战看，只要能坚守到傍晚，敌人就有可能撤兵，到时，只要咱们有人活着呈战斗队形杀出毛楼，就是胜利！"

薛、张二班长立刻赞同："好！梁秘书，带着大家打吧，支队长不在，我们听你的！"

"好，现在，听我命令！"梁巾侠严肃道，"各派两名战士，占据四角炮楼，随时观察报告敌情，居高临下打击敌人；东围墙没有门，压力较小，可以放置一两名战士防守。敌人正从西南方向拥来，南围墙、西圩墙是防守重点，多放些兵力。咱们兵力薄弱，打起来要机智灵活！"薛、张二班长领受了任务，飞奔去各围墙布置兵力。

敌人的进攻很猛，炮火连天，围门西侧的五间大草房被轰，起火坍塌，东侧的炮楼也中弹，被削掉了大半。

在炮楼坚守的两名战士，一个当场牺牲，另一个战士小李，竭力从瓦砾中爬出来，他头部中弹，满面灰尘，倚在墙上，艰难地喘息着。梁巾侠跑过来，急忙替他包扎伤口。小李勉强睁开眼，急促地说："炮楼不能守了，外边……那门炮太近……威胁太大，快去……到墙上掏枪眼，把他……

赶跑！"

战场形势瞬息万变，这是个新情况，梁巾侠听罢，急忙跑去东围墙。没到东墙根，看见薛班长已带着战士在墙上挖了六七个枪眼。梁巾侠跑过去，顺着枪眼向外看，墙外是片开阔地，鬼子真是肆无忌惮，那门迫击炮竟安放在距炮楼不到半里处，毫无隐蔽，正向我方炮击。梁巾侠让薛班长把北面的战士调过来，又迅速掏好五六个枪眼，集中火力，对着那门猖狂的大炮一阵齐射，炮手中弹倒下，敌人拉着那门炮撤出阵地前沿。

赶跑了东面的敌人，梁巾侠立刻跑回小李身旁，想告诉他这个好消息。可是，她看到，年仅19岁的小李，静静地倚在墙上，已经停止了呼吸。

敌人的进攻更频繁了，东面才停，西北面又开始了。我方的兵力太薄弱，长枪加上短枪，此时能应战的总共才24支枪。梁巾侠和俩班长指挥着战士们东奔西跑，哪里吃紧就向哪里集中，较松的地方留下一两个人监守，让敌人摸不清我们的兵力情况。

9时左右，进攻的敌人被再一次击退，战场上出现了短暂的寂静。突然，西围门外有了异动，有人在大叫："开门！"

听声音很熟，确定是我们的战士，薛永才把围子门打开，放他进来。梁巾侠急忙问："你怎么来的？支队长他们怎么样了？"

"鬼子放我来的。"

"放你来？做什么？"

"哼！还不是要我来劝降！"回来的战士轻蔑地说，随后，却低下眼睑，声音低沉地道，"支队长……牺牲了！"

支队长！那个引导自己革命的启蒙老师，那个英勇善战的指挥官，两年来一起出生入死的亲密战友，牺牲了！听闻噩耗，梁巾侠悲痛难忍，但她用力擦去了瞬间涌上来的泪水。

梁巾侠把这位战士领进还算完好的支队指挥部，让他喝点水，先休息一下。一进门，却看见血流满地，之前腿部负伤被安排在此休息的勤务员大朱，已经安详地长眠过去。

看着牺牲的战友,归来的战士满脸悲愤。他二话不说,弯腰拿起大朱身旁的马枪,转身出门,加入了战斗的行列。

"支队长牺牲了!敌人放出俘虏回来招降了!下一步,该怎么办呢?"

梁巾侠极力克制着悲愤的心情,努力使自己冷静下来,快速分析了目前的形势以及应对的措施。

拿定主意后,她走出来,去找薛永才、张善德两位班长。

"支队长牺牲了,你们看,咱应该怎么办?"

"打!为队长报仇!"两位班长齐声说。

"好!咱就分头告诉同志们,为支队长报仇!每人至少消灭三个鬼子,才够本,一定要报仇!"梁巾侠不假思索,一口气说完。

"为牺牲的战友报仇!""每人至少消灭三个鬼子!"这条命令在战士之间迅速传递着。战士们吞咽下满腔悲愤,决心誓死守卫毛楼,与凶恶的侵略者血战到底。

停了一会儿,敌方又有动静了。敌人派出汉奸队,喊话招降,沙哑的声音越过阵地,远远地传过来。

"土八路,投降吧,你们跑不了啦!"

"太君说了,只要你们缴枪,绝对保证你们的生命安全……"

我方战士怒不可遏,立刻回击:

"狗汉奸,亏你还会说句中国话!"

"丧尽天良的杂种,来,老子缴给你一颗子弹头!"

你来我往,骂声不止。

劝降不成,敌人恼羞成怒,展开了一轮更为凶猛的攻击。

敌人的炮火更加猛烈,接二连三在村庄里炸开,顿时,房屋燃烧,墙倒屋塌。

借着炮火的掩护,敌人占据了围墙外的草屋,借助房屋的掩护,一股日军冲到了西南门外,用杉木棒、石磙子猛烈地撞击着围门。

张班长一声令下,我们的战士一齐甩出手榴弹,撞门的敌人瞬间死伤过半。机智的张善德迅速打开围门,带着几名战士冲出去,干净利落地收拾了这一拨进攻的鬼子。

在炮火的掩护下,西围墙的北部,一伙鬼子冲到了墙外的草垛后,几十个头戴钢盔的鬼子在匍匐前进。战士们严阵以待,长枪短枪齐射,压制着鬼子的进攻。敌人扔进来手榴弹,机警的战士立即捡起来,扔出去回敬了敌人。

有一颗手榴弹未及捡起就爆炸了,一个战士的腿部负伤,他拖着枪,沿着土堆爬到上方,去较为和缓的守护点,替换强壮的战士下来防守。

有几个鬼子,端着枪冲到了墙豁口,战士们刺刀、石块、手榴弹齐上,拼死把敌人打出去。

决死的力量是无敌的,战士们头发烧焦了,棉衣撕烂了,满脸血迹杂着烟尘,但都沉着应战,配合默契,一次次地打退了敌人的进攻。

敌人急了,一个穿呢子大衣的指挥官从草垛后转出来,哇啦哇啦地向进攻的鬼子叫喊,我方战士眼疾手快,一枪把他撂倒。

敌人的气焰明显减弱了,开始后撤。

强攻不行,鬼子又使出了最卑劣的手段:施放毒气弹。

一个个毒气弹接二连三地打进村子,陀螺似的在地上打着转,黄黑色的毒烟直升到两米高,随即扑压下来,向四面扩散。

催泪,窒息,刺激喉咙和胸膛,战士们干咳不止,有的甚至咳出血来。

不过,在之前的朱阳沟战斗中,战士们已经历过毒气弹的袭击,知道如何应对。梁巾侠立刻让勤务员小朱收集毛巾,让战士把毛巾浸了尿捂住口鼻,就能坚持战斗。可是,长时间的紧张战斗,战士们体力消耗严重,连小便都困难了。

听说了此事,乡亲们立刻帮忙,一个叫法胜的半大孩子飞跑过来,说:"我有尿!"梁巾侠喜出望外,立刻找盆来接。法胜哗哗哗尿了半盆,小朱飞快地用毛巾蘸了尿分送给战士们,找不到毛巾的就喝一口。

村民们发现,敌人的毒气弹一扔进水里就失去了效力,也纷纷加入进来对付毒气弹。战士们用毛巾捂住口鼻继续坚持战斗,村民们则一看见打进来的毒气弹,就眼疾手快地捡起来扔出去,或者立即踢进附近的臭水坑里。军民齐心协力,敌人的毒气攻击就此失败。

中午时分,村民们把准备好的午饭送到了前线,战士们一手拿煎饼,一手握枪,边吃边战斗,房东孙大娘还专门为梁巾侠烧了一碗面汤。有乡亲们的积极支持,战士们吃饱了饭,精神更加旺盛,斗志更加昂扬。

战斗持续到下午两三点钟,敌人进攻的势头并没有减弱,猛烈的炮火持续向围子狂轰滥炸。围子里的树木全被打秃,多段围墙被炸塌,坚守围墙的战士有时被埋进土里,梁巾侠立即组织附近的人员把战士扒出来。

炮轰过后,敌人发起了最猛烈的、持续时间最长的进攻。前边的敌人被打倒了,后边的敌人又拥上来,筋疲力尽的战士们,仅有一个小勤务员没有负伤,其他人大都挂了彩。

在这敌我胶着的时刻,有战士报告:子弹快打光了!怎么办?梁巾侠回忆起朱阳沟战斗中的同样情形,立刻大声道:"同志们,注意节省子弹,瞄准了,把敌人放近了打!"

敌人似乎有所发觉,进攻更加猖狂。梁巾侠一边沿着围墙疾走,一边大声唱起自编的战歌:"上好子弹,要沉住气,一枪打一个,多杀敌人!我们是铁的队伍,我们是铁的心……"

在这危急时刻,村民孙溪成和孙业标主动把家里收藏的数百发子弹拿出来,送到前线。

补充了子弹,战士们斗志昂扬,一阵排枪,进攻的敌人在阵地前又丢下十几具尸体。

持续一个多小时的拉锯战斗,我方虽有负伤,但无一人牺牲,而阵地前敌人的尸体却在急骤增加,大大鼓舞了战士们的士气。

"同志们,乡亲们在看着咱们哪!只要咱们活着,就要坚守到底,争取胜利!"梁巾侠的声音虽然有些沙哑,但仍然高昂,战士们深受鼓舞,互相传递着与鬼子血战到底的决心。

战斗持续到傍晚,敌人的攻势弱下来,侦察的战士报告,敌人开始往东于沟、西于沟、徐楼村方向回撤。梁巾侠找来张、薛二班长,商量伺机突围。这时,村子西南的西于沟方向响起了激烈的枪声,大家侧耳倾听,断定是我们的援军来了,顿时兴奋起来。

1990年,梁巾侠(前排右一)重访毛楼战斗旧址,与毛楼村民合影

运河支队作战参谋王福堂率领五中队突破了敌人的封锁线,前来支援,敌人怯于夜战,溃退而去。

毛楼村解围了!村民们得救了!坚持战斗的军民们高兴地欢呼起来。

忍住高兴的泪花,梁巾侠冷静地安排好善后,集合起幸存的战友,与增援部队会合在一起,胜利突围。

《运河支队抗日史略》对毛楼之战如此记载:"血战一天,我军仅以30余人的兵力,打退1000多日伪军的围攻,毙伤敌伪百余人。而指挥这次战斗的竟是个女同志,这种战例,在峄滕铜邳地区的战斗中是绝无仅有的。"[1]

---

[1] 《运河支队抗日史略》,第101页。

毛楼之战,毛楼村付出了很大代价。两道围墙被打得七零八落,弹痕累累;村里九成的房屋被炮火摧毁,牲口全被敌人的毒气弹毒死。但是,毛楼村的人,虽有十几人被炸伤,都好好地活下来了。

1990年,在毛楼村头,梁巾侠对孙伯龙之子孙继龙说:"前方即库山,你爸爸就牺牲在这村口路边上。"

多年之后,梁巾侠重回毛楼寻访。乡亲们听说当年拼死保卫毛楼的女英雄回来了,纷纷前来看望。老人们拉着梁巾侠的手,抚今思昔,情意绵长。走的时候,村民们把梁巾侠送了一程又一程,邀请她以后多来毛楼看看。汽车已经走出很远了,乡亲们还是恋恋不舍,跟在车后不断地招手致意。

梁巾侠深情地凝望着热情的乡亲,望着当年浴血杀敌的战场,想起战斗中为国捐躯的战友,禁不住泪光莹莹,思绪万千。沉思良久,她咏出一曲《诉衷情》:

归来战地忆烽烟,不见故颓垣。石墙瓦屋连片,好志血痕妍。
心尚炽,志弥坚,奈衰颜。泰山不老,隐约先前,恍惚青年。

(四)战地文艺之花,在硝烟中怒放

战地文艺,是中国抗战时期重要的文艺现象,较早源于山东《大众日报》的一个《战地文艺》专栏。

1939年1月1日，中共山东省委机关报《大众日报》创刊，刊物的宗旨定为：为了动员文化的力量，以坚固全国人民持久抗战的意志，坚固全国人民争取最后胜利的信念，使文化工作赶上已经动员起来的军事、政治、经济的动员工作。1月4日，报纸开辟了《战地文艺》专栏，主要刊登富有战斗性的速写、戏剧、文艺通讯、报告文学、诗歌、歌曲、民谣、鼓词、土调、秧歌等多种式样的文艺作品，以揭露日寇的罪行、抒发民众的愤慨、向人民报道战斗的进行、歌颂抗敌救国斗争中的英雄模范人物及其先进事迹为主要内容。

1939年至1943年间，在时任中共中央山东分局书记、山东军政委员会书记朱瑞的领导下，山东抗日根据地的广大文艺工作者组成了一支强大的文艺大军，以极大的爱国热情和艰苦无畏的精神，深入抗战前线，紧密配合斗争形势的需要，创作出大量精彩的文艺作品，深受抗日军民喜爱，极大地鼓舞了山东军民抗战必胜的信心，为中国抗战的胜利，做出了不可磨灭的贡献。

梁巾侠，也是这支强大的文艺大军中的一员。虽然在毛楼之战中展现了出色的军事才能，但梁巾侠最擅长的还是宣传鼓动工作。在整个抗日战争中，梁巾侠充分发挥自己的文学才华，以灵活多样的文艺形式，向群众宣传抗日救国的道理，激发群众的爱国热情，鼓励军民坚持斗争，树立抗战必胜的信心，竭尽全力为全民抗战鼓与呼。

梁巾侠的战地文艺创作形式丰富多样，主要有歌词、鼓词、快板、歌剧、话剧等。遗憾的是，由于战争年代条件艰苦，环境动荡，梁巾侠即时创作的许多战地文艺作品都遗失了，目前能见到的完整作品较少。如1938年在苏鲁人民抗日义勇总队宣传队期间创作的活报剧《夺枪》、1941年以皖南事变为题材创作的话剧《骨肉恩》，都曾经公演过，深受军民欢迎，但都只留下了剧名，难窥其创作全貌。

仅就目前见到的作品资料来看，她的战地文艺创作至少表现出如下几个方面的特点：

1.为抗日救国服务,是其所有抗战文艺创作的宗旨

梁巾侠的战地文艺创作,始终自觉地贯彻党的抗战文艺要求,紧密配合抗日救亡运动的需要、武装斗争形势的需要,自觉地为抗日救国、实现民族解放的目标服务。

她以笔为枪,揭露日本侵略者在中国疯狂地烧杀抢掠的滔天罪行,抒写民众在日寇铁蹄蹂躏下的深重苦难和悲愤之情。

她以笔为旗,在日寇占领区树起抗日救国的精神大旗,向群众宣传抗日救国的道理,团结起一切可以团结的力量加入抗日阵营中,壮大抗日队伍的力量。

她以笔为号角,报道抗敌斗争中的英雄人物和英雄事迹,歌颂不肯屈服、奋起抗争的民族精神,激发群众的抗战热情,鼓舞战斗士气,争取抗战的最后胜利。

2.创作题材具有鲜明的时代性和现实性

以抗日救亡为目的,梁巾侠战地文艺的创作题材无不来自社会现实,是国破家亡的民族苦难、风起云涌的抗战现实的直接反映。

作为一个爱国的热血青年,早在参加革命之前,在全国抗战爆发之前,梁巾侠就已经自觉地开始了抗战文艺创作。

1936年,在文庙小学当老师时,她就明确地把培养"不愿做奴隶的人们"作为教学目的,带领学生从事各种抗日宣传活动。她创作、编导了小歌剧《没有家乡的孩子》,表现九一八事变后,东北人民痛失家园的苦难、流离失所的悲凉。她带领学生们在校园、广场、集市演出,宣传抗日救国的道理,激发当地群众的爱国热情。

1940年2月15日创作的《杜家庄战斗鼓词》,就取材于当天运河支队与日寇所进行的一场激战。运支一大队第三中队驻防杜家庄,遭遇日寇的重兵包围,我军指战员英勇善战,挫败敌人多次进攻,取得杜庄守卫战的胜利。梁巾侠时为运河支队宣传股股长,当晚就入队采访,连夜写出《杜家庄战斗鼓词》,第二天就由副官褚思雨背着小鼓去集市上说唱,向

群众报告运河支队最新的战斗成果,极大地激发了当地群众的抗日热情。

1941年创作的话剧《骨肉恩》,以刚刚发生的皖南事变为题材,揭露国民党不顾国家危亡、残杀自己同胞的罪恶,斥责这一令亲者痛、仇者快,破坏抗日统一战线和救国大业的罪行,激起广大军民对国民党顽固派的愤恨,对新四军罹难官兵的深切同情。

3. 创作手法机智灵活,不拘一格

秉承服务于抗日救国的创作宗旨,梁巾侠的抗战文艺创作手法十分灵活,经常随时随地进行现场创作,或对原有的作品进行创造性改编,以配合抗战形势的需要。

例如:

1936年在峄县文庙小学执教时,为了培养"不愿做奴隶的人们",梁巾侠利用当时流行的作曲家聂耳创作的歌曲《新的女性》曲调,重新填词,作成了《文庙小学校歌》:

"惊涛骇浪,华夏在风雨中飘摇。冲风冒雨,是我们的学校。肩负重担,是我们英勇儿童大众。坚毅沉着向前进,我们是中国的主人。前进!用我们的热血,争取民族的生存。前进!用我们的全力,打倒最大的敌人。不怕艰险,团结一心。提起脚步,进!进!进!进!中国儿童勇敢向前进!文庙儿童勇敢向前进!"

这首校歌铿锵有力,表现了中国儿童不惧艰险,沉着坚毅,承担起民族救亡的责任,团结一心,争取胜利的决心和勇气。歌词简洁,易学易唱,文庙小学的学生每天唱着这首歌上操训练,上学放学,嘹亮的歌声把抗日救国的火种播撒在峄县人的心底。

1940年,在朱阳沟战斗前线,为了鼓动士气,梁巾侠唱起之前教唱过的歌曲《牺牲已到最后关头》:"向前走,别退后,牺牲已到最后关头。同胞被屠杀,土地被抢占,我们再也不能忍受,亡国的条件,我们再也不能接受……"可是,还没等她唱完,就有战士打断她,质疑"牺牲已到最后关头了吗"。梁巾侠立刻意识到,这歌词不适合当下的战斗形势,不能给战士打气,于是灵机一动,就把作战参谋褚雅青刚才的战斗命令编进了原来的歌调里,脱口唱道:"上好子弹,要沉住气,一枪打一个,多杀敌人。我们是铁的队伍,我们是铁的心……"这一改编,立刻赢得了战士们的欢迎,有的战士射击之余回头对她笑笑,表示赞同,有的战士则立即挺起身子,勇气倍增,梁巾侠的现场改编获得了成功。

4.对军民抗战热情的强烈激发和鼓动效应

对中国军民抗日热情的强烈激发与鼓动,是党的战地文艺的创作要求,也是梁巾侠战地文艺创作始终如一的追求。梁巾侠用心了解受众的心理需求,采集最新鲜的创作题材,调动各种艺术手法,她的战地文艺作品,每逢演出,总能收获理想的宣传效果。

1931年,九一八事变爆发,无数东北同胞痛失家园,成群结队地逃亡到关内,流离失所,尝尽心酸苦难。在文庙小学任教时,梁巾侠以东北同胞的悲惨遭遇为题材,创作了小歌剧《没有家乡的孩子》,每场演出,都令演者、观者潸然泪下,激发起对日本侵略者的仇恨。

文庙小学的学生杨淑秀后来回忆道:"1936年的暑假,梁老师编了短剧领我们排练,剧情配合当时国家形势,内容大致是东北三省失守,日本帝国主义者杀害了某家的父亲,剩下老母、姊、弟三人,流浪关内,流离失所,饥寒交迫,沿街乞讨。开学后,为纪念九一八在我校演出,全校师生和附近街道的居民济济校园。明亮的汽灯下,姊弟扶着老母出场了(我扮姐姐,梁克举扮弟弟,赵伯蘅扮母亲),化装形象逼真,全场马上鸦雀无声。我和克举同声唱着:'月光光,照家乡,家乡儿郎苦断肠……'我便珠泪沾襟地唱着、唱着,同学和老师不禁潸然泪下,席地而坐的观众不断抽泣,三段歌曲唱完,抽泣声未止。这次演出,剧中人一家的悲惨遭遇,深深地印在师生和群众心里,加深了对日本侵略者的仇恨。

"次年的二三月间,白庙逢会,校长和梁老师带领我们到那里演出……我们演着,见人们热泪盈眶,有的妇女擦眼抹泪,口里还咒骂着:

'该死的,小日本鬼!'群众深受感动,达到了预期的宣传目的。"①

梁巾侠的弟弟梁克举当时扮演小歌剧中的弟弟,在他 80 多岁的高龄时,还能清晰地唱起剧中的一段歌:"月光光,照祖邦,祖邦敌人正猖狂,何时才能归故乡？月光光,照破衣,破衣单薄碎衣里,冻死路旁无人理……"他回忆说,每次演到动情之处,演员观众无不潸然泪下,不禁振臂高呼:"打倒日本侵略者！我们不做亡国奴!"群众的爱国热情被大大地调动起来,抗日的力量日益强大。而他自己,就是深受这歌剧的感召,在姐姐的带领下,13 岁就参加了抗日队伍,走上了革命道路。

《杜家庄战斗鼓词》可谓梁巾侠战地文艺创作的代表性作品,这段鼓词采用枣庄当地群众喜闻乐见的说唱形式,叙事张弛结合,唱白结合,生动形象,节奏紧张,及时地报告了运河支队最新的战斗成果,对打击日本侵略者的嚣张气焰、振奋我抗日游击队的声威、壮大本地区的抗日力量,效果是极其显著的。

杜家庄大捷是运河支队成立后与日军打响的第一仗。1940 年 2 月 15 日,运河支队第一大队奉命转移到运河南岸,配合第二大队袭扰敌人,以牵制敌人对抱犊崮山区的"扫荡"。这天拂晓,一大队第三中队进驻涧头集西的杜家庄,日出便与贾汪出动的日伪军遭遇。敌人的数量、装备都占绝对优势,我军被重重包围在村里。在此情况下,我运支的指战员沉着应战,英勇机智,挫败了敌人的多次进攻。在子弹紧缺的关键时刻,得到房东杨德本献出的枪支、子弹,增强了战斗力,最后打得敌人逃窜回贾汪。我军以弱胜强,战斗取得了辉煌胜利。

为了庆祝杜家庄大捷,身为支队政治处宣传股股长的梁巾侠连夜写了《杜家庄战斗鼓词》,第二天就由副官褚思雨背着大鼓,到涧头集、古邵、阴平、周营等集上去说唱,深受当地群众欢迎。

梁巾侠剧本写得精彩,褚思雨讲得动听,紧紧地抓住了听众的心灵。

---

① 杨淑秀:《忆文庙小学的学习生活》,《枣庄文史资料》,第 43 页。

鼓词开头,即铺排出一片日本强盗肆意烧杀抢掠、百姓备受蹂躏的苦难景象:"一路上奸淫烧杀又抢粮,霎时间鸡飞狗跳遭了殃。""鬼子兵到处搜索'花姑娘',小脚女跑不快的跳了汪。""狗强盗拿着屠杀谝本事,山脚下活劈三岁的小儿郎。"现场听众感同身受,义愤填膺。接下来,鼓词展现出我游击健儿英勇顽强地打击日寇的场景,讲到"轰轰轰几个战士一齐甩,鬼子们死的死来伤的伤"时,群众无不大声叫好,拍手称快,心里充满对抗日勇士的敬仰。不少群众跟着说唱团这集赶到那集,不惜奔走二三十里地,跟随转场,听了还听,并把这大快人心的胜利消息传播给更多的乡亲。

当地群众本来都曾亲眼看见了那一整天激烈的炮火,听了鼓词的具体报告,就把当初的惊恐心情,转变成奋勇的爱国热情。一时间,运河支队的驻地热闹非凡,各村各乡纷纷前来赠送慰劳品,许多青壮年互相邀约,纷纷携枪参军,民心大振,士气大振,有效地壮大了本地区的抗日力量。

三、史海钩沉

（一）

1936年的暑假,梁老师编了短剧领我们排练,剧情配合当时国家形势,内容大致是东北三省失守,日本帝国主义者杀害了某家的父亲,剩下老母、姊、弟三人,流浪关内,流离失所,饥寒交迫,沿街乞讨。开学后,为纪念九一八在我校演出,全校师生和附近街道的居民济济校园。明亮的汽灯下,姊弟扶着老母出场了(我扮姐姐,梁克举扮弟弟,赵伯蕙扮母亲),化装形象逼真,全场马上鸦雀无声。我和克举同声唱着:"月光光,照家乡,家乡儿郎苦断肠……"我便珠泪沾襟地唱着、唱着,同学和老师不禁潸然泪下,席地而坐的观众不断抽泣,三段歌曲唱完,抽泣声未止。这次演出,剧中人一家的悲惨遭遇,深深地印在师生和群众心里,加深了对日本侵略者的仇恨。

——杨淑秀:《忆文庙小学的学习生活》(节选)

（二）

1940年夏历4月底的一天上午,在周营牌坊西场见到了梁巾侠同志,当时,她是八路军一一五师运河支队政治处宣传股股长。那时我才13岁,常听我父(傅伯平)说起梁是朱道南(我父仁兄)带来的女干部,很有才能！当时我很想见识见识,这回遇上了,见了面我很愕然。你看她,好像是个男青年,小分头,灰军装,打裹腿,带袢鞋,很整洁,真是白面书生,男女莫辨,她与我母亲说话非常动听,从听声音才知道她是女的。我这才意识到她就是随朱道南政委出征出山的女战士吧！就是她吧？她平易近人,相貌堂堂,非常精神,一点架子也没有,说了一阵子问好的话即向南走去。她去后,我母亲对我说:"她就是动员孙伯龙抗日的梁巾侠。"我见到了梁巾侠可高兴了。这时我还是少年抗日先锋队的队员呢,正要集合去群众中唱歌宣传。

—— 傅永顺:《感谢梁老给我的教诲和帮助》(节选)

(三)

巾侠本姓梁,好个女儿郎。襄助支队部,战斗有奇方。朱阳保卫战,抚鼓助战忙。来往火线上,精疲神又伤。今日梁红玉,爱国把名扬。

—— 胡大勋:《赞梁巾侠》

1940年朱阳沟战斗后,运河支队参谋长胡大勋为表扬梁巾侠在战场上毫不畏惧、边战斗边宣传鼓动的勇敢精神,作此诗。

(四)

血战一天,我军仅以30余人的兵力,打退1000多日伪军的围攻,毙伤敌伪百余人。而指挥这次战斗的竟是个女同志,这种战例,在峄滕铜邳地区的战斗中是绝无仅有的。

——童邱龙:《运河支队抗战史略》(节选)

这是《运河支队抗战史略》对毛楼之战的记载,其中的"女同志",即指时任峄山支队秘书的梁巾侠。

（五）

我想起了一位伟人说过的话，做一个高尚的人，一个纯粹的人，一个脱离了低级趣味的人，一个有益于人民的人。母亲不就是这样的人吗？母亲走了，她用"热情、开朗、谦虚、善良"的大笔书写了八十六年的人生旅途，凭着"忠诚、执着、坚定、顽强"的信念，走完了六十四年的革命生涯。这就是一个共产党员，一个大写的人，让我们永远敬仰的妈妈。

——梁勉：《在梁再同志追悼会上的答谢词》(节选)

（六）

梁再同志是一位坚定的共产主义战士，她经历了长期的革命斗争的严峻考验。无论是在革命高潮时期，还是在艰苦的环境下，无论身居领导职位，还是身处逆境，直至生命停止的那一刻，她都坚信党、坚信群众，坚信共产主义事业必定胜利，始终保持着积极的生活态度和革命乐观主义精神。

梁再同志以她光辉的一生和高风亮节，为我们树立了榜样。在进行现代化建设的今天，我们应该学习她追求真理、为共产主义理想奋斗终生的信念，学习她在困难和挫折面前坚韧不拔的毅力，学习她实事求是、刚直不阿、秉公办事的品格，学习她清正廉洁，严于律己，淡泊名利，不计个人得失的情操。

今天，我们在此悼念梁再同志，回顾梁再同志革命的一生，我们应当深深地感受到她的人格魅力。我们一定要继承和发扬老一辈革命家的优良传统。

——中共湖南大学党委：《执着一生，垂范千秋——在梁再同志追悼会上的讲话》(节选)

四、采访札记

(一)傅永顺《感谢梁老给我的教诲和帮助》(节选)

她(梁巾侠)说:1938年我参加了工作,当时是21岁,正处风华正茂时,思想上为了给外祖父报仇,为了不当社会的垃圾,坚决抗日不当亡国奴,我决心学知识,练本领,心想找到了共产党我就认为自己找到了真理。我就没认为我是女的不敢出头露面,而是党叫我干吗我干吗,到社会上闯吧! 我也不怕人笑话,我认为是革命的工作就干,人怎样说,我不怕。什么封建伦理、男女有别,女子不能干男子做的事,拿女人不当人,那是腐朽的封建思想作怪,我不在乎,只要认为自己做得对就行了。

(二)梁巾侠《谜样的人物 雾里的征程》(节选)

那好像是给我的人生探索上点了题:我的家庭影响——外祖父为国为民慷慨捐躯,母亲的拳拳于怀而无由实践的意愿,我自己从懂事以来就不甘于像见过的妇女一样,等候命运的安排,追求的是什么呢? 明白了:革命职业家。像他所讲的,为了湔雪国耻,铲除不平,解脱落后,创造文明……去奋斗终生。那是去从事一番掀天覆地的事业,必须全力以赴,以之为长进的动力,生命的归宿。多好啊,我抄下来,记住了:一、无限忠诚;二、独立工作的能力……

(三)郭明泉《梁巾侠同志二三事》(节选)

当我询问老人毛楼战斗如何指挥得当取得胜利时,她(梁巾侠)略一思考淡淡一笑,平静地回答:

"有人把毛楼战斗的胜利归结于我的指挥正确得当,其实不然,那是人们把我神话了,说我骑马能打双枪,百步穿杨、百发百中。其实我与其他非战斗人员一样,实无百发百中的奇技。毛楼战斗也是处在无奈的份上,如果不破釜沉舟地抵抗,日军一旦攻进村子,老百姓遭殃,村庄也会荡然无存。这次战斗的胜利,主要是源于英勇的战友们人自为战,无畏杀敌。我在他们中间只是传达意见和交流经验。至于指挥战斗,那还是长期跟随伯龙、剑秋、邵子真他们耳濡目染,仅沾了点边,学得也不专心,用时也有所失误,关键是我那些英勇无畏的战友,还有全村人民的同仇敌忾,奋勇抵抗。说英雄,他们才是真正的英雄。我这个'巾帼英雄'也是人云亦云,是人们想象创造出来的。"

老人把那次刻骨铭心的战斗说得如此平淡,如此谦和,实在出乎我的预料之外。

(四)宋学红《要多写我们的战士——原运河支队女战士梁巾侠回乡专访》(节选)

"小李牺牲了。这是多么沉痛的教训,都怨我啊!我不会打仗,只记得在朱阳沟战斗中我们曾经在炮楼上重创了敌人,而不会区别情况。那是秋天,炮楼隐蔽在树丛中,我们看见敌人,敌人看不见我们。毛楼却是危楼耸立,周围本来无树,况且在冬天,我怎么就想不到哪?这一天里,我怀着沉重的心情仔细注视和听取每个战友的意见,走到哪里都受到鼓舞,又从战友那里得到勇气和信心。那是我打的最后一仗。正因为这样,我特别怀念那时的战友。后来得知战友薛永才就是沙路口28烈士之一,战友张善德也在微山湖战斗中献身,我不能不感觉到自己的生命原是他们保护的,我要用毕生精力为党工作,以告慰先我而去的战友。同志啊!要写一定写他们啊!"

梁老目光深沉,思绪依然在遥远的战争年代,陷入对战友的深切怀念之中。多好的老人啊!为革命奋斗了一生,却不愿意争得丝毫荣誉,这就是我们的老前辈。

五、历史回声

（一）

2008年12月，政协枣庄市市中区委员会编辑出版了梁巾侠纪念专辑《巾帼豪杰——梁巾侠》，为市中文史资料第十辑。

书中收集了梁巾侠生前的诗词作品与多篇回忆录文字，以及多篇关于梁巾侠的回忆纪念文章，是研究梁巾侠的宝贵资料。

（二）

2008年，枣庄市市中区政协面向全国发起了"革命家梁巾侠同志纪念专辑（诗词、楹联等）征稿"活动，征稿以"歌颂梁巾侠同志生平事迹"为主要内容，稿件形式可以为诗词、楹联、辞赋、散文诗等。

全国各地、各行各业的诗词楹联爱好者深为梁巾侠的英雄事迹感动，纷纷应征撰稿，表达对梁巾侠英雄事迹的由衷赞美。

此次征文活动，使梁巾侠这位"运河女侠"的名声更加响亮，她的英雄事迹更加深入人心。

本次活动由枣庄市陶然诗社负责征稿的网络宣传与来稿整理工作。

（三）

2015年12月12日起，作家箫声根据八路军——五师运河支队的抗日事迹创作的小说《运河支队传奇》，在国内影响最大的军事类原创文学网站"铁血读书网"连载，其中的"第七十五章 梁巾侠率队突围"，即描写梁巾侠带领峄山支队20余名战士与上千日伪军血战毛楼、最后胜利突围的英雄事迹，在2016年1月7日连载。

（四）

《今日徐州》2018年3月6日，孙阳阳、胡军英报道《大型现代梆子戏〈运河儿女〉观摩演出圆满成功》，原文如下：

3月5日，根据运河支队抗日故事改编的大型现代梆子戏《运河儿女》，在徐州市苏汉大剧院隆重开演并圆满成功。这是《运河儿女》首场观摩演出，演员们用他们情感真挚的演唱赢得了观众多次喝彩。卧龙泉生态博物园运河支队抗日纪念馆特别邀请了中央电视台孙世也导演、深圳江湖影视公司董事长孙霁红一同观看了《运河儿女》的演出。

据了解，《运河儿女》以运河支队女侠梁巾侠和烈士王脉凤为真实人物原型，塑造出了一位新的艺术人物——梁脉凤。全剧围绕梁脉凤一家展开故事情节，介绍了梁脉凤由一名普通农家妇女成长为杀敌报国的女英雄的感人过程，梁脉凤、张玉兰等一个个普通百姓用自己的血肉之躯，谱写了一曲气壮山河的英雄之歌，展现了梁脉凤等一个个运河儿女为民族存亡舍家为国、舍生取义、大义凛然、视死如归的民族气节，真实地反映出特殊的战争环境及其厚重的历史内涵，唤起观众对抗日英烈的缅怀，感知中国人民取得抗日战争胜利的艰辛！其中，张母哭子、脉凤别女、脉凤英勇就义等几场戏感人至深、催人泪下。

该戏共七场,由苏汉艺术团梆子戏团倾情演出。为了演好运河支队的抗日故事,苏汉艺术团梆子戏团主创人员与运河支队抗日纪念馆创建人胡大贵先生、运河支队抗日纪念馆副馆长胡军英多次研讨修改剧本。

运河支队在中国人民抗日战争史上是星星之火,在世界反法西斯战争中更是沧海一粟,但它融入了世界反法西斯战争的大背景。面对日寇侵略者的铁蹄,运河支队的铁骨男儿,挥舞刀枪挺身而出,冲入杀敌保国的战场,在苏鲁地区的残酷抗日斗争中发挥了它独特的作用,做出了它特殊的贡献。

卧龙泉生态博物园董事长、运河支队抗日纪念馆馆长胡大贵先生,看到《运河儿女》的圆满演出,非常激动:"我们这个戏的演员,最小的60岁,最大的79岁,他们在排练中从来没喊过苦,没喊过累,没有他们的辛苦努力,就没有这么壮美的篇章。"

当天演出结束后,又举行了梆子戏《运河儿女》观摩研讨会,研讨会气氛热烈,大家纷纷表示该戏真实地反映出了特殊的战争环境及其厚重的历史内涵,是一曲运河儿女的英雄赞歌!是一部值得一看的好戏!

(五)

2020年1月1日,是八路军一一五师运河支队成立八十周年纪念日。在枣庄市台儿庄区涧头集镇政府礼堂,隆重举办了纪念运河支队成立八十周年大会,运河支队老战士张友仁(96岁)以及运河支队的后裔近百人齐聚一堂,共同缅怀运河支队的革命英烈,重走红色革命路,讲好运河支队革命故事。

大会以朗诵、弹唱、歌舞等多种艺术形式表演了梁巾侠的作品《诉衷情——题运河支队抗日烈士纪念碑》《诉衷情——重访毛楼1992年作》《西江月——悼剑秋同志》三首,以及陶然诗社社长韩邦亭创作的《梁巾侠赋》。

六、长歌当哭

做个巾侠一样的女子

明明,你已在 2002 年离去
离开了眷恋你的亲人
离开了你眷恋的土地
可是,怎么感觉
故乡的山山水水里
到处都有你

张林村的老屋
记得你刻苦读书的身影
记得你从书页里抬起头
默想
母亲"过客"的教诲
和"巾侠"的希冀
记得你眼睛明亮
却古潭般沉静

峄县的石板街

记得你是第一个不缠足的女孩
记得你浅笑盈盈
不搭理路旁的侧目、愤怒、嘲讽
记得你脚步轻盈
记得你的脚趾们
在清凉的石板上，舒展着
偷笑

文庙小学的学生
都记得你
"月光光，照祖邦，
祖邦敌人正猖狂……"
你编排的抗日歌剧
学生们依然会唱
"用我们的热血，
争取民族的生存。
用我们的全力，
打倒最大的敌人。
中国儿童勇敢向前进！
文庙儿童勇敢向前进！"
这是你编写的校歌
还会在校园里回荡

你拼死保卫的毛楼村
把你镌刻在历史里
当夕阳西下
庭院笼罩着明媚的晚霞

老人会跟子孙们讲述
当年的硝烟、炮火、毒气弹
细说你的机智和勇敢
自由的空气氤氲在毛楼的上空
和平的风在毛楼的家家户户穿行
村西,那片被日军炮火打烂的杏树林
跟你一样倔强
在早春的寒冷里
绽放出朵朵轻快的粉红

哦,巾侠
你在古运河起伏的波浪里
你在库山明媚的绿荫里
你在故乡人民的传说里
你在运河支队碑亭的楹联里

隔着尘封的岁月
你依然闪闪发亮
你使故乡的女儿们立志
做个巾侠一样的女子

附：参考文献

1.《巾帼豪杰——梁巾侠》,枣庄市中文史资料第十辑,2008年12月;

2.《运河支队抗日史略》,童邱龙主编,中共枣庄市委党史办公室,山东新闻出版局内部发行,1988年12月;

3.《抗战楷模——孙伯龙烈士专辑》,薛城文史资料第四辑,1991年12月;

4.《抗战英杰——缅怀邵剑秋同志》,薛城文史资料第五辑,1995年8月;

5.《抱犊崮外展红旗》,朱道南,《抗战楷模——孙伯龙烈士专辑》,薛城文史资料第四辑,第77页,1991年12月;

6.梁巾侠《义旗初张》,《巾帼豪杰——梁巾侠》,枣庄市中文史资料第十辑,第13页,2008年12月;

7.梁巾侠《杜家庄战斗鼓词》,《巾帼豪杰——梁巾侠》,枣庄市中文史资料第十辑,第22页,2008年12月;

8.梁巾侠《朱阳沟战斗之我见》,《巾帼豪杰——梁巾侠》,枣庄市中文史资料第十辑,第35页,2008年12月;

9.梁巾侠《战毛楼伯龙殉国》,《巾帼豪杰——梁巾侠》,枣庄市中文史资料第十辑,第44页,2008年12月;

10.张笑寒《我这一辈子》,《巾帼豪杰——梁巾侠》,枣庄市中文史资料第十辑,第353页,2008年12月。